L'avis des Lectrices Charleston

« Une histoire qui fera battre le cœur de tous les lecteurs, qui donne du baume au cœur et émoustille vos sens. »

Noëlline Bouchaud, du blog *La pause librairie*

« Ce roman est drôle, frais, parfait pour se détendre et passer un bon moment ! »

Cassandre Durandeau, du blog *Casscroutondeslectures*

« Une romance sympathique, très fraîche et drôle, prête à émoustiller nos sens de plaisir et à révéler notre part de féminité ! »

Alison Penglaou, du blog *My Little Anchor*

« Une histoire légère, sexy, parfaite pour s'échapper quelques heures ! »

Delphine Menez, du blog *L'heure de lire*

« Une comédie romantique drôle et pétillante, elle se savoure comme un dernier carré de chocolat. »

Djihane Schmidt, du blog *Les instants volés à la vie*

NE PAS DÉRANGER

29 boulevard Raspail
75007 Paris – France
contact@editionscharleston.fr
www.editionscharleston.fr

Ce roman est déjà paru aux éditions Diva Romance sous le titre
Petits dérapages et autres imprévus, 2016
ISBN : 978-2-36812-173-3
Maquette : Patrick Leleux PAO

Pour suivre notre actualité, rejoignez-nous sur la page Facebook :
www.facebook.com/Editions.Charleston et sur Twitter @LillyCharleston

Mily Black

NE PAS DÉRANGER

Roman

En bonus 5 nouvelles à télécharger page 315 !

DIVA ROMANCE

CHAPITRE 1

Pourquoi fallait-il qu'il soit si… lui ?

Mince alors, on passait pourtant une bonne soirée ! On parlait de notre mission dans cet établissement d'une grande chaîne à Séville quand, brusquement, il avait décidé de jouer à « rendons folle Louise ». Évidemment, il gagnait toujours.

Notre mission était tout ce qu'il y avait de plus sérieux : nous devions nous faire passer pour deux clients célibataires lambda pendant quelques jours. Ce qui consistait, entre autres, à participer aux activités proposées par l'hôtel et à les évaluer pour faire remonter les problèmes constatés au service qualité chargé des audits.

En général, la veille du départ, nous nous retrouvions dans une chambre pour dîner et discuter librement de nos impressions. Mais ce soir, il m'avait convaincue d'aller profiter une dernière fois de l'excellent menu du restaurant de l'hôtel. Au dessert, j'avais évoqué l'attitude autoritaire d'une gouvernante désagréable – à qui j'avais osé réclamer un rouleau de papier-toilette d'avance !

— C'est vrai que je l'imagine bien avec une tenue en cuir et un fouet, avait-il renchéri.

Incroyable. Il avait beau être le meilleur du service, là, il dépassait les bornes ! Et avec moi. En sachant pertinemment que ce genre de remarques avait le don de m'embarrasser – qui plus est dans une salle pleine. Nullement affecté par ma gêne, il avait souri et continué sur sa lancée jusqu'à me voir quitter la table avec les joues en feu et l'envie de le massacrer.

Bien décidée à me débarrasser de la tension accumulée, je gravis les escaliers à un rythme soutenu. Je savais que dîner avec lui serait une erreur.

Quand j'avais accepté ce poste, je rêvais de voyager, de voir le monde en séjournant dans les meilleurs établissements. Et sur ce point, mon souhait avait été exaucé. Le seul bémol était mon contrat, qui stipulait que j'étais l'assistante de Francis et que je devais le suivre partout. Ma vision personnelle de la torture.

Une fois dans ma chambre, je me laissai tomber sur mon lit et décrochai le téléphone. J'avais besoin de parler et Léa, ma jumelle, ferait parfaitement l'affaire. Je l'appelais tous les soirs, essentiellement pour me plaindre de la dernière taquinerie de mon « collègue ». J'avais réellement du mal à le considérer comme mon supérieur. Pour moi, nous étions plutôt des associés.

Je savais parfaitement qu'il ne faisait pas ça méchamment. Certes, au début, j'avais eu des doutes. Il était pile le genre d'hommes à faire tourner la tête des femmes et sa voix achevait de le rendre irrésistible, ce dont il profitait — avec parcimonie, mais nous avions laissé derrière nous quelques cœurs brisés.

Les hommes comme lui ne s'intéressaient pas à la timide maladive que j'étais et il me rappelait les enfants qui se moquaient déjà de moi à l'école. Aujourd'hui encore, il m'arrivait de tomber sur des gens tout simplement mauvais, ou des femmes jalouses de ma promiscuité avec Francis.

Il faut dire qu'à Paris, où se trouvaient nos bureaux, aucune femme ne résistait à son charme. Pendant le peu de temps que nous y passions, il collectionnait les compliments, clins d'œil et tout ce qui aurait pu l'amener à transgresser sa sacro-sainte règle : « On ne mélange pas le travail et le cul. »

Oui, en ces termes. Avec tant de raffinement… Je m'installai sur le ventre et composai le numéro de Léa.

Un soir où il m'avait particulièrement charriée, j'avais réagi de manière quelque peu disproportionnée en éclatant en sanglots. Ça ne devait pas être beau à voir mais, prise au dépourvu, je n'avais pu endiguer le flot. Cet épisode m'avait appris deux choses : d'une, comme tous les hommes, il avait une peur panique des larmes ; de deux, il m'appréciait et ses taquineries n'étaient qu'une fâcheuse habitude.

— Bonsoir Lou !

Léa…

Je sentis une paix intérieure me gagner. Étrange, quand on savait que ma sœur était mon exact opposé. Elle faisait attention à son allure – son travail dans la mode n'y était pas pour rien –, elle était extravertie et avait épousé Guillaume, l'homme le plus patient de la Terre, ce qui était le minimum requis pour une pile électrique comme elle !

— Salut Léa, répondis-je en basculant sur le dos. Tu sais très bien que je n'aime pas quand tu m'appelles Lou !

— Oh toi, tu es énervée !

Je soupirai. Pas la peine de mentir, je téléphonais pour me plaindre. Et parce que j'étais légèrement dépendante. Mon budget communications aurait explosé depuis longtemps si Léa n'avait pas décrété devoir en payer la moitié. Elle non plus ne supportait pas de rester sans nouvelles, surtout en me sachant si loin. Nous étions fusionnelles, peut-être trop, mais ça n'avait jamais posé problème à personne et nous étions heureuses ainsi.

— Laisse-moi deviner ! continua ma sœur. Ça commence par un F et ça finit comme saucisse.

— Cornichon, tu veux dire !

— Tiens donc ! Aurais-tu quelque chose à me raconter ?

Je levai les yeux au ciel.

Je l'entendis rire à l'autre bout du fil, très fière de sa repartie, tandis que je cherchais un sujet neutre à aborder.

— Comment va mon futur neveu ou ma future nièce ?

— Très bien, je te remercie de parler du bébé pour détourner la conversation ! s'exclama-t-elle tout en poursuivant sur la prochaine échographie.

Après quelques minutes à discuter biberons, allaitement et vergetures, elle ne put s'empêcher de revenir à la charge d'une voix sérieuse :

— Qu'est-ce qu'il a encore fait ?

— Il a comparé une des employées à une *Domina*, répondis-je. Et ensuite il m'a demandé si j'avais déjà essayé.

— Les femmes ou le sadomasochisme ?

— Léa ! m'emportai-je.

— Franchement, je me suis toujours demandé comment ce serait avec une femme…

Quand je disais que nous étions toutes les deux très différentes ! Là où cette question m'avait gênée, elle y voyait une vraie interrogation. Personnellement, je savais qu'il fallait un pénis pour me satisfaire. Je n'avais jamais tenté l'expérience avec une femme, mais ma relation avec Adam à l'université m'avait au moins permis de comprendre que j'aimais les hommes – même si je n'étais pas particulièrement portée sur la chose.

Ou bien je n'avais pas trouvé celui qui me ferait grimper aux rideaux, comme disait Léa.

Alors, avant de penser à me lancer dans le sadomasochisme, je devais trouver un partenaire à la hauteur, qui saurait me désinhiber. Et pour cela, je devais tomber amoureuse d'un type qui m'aimerait en retour. Autant dire mission impossible, vu ma timidité et mes déplacements professionnels à l'autre bout du monde.

— Tu lui as répondu quoi ? demanda ma sœur.

— Rien.

— Lou…

— D'une, je m'appelle Louise ! De deux, je sais très bien qu'en répliquant, il en aurait rajouté une couche et je n'étais pas d'humeur !

— Pourquoi ?

— Parce que !

— Ton éloquence te tuera.

— Léa, je ne t'ai pas appelée pour que tu te moques de moi.

— Alors, explique-moi pourquoi tu es si coincée avec les autres ! répliqua-t-elle. Avec moi, tu arrives à te lâcher.

— Peut-être parce qu'on se connaît depuis la naissance ?

— Tu as de la repartie, de l'humour, mais tu ne t'en sers pas, continua-t-elle en ignorant totalement mon sarcasme. Ce type adore te charrier et…

— Ah ça !

— Louise, entre dans son jeu et profites-en pour prendre confiance en toi !

— Mais j'ai confiance en moi ! m'insurgeai-je.

— Alors pourquoi tu n'oses pas le remettre à sa place ?

Parce que l'idiote que je suis est tombée amoureuse de lui.

Voilà le fond du problème. Ma sœur, bien que perspicace, ne l'avait pas encore compris. Et je n'étais pas prête à le lui avouer. En réalité, j'aimais quand il me chahutait et me faisait rougir parce que dans ces moments-là j'avais toute son attention. Et même si la révélation était assez récente, mes sentiments semblaient profonds, plus que je ne l'aurais cru possible.

— Je n'étais pas d'humeur.

— Tu rentres quand ?

— Demain. On atterrit à seize heures à Beauvais, sachant qu'il nous faut encore une heure et demie pour rejoindre Paris.

— Sans compter les bouchons, donc ça te fait arriver vers dix-neuf heures chez toi. Merde, j'ai un dîner !

Je fermai les yeux.

À tout ce que j'enviais déjà à ma jumelle, s'ajoutait sa vie sociale.

Quand je rentrais à Paris entre deux missions, il m'arrivait de voir des amies. Mais pour tout dire, depuis deux ans, j'avais perdu le contact avec elles. Mon point d'ancrage était ma sœur et, avec l'arrivée du bébé, je ne pouvais plus l'accaparer autant.

— Louise, si je te dis après-demain pour déjeuner, c'est bon ?

— On se retrouve en bas de mon bureau ? demandai-je en vérifiant dans mon agenda si je n'avais pas de réunion prévue.

— Tu crois que je vais enfin pouvoir le rencontrer ?

Je grimaçai. Léa cherchait désespérément à voir Francis à chacun de ses passages (pourtant rares) à mon bureau, elle tenait vraiment à associer un visage à son prénom.

— Je ne pense pas, répondis-je. Les lendemains de retour, il n'arrive qu'en début d'après-midi.

— Dommage !

Tout n'était qu'une question de point de vue. Une rencontre entre ces deux-là pourrait s'avérer explosive. Avec moi pour unique victime.

— On dit midi ?

— Devant l'immeuble, comme d'habitude, dis-je avant de raccrocher.

Maintenant que j'étais suffisamment calme, j'allais me faire couler un bon bain bien chaud et m'endormir devant la télévision histoire de profiter encore un peu de l'accent espagnol.

* * *

— Vous avez décidé de faire la tête toute la journée ? me demanda Francis alors que je prenais place à ses côtés dans le taxi.

— Je ne fais pas la tête !

Si, c'était exactement ce que je faisais. Mais je ne pouvais pas lui avouer la raison.

— Alors pourquoi n'avez-vous pas décroché un mot depuis que je vous ai débusquée dans la salle de sport ?

Parce que je m'étais réveillée cette nuit en sueur et dans un état d'excitation inédit. Et que le rêve en cause tournait toujours en boucle dans ma tête, menaçant de me faire rougir si je croisais son regard.

— Peut-être que je n'ai rien à dire, répondis-je en observant le paysage par la vitre.

Je revoyais le Francis de mon rêve, torse nu avec un pantalon moulant ouvert et un fouet dans la main… Rien que cette image accéléra les battements de mon cœur. J'étais ridicule ! Depuis quand me comportais-je comme une midinette ? Bientôt, une simple photo de lui suffirait à m'enflammer.

— Louise, je ne peux pas croire que vous n'ayez rien à dire.

— J'ai mal dormi.

Ce qui était la vérité. Après ce réveil torride, je n'avais pu fermer l'œil sans visualiser de nouveau la scène...

— Et maintenant vous rougissez !

Ne pouvait-il pas se taire ?

Une fois dans l'avion, je savais très bien qu'avec ma veine, nos places seraient voisines. Pour éviter une conversation de laquelle je sortirais inévitablement mortifiée et lui satisfait, je n'aurais qu'à sortir le dossier sur l'établissement que nous venions de visiter et commencer le rapport. Ou préparer la présentation pour la réunion de demain après-midi avec M. Fouassard.

Mais en attendant, je devais le tenir à distance.

— C'est notre petite discussion d'hier soir qui vous perturbe encore ?

Me perturber ? Si peu !

— Minute ! Vous n'auriez pas eu un rêve cochon avec cette *Domina* ?

Pas loin !

— Vous vous dévergondez !

Je fermai les yeux. Peut-être qu'en priant très fort, il disparaîtrait. Cette conversation prendrait fin.

— Vous êtes plutôt menottes ou fouet ?

À l'évocation de ce dernier, je sentis mes joues s'empourprer, ce qui signifiait que la torture allait commencer.

— L'aéroport est encore loin ? demandai-je au chauffeur.

Il secoua la tête, sans pour autant me donner plus de précisions.

— Le fouet ? s'exclama Francis. Je vous voyais plutôt avec une plume.

— Et moi, là, tout de suite, je vous imagine très bien avec un bâillon ! répliquai-je avant de comprendre qu'il avait réussi à me faire sortir de ma réserve habituelle.

— Ah, le petit chat est de retour !

Je serrai les mâchoires en entendant le surnom qu'il m'avait donné. Fort heureusement, il ne l'utilisait jamais en présence d'un tiers. Mais l'entendre décuplait mon envie de lui rabattre le caquet.

La première fois qu'il m'avait appelée ainsi, j'en étais restée bouche bée. Plus de répliques cinglantes, juste un désarroi total face à ce comportement inapproprié. J'avais tourné les talons.

La fois suivante, il s'était réjoui de me voir l'envoyer bouler et avait réutilisé ce surnom avec un naturel désarmant. Mais je ne m'étais pas laissée démonter et j'avais riposté avant de partir.

Six mois qu'il me le sortait régulièrement ! Je m'y étais tellement habituée que mon cœur en guimauve y voyait un signe qui me distinguait des autres femmes. Moi, j'étais de celles qui reçoivent un surnom, pas des baisers fiévreux ni… plus.

— Alors le fouet… Vous n'avez pas peur de ne plus pouvoir vous asseoir si votre partenaire ne sait pas s'en servir correctement ?

Le taxi se gara et nous annonça le prix de la course. Je laissai Francis régler, me contentant de déclarer posément avant de sortir du véhicule :

— Qui vous dit que les coups m'étaient destinés ?

Son rire remua quelque chose en moi. C'était la première fois que je réussissais à le surprendre à ce point. D'habitude, il se félicitait de ma réaction, mais il mettait fin lui-même à l'échange, alors que là…

Je me postai sur le trottoir pour chercher dans mon sac à main nos billets. Bien vite, le chauffeur apporta nos valises. Je le remerciai et partis.

Une fois devant la porte d'embarquement, je m'installai dans un siège et sortis mon ordinateur portable pour commencer le rapport. J'avais hâte de m'en débarrasser. Francis s'était plongé dans la lecture de comptes rendus. Nous n'avions rien noté de spécial au sujet du bar de l'établissement, mais il tenait tout de même à vérifier que les clients mystères précédents n'avaient rien remarqué non plus.

Autour de nous, les sièges étaient à présent tous occupés. À ma droite, une femme enceinte jusqu'aux yeux essayait de contenir l'excitation de son petit garçon qui refusait de s'asseoir. Elle tentait en vain de le calmer en lui lisant une histoire, mais était régulièrement contrainte d'élever la voix.

— Je suis désolée, me dit-elle en croisant mon regard. Normalement, c'est l'heure de la sieste.

Je lui souris et retournai à mon rapport, mais impossible de me concentrer suffisamment pour être efficace. J'enregistrai mon document et demandai à Francis s'il avait besoin de l'ordinateur.

— Non, il y a bien trop de bruit pour travailler.

J'acquiesçai et rangeai mes affaires, avisant le petit garçon qui tentait de se faire une place sur les genoux de sa mère.

— Vous voulez que je le prenne ? proposai-je en voyant le petit qui se frottait les yeux.

— Ça ne vous gêne pas ?

Je secouai la tête et arguai qu'il restait moins d'une demi-heure.

En le sentant se blottir contre moi, je réalisai à quel point j'avais envie d'une famille. Et que cela était encore bien loin.

— Vous avez des enfants ? me demanda-t-elle.

— Non.

— Louise, vous auriez de la lotion hydroalcoolique, s'il vous plaît ? intervint Francis.

En fait si, j'avais un gosse. Âgé d'une trentaine d'années, avec une tendance à régresser à l'adolescence et au charisme inversement proportionnel à celui d'un bigorneau.

— Dans mon sac à main, poche avant, l'informai-je.

— Merci !

Je me retournai vers la mère de l'enfant qui dormait maintenant sur mes genoux tout en mâchonnant sa tétine avec énergie.

— Je ne voudrais pas vous déranger… dit-elle.

— Ne vous en faites pas !

— Vous rentrez de vacances ?

Heureuse d'avoir trouvé quelqu'un avec qui discuter en attendant l'avion, je lui répondis avant de lui retourner la question. Nous parlions de la tombe de Christophe Colomb quand l'appel pour l'embarquement retentit.

— Ne devraient-ils pas vous faire monter à bord en priorité ? demandai-je en regardant autour de nous.

Elle haussa les épaules et caressa la joue de son fils qui dormait désormais paisiblement.

— Laissez !

Je sursautai en entendant Francis qui tendit aussitôt les bras pour prendre le petit.

— Vous allez venir avec nous, continua-t-il en cherchant à attraper l'anse de son sac.

— Je m'en occupe ! m'exclamai-je.

Je me penchai pour ramasser son bagage à main, le mien ainsi que l'ordinateur. Il était si gentil de vouloir rendre service à ma voisine, je pouvais bien porter ses affaires en échange.

Devant le steward, il expliqua la situation et nous fit passer tous les quatre après avoir montré nos billets. Je m'arrêtai à nos sièges et les laissai continuer vers la classe économique.

Quand Francis fut de retour, je ne pus m'empêcher de lui faire remarquer :

— Nous devrions peut-être lui offrir nos places, elles sont plus confortables et dans son état…

— Petit chat, nous devons travailler, répondit-il, et son fils dort comme un loir. Et puis, le trajet n'est vraiment pas long.

Peu convaincue, je choisis le siège près de la fenêtre et attendis patiemment que tous les autres passagers aient pris place. Après le décollage, Francis commença à lire ce que j'avais rédigé. Il modifia et compléta des informations avant de me rendre l'ordinateur.

À la fin de son commentaire sur le bar de l'hôtel, il avait ajouté une question quant à la présence ou non de climatisation dans ma chambre.

« Pourquoi ? » tapai-je à la suite avant de lui pointer du doigt l'écran. Il se pencha et momentanément j'oubliai tout, le lieu où nous nous trouvions, ce que nous faisions… Il était si proche que je pouvais sentir son after-shave et frôler sa peau.

Je déglutis et me calai un peu plus dans mon siège.

— La mienne a lâché hier soir, répondit-il avant de se réinstaller correctement.

— D'accord, dis-je sans attendre plus de détails.

— Et j'ai dormi nu.

Je laissai échapper une petite exclamation que j'espérais choquée. Incapable de me tourner vers lui pour savoir s'il plaisantait ou non, j'ajoutai sur l'écran qui nous servait à discuter sans que les autres passagers nous entendent : « En avez-vous informé la réception ? »

— Je ne voulais pas en faire une affaire d'État…

Pitié, dites-moi qu'il parle de la climatisation et pas de sa nudité !

— Francis, grognai-je.

— Ils sont venus et m'ont proposé une autre chambre parce qu'elle n'était pas réparable. J'ai refusé. Vous savez la suite.

Oui, et mon esprit imaginait très bien la scène, recouvrant du drap les parties du corps que je n'avais jamais vues… Et une bouffée de chaleur, une ! Le reste du voyage allait être un calvaire si je ne me sortais pas tout cela de la tête.

À l'atterrissage, le rapport était pratiquement bouclé. Je n'avais plus qu'à en extraire une présentation pour notre réunion. Voilà qui allégeait considérablement le planning de ma soirée. Quant à mes hormones, elles s'étaient calmées, mais j'allais devoir les garder sous contrôle.

En attendant ma valise, je cherchai du regard la femme enceinte. J'avais réellement mauvaise conscience d'avoir cédé à Francis et de ne pas lui avoir proposé nos places.

— Les voilà !

Je sursautai et regardai dans la direction que m'indiquait mon collègue. En effet, nos bagages approchaient sur le tapis et nous allions pouvoir quitter l'aéroport pour rejoindre la capitale. Francis les saisit tous les deux et partit immédiatement vers le parking où il avait garé sa voiture. Maintenant, c'était certain, je n'aurais pas de nouvelles de la jeune maman.

— Louise, vous pouvez entrer votre adresse dans le GPS pendant que je m'occupe de nos bagages ?

J'acquiesçai, m'installai dans le siège passager de sa voiture et sortis l'appareil de la boîte à gants. Il s'installa derrière le volant et alluma le contact.

— Qu'est-ce qui vous arrive ? me demanda-t-il quelques minutes plus tard.

— Rien.

— Laissez-moi deviner : vous pensez à cette femme enceinte et à son fils.

Je grimaçai. Il avait raison. Je ne pouvais m'empêcher de songer à eux. J'aurais vraiment voulu les aider.

— Louise, je sais que vous êtes la bonté en personne…

Et une bouffée de chaleur !

— … que vous aimeriez que tout le monde soit heureux autour de vous…

La température monta d'un cran.

— … que vous n'hésitez pas à vous sacrifier pour les autres…

— Mais ? l'interrompis-je avant de fondre.

— … mais vous oubliez que ça ferait aussi plaisir à certains si vous pensiez un peu plus à vous, conclut-il.

J'aurais dû lui demander ce qui lui faisait croire que je ne pensais pas à moi mais j'étais trop subjuguée par son profil.

Ses traits virils et réguliers, ses yeux bordés de longs cils… À cet instant, il ressemblait à un héros de romances écossaises, prêt à conquérir le monde. Ou à aller faire la guerre au clan voisin.

Alors comme ça, j'étais « la bonté en personne ». Voilà un compliment peu satisfaisant. Je ne voulais pas du rôle de sainte, j'aurais préféré être une femme désirable – qui se souciait également de son prochain.

Je me tournai vers la vitre pour observer la route et tenter d'ignorer la boule qui venait de se former dans ma gorge. Il ne mélangeait pas travail et plaisir. J'étais pour lui une espèce de sainte. Adieu illusions, je n'aurais pas mon *happy end* avec lui.

CHAPITRE 2

Mon rendez-vous impromptu avec M. Fouassard, le patron, s'était très bien déroulé. À mon arrivée, j'avais trouvé une note m'invitant à venir le voir, dès que possible, pour mon entretien d'évaluation. Moment délicat et peu plaisant, mais j'avais atteint mes objectifs, je n'avais donc en théorie aucune raison de m'inquiéter. J'en avais profité pour lui parler de mon avenir dans la société, mon envie d'aller de l'avant et de changer mon rythme de vie.

Et pour cela, je devais m'éloigner de Francis.

Comment allais-je rencontrer un autre homme si je passais mon temps à sillonner la planète avec lui ?

En poussant la porte du bureau que je partageais justement avec lui, je le trouvai debout, face à Léa. Calmement assise dans mon fauteuil, cette dernière souriait de toutes ses dents alors qu'il se tenait bien droit devant elle, à l'évidence stupéfait.

— Bonjour, dis-je en entrant. Qu'est-ce que tu lui as fait pour le mettre dans cet état ?

— Salut Lou !

Ma sœur était bien trop joyeuse pour être restée sage en mon absence.

— Je lui ai juste dit qu'il avait une voix à faire mouiller la plus coincée des nonnes, répondit-elle.

Mais pourquoi donc avais-je posé la question ?

— Je me doutais bien que je n'avais pas envie de savoir, grommelai-je.

Je rangeai discrètement le dossier que venait de me confier le chef dans mon tiroir. À l'intérieur se trouvaient toutes les informations nécessaires pour notre prochaine mission. Les deux établissements ne semblaient pas avoir de problèmes « sur le papier », mais on n'est jamais trop prudents. C'était l'histoire de deux petites semaines, presque des vacances, qui plus est en Floride.

— N'empêche, il a tout de suite vu que je n'étais pas toi ! poursuivit Léa.

Ce qui, aux yeux de ma sœur, était une qualité inestimable.

— Et pourtant on se ressemble tant, répondis-je, sarcastique.

— Il ne tient qu'à toi de changer de garde-robe ! En revanche, pour les seins, je ne peux pas t'aider.

— Les seins ?

Pitié, dites-moi qu'elle ne vient pas de mentionner ma poitrine devant Francis ! Qu'est-ce qui lui prend de parler de ça ?

— Oui, monsieur les a matés. Mais bon, quel homme normalement constitué ne le ferait pas ?

— Un qui respecte les femmes ?

— Quelle rabat-joie ! Enfin, je ne suis qu'au début de ma grossesse, donc la différence ne doit pas être si flagrante !

Sans me laisser le temps de réagir, elle posa ses mains sur mes seins, les soupesant rapidement avant que je ne la repousse.

— Si seulement tu mettais des soutiens-gorge dignes de ce nom !

— Léa ! m'écriai-je.

— OK, même si je ne suis pas contre vous voir vous tripoter devant moi, intervint Francis, j'aimerais savoir pourquoi vous êtes là.

Il était tourné vers moi, mais je ne pouvais pas le regarder dans les yeux. Ma sœur était bien trop imprévisible pour ne pas imaginer le pire. Qu'avait-elle pu lui raconter en mon absence ?

— Comme si j'avais besoin d'une excuse pour voir ma sœur ! répondit Léa. Au passage, je peux vous certifier que nous sommes la copie conforme l'une de l'autre, même tache de naissance à…

— Léa !

Après cette phrase, je savais que j'avais toutes les raisons de me faire du souci. Elle n'éprouvait aucune gêne à parler de… tout. Et pouvait donc très facilement avouer que nous avions une marque identique sur le pubis, relativement bien placée puisque même le plus minuscule des bikinis pouvait la dissimuler.

— Tu es en avance, dis-je pour mettre fin à cette conversation.

J'attrapai ma veste, prête à déguerpir au plus vite.

— Oui, ma réunion a fini plus tôt que prévu et j'en ai profité pour m'éclipser avant que quelqu'un ne me trouve autre chose à faire. On s'en va déjà ?

— Oui.

Je lui saisis le bras pour l'emmener loin de mon bureau et plus particulièrement de Francis. Pour ma santé mentale, mieux valait qu'ils ne restent pas dans la même pièce plus que nécessaire !

— Pas question de vous laisser faire plus ample connaissance, ajoutai-je pour faire comprendre à ma sœur que c'était bien la première et dernière fois qu'elle le voyait.

— Auriez-vous des secrets inavouables, petit…

Je me retournai vers mon collègue pour le foudroyer du regard. Il n'avait pas intérêt à m'appeler ainsi devant témoin ! Et encore moins devant ma sœur qui n'hésiterait pas à en rajouter une couche. Comment ? Bonne question ! Mais je lui faisais confiance pour réussir, alors autant ne pas lui donner l'opportunité de m'embarrasser davantage ou de fournir des munitions à Francis.

— À très bientôt, j'espère, Léa.

Je me retins de grogner de mécontentement. Il avait utilisé un ton charmeur à me donner des frissons. Quand il me parlait ainsi, il me fallait mobiliser toute ma concentration pour ne pas me laisser hypnotiser et céder à sa requête. En revanche, s'il utilisait cette voix avec une autre femme… pour être honnête, j'étais dévorée par la jalousie.

— Je l'aime bien, s'exclama ma sœur assez fort pour que tout le monde l'entende.

Sans blague !

J'attendis d'être sortie du bâtiment pour me tourner vers elle et lui poser la question tant redoutée :

— Qu'est-ce que tu lui as raconté ?

— Rien, je t'assure !

D'accord, admettons qu'elle dise la vérité…

— Tu ne m'avais pas dit qu'il était aussi *hot* !

— Tu veux manger quoi ? éludai-je.

— Si je n'étais pas mariée, je lui aurais sauté dessus ! Et tu aurais tes chances, toi !

J'inspirai un grand coup et reposai ma question.

— Un McDo ! répondit-elle en m'entraînant vers le fast-food.

— Je croyais que ton cher et tendre ne voulait pas que tu mettes les pieds dans cet antre du diable.

— Je dirai que c'est de ta faute.

— Pardon ?

— Oui, tu avais beaucoup de choses à me raconter et tu préférais manger là où tu étais sûre de ne croiser aucun de tes collègues.

— Ben voyons !

Mon beau-frère allait encore me faire la morale parce que j'entraînais sa femme dans un restaurant où aucun plat n'était recommandé par les nutritionnistes. Certes, les salades pouvaient prétendre être relativement équilibrées, mais soyons honnêtes, elle n'avait nullement l'intention d'en commander une.

— Je vois que j'arrive au bon moment !

Je serrai les dents en entendant cette voix reconnaissable entre toutes. Les deux jeunes filles devant nous ne s'y trompèrent pas et se tournèrent brusquement, sûrement pour s'assurer qu'elle était en accord avec le physique. Si seulement il ne ressemblait à rien… Était-ce trop demander pour accompagner cette voix à faire se pâmer les femmes qu'un corps quelconque, voire repoussant ?

Évidemment, il était tout le contraire. Les deux midinettes lui adressaient déjà des sourires et des œillades aguicheuses. Ne savaient-elles donc pas se tenir ?

— Alors, quelle confidence juteuse alliez-vous faire à votre sœur, Lou ?

Je lui jetai un regard noir, mais ne répliquai pas. Il avait remarqué que je n'aimais pas ce diminutif et, si je m'y opposais trop férocement, il n'hésiterait pas à l'utiliser.

— Votre technique est à revoir si vous croyez qu'il suffit de poser la question pour qu'elle réponde, dit Léa en riant.

— D'ailleurs, je n'ai rien de juteux à raconter ! m'exclamai-je. Elle veut juste servir une excuse à son mari pour justifier son repas ici et, comme d'habitude, elle n'hésite pas à m'embarquer dans son mensonge !

— Les gens la prennent pour une sainte, elle est donc l'alibi parfait, ajouta ma sœur sur le ton de la confidence. Combien de fois j'ai évité la punition en me servant d'elle !

Je levai les yeux au ciel et me concentrai sur le menu.

— En mission, ils lui mangent tous dans la main, dit Francis. Alors que moi, je dois trimer pour obtenir la moitié des informations qu'elle a en deux minutes.

Je soupirai tout en secouant la tête. Il lui suffisait d'aborder la première dinde venue pour connaître tous les secrets de l'établissement, la couleur de la culotte de son interlocutrice comprise. Et Léa ne s'y trompa pas :

— Arrêtez, je suis sûre qu'avec un petit sourire et une voix pareille, toutes les femmes sont prêtes à vendre leur mère !

— Pas toutes…

Il existait donc des membres de la gent féminine insensibles à son charme ?

Les deux filles devant moi partirent avec leurs commandes, n'oubliant pas de jeter un dernier regard à mon collègue.

Je passai la mienne sans prendre part à la conversation.

— Votre sandwich sera prêt dans un instant. Si vous pouviez vous décaler pour que je puisse m'occuper des clients suivants…

Je hochai la tête et écoutai ma sœur commander pour quatre.

— Tu ne vas jamais manger tout ça ! m'exclamai-je une fois le vendeur parti préparer sa boisson.

— Tu m'aideras !

Elle se tourna vers Francis pour ajouter :

— Elle est très gourmande. Gamine, je la soudoyais avec de la glace vanille macadamia.

Était-elle obligée de lui révéler tout cela ? D'accord, ce n'était rien de bien personnel ni de gênant, mais il n'avait pas besoin d'autant de détails.

Je grignotai une frite tandis que le restaurant se remplissait autour de nous. Un groupe de jeunes avait pris place sur une banquette. Une fille pour trois garçons, et pourtant elle paraissait intéressée ailleurs… Je suivis son regard jusqu'à croiser celui de Francis.

Je me détournai pour demander au caissier de voir où mon sandwich en était, avant de lécher mes doigts recouverts de sel.

— J'ai tout, je vais chercher une place ! s'écria Léa. Vous mangez avec nous, Francis ?

— Non, ma super-assistante m'a envoyé une présentation à relire pour cet après-midi.

— Associée, grommelai-je en saisissant le sandwich que le vendeur me tendait.

— Vous devriez aller vous asseoir, Léa, vous avez l'air affamé !

Ils se saluèrent comme deux vieux amis, ce qui me fit froid dans le dos. Si ces deux-là réussissaient par un quelconque moyen à garder contact, ma vie allait se transformer en un véritable enfer.

Je suivis ma sœur et m'installai en face d'elle.

— Alors dis-moi, il y a quelque chose entre vous ? demanda-t-elle.

— Non.

Je me concentrai sur l'organisation de mon plateau : verre à gauche, sandwich à droite…

— Louise, je suis ta jumelle, tu peux tout me dire !

— Tu as entendu, je suis son assistante. Point.

Elle fronça les sourcils et je me sentis aussitôt obligée d'insister :

— Promis, il n'y a rien entre nous !

— Louise, j'ai bien vu qu'il ne te quittait pas du regard. Et les questions qu'il posait sur toi…

— Léa, il cherchait juste des informations pour me rendre dingue.

Elle secoua la tête, pas convaincue. Mais je ne souhaitais pas poursuivre sur ce terrain miné. Je ne voulais pas lui avouer que, pour moi, il était bien plus qu'un collègue. Et que j'avais bien conscience de n'avoir aucune chance avec lui.

— Et si tu me parlais de la réaction de ta chef quand tu lui as annoncé la nouvelle ? demandai-je en pointant son ventre.

Elle grimaça et me raconta dans les moindres détails sa conversation avec la harpie qui lui servait de supérieure.

* * *

— Louise ! s'exclama ma mère en me serrant dans ses bras. Nous allons enfin passer de vraies fêtes de fin d'année, pour une fois.

La coutume aurait voulu qu'elle me souhaite un bon réveillon de Noël, mais elle faisait toujours dans l'original. Ce qui ne pouvait signifier qu'une chose : elle était en forme et j'allais avoir droit à des remarques sur mon statut de célibataire.

Je m'écartai pour la laisser saluer Léa et son mari avec qui j'avais fait la route jusqu'à la maison familiale.

— Je ne serai pas là pour le Nouvel An, dis-je en faisant la bise à mon père qui me tenait par les épaules. Le jardin est magnifique.

Il me fit un petit signe de tête pour me remercier. Chaque année, il sortait du garage les décorations pour donner un air de fête à leur quartier résidentiel. L'an dernier, un voisin avait fini par l'imiter.

— Et comment comptes-tu fonder ta propre famille ? persiffla ma mère dans mon dos.

— Maman, la fécondation *in vitro* n'est plus un mythe, intervint Léa. Plus besoin d'un homme pour avoir des enfants.

— Viens, chuchota mon père, laissons-les se disputer !

Je le suivis, agacée par la mauvaise habitude qu'avait prise ma mère depuis l'annonce de la grossesse de ma sœur. Dès que Léa avait su pour le bébé, elle s'était empressée de partager sa joie avec nous.

La seule chose que je n'avais pas prévue était les reproches que m'adresserait ma mère au sujet de mon célibat. À notre âge, elle venait d'accoucher. Elle était mariée depuis des années et heureuse. Ce qui signifiait dans sa logique que j'étais malheureuse et en train de rater ma vie.

— De toute façon, on ne m'enlèvera pas l'idée qu'avec un travail pareil, elle ne trouvera jamais un homme digne de ce nom !

Je fermai les yeux, priant pour que ma sœur ne mentionne pas Francis.

Pour mes parents, je voyageais avec quelqu'un d'ordinaire qui devait ressembler à un petit chauve bedonnant en costume-cravate. Et autant ne pas les détromper !

— Et si nous changions de sujet ?

Léa s'assit à mes côtés et me serra discrètement la main en signe de solidarité. Sans laisser le temps à ma mère de revenir à la charge, Guillaume demanda des nouvelles à mon père qui se fit un plaisir de détourner ainsi la conversation. Au moins pour un temps.

N'écoutant que d'une oreille distraite ce qui se racontait autour de moi, j'observai les décorations avec une certaine mélancolie. Enfant, j'adorais jouer avec la statuette en forme de Père Noël qui trônait sur le vaisselier. Il vivait de folles aventures sur le tapis, mais finissait toujours calé contre moi dans le canapé. Puis, en grandissant, j'avais pris l'habitude de le toucher, en mémoire de tout ce que nous avions vécu ensemble.

Soudain, je sentis mon téléphone vibrer dans ma poche. Qui pouvait m'envoyer un message ? Toutes les personnes qui utilisaient ce numéro étaient avec moi. Les autres étaient des collègues… Francis ?

Je sortis discrètement mon portable.

Francis. C'était bien lui.

Bon réveillon

Pas de quoi en tomber à la renverse, mais il avait pensé à moi. À vrai dire, l'an passé nous avions célébré Noël au Maroc pendant notre mission incognito. Pour la première fois de ma vie, j'avais fêté le réveillon avec d'illustres inconnus et, bizarrement, j'en gardais un bon souvenir.

Je lui renvoyai un texto avec mes vœux, le cœur battant la chamade. Me maudissant de ma timidité, je tâchai de reprendre la conversation en route, sans lâcher mon téléphone.

— Pourquoi je ne pourrais pas porter cette robe ? demanda ma mère, visiblement agacée.

Léa se fit une joie de répondre à cette question en apportant des termes plus ou moins techniques qui sonnaient à mon oreille comme du chinois. Pourquoi s'habiller devait-il être aussi difficile ? Non que je ne m'y intéressais vraiment… Dans les magasins, j'achetais toujours des coloris neutres qui allaient avec tout. Et idem pour les coupes : des pantalons droits, classiques et surtout unis.

Mes choix vestimentaires désespéraient ma sœur qui n'hésitait pas à mettre des couleurs vives et des tenues bigarrées, sans jamais pour autant ressembler à un clown.

Mon téléphone vibra de nouveau. Profitant du débat sur la longueur convenable d'une robe à partir d'un certain âge, je lus le message :

Pas de bingo prévu ici, j'avais pourtant bien aimé celui de l'an passé !

Je souris, essayant de rester la plus discrète possible.

Parmi les activités organisées, il avait choisi le bingo et remporté un magnifique bouquet de fleurs. Il m'avait adressé un clin d'œil avant de l'offrir à une dame relativement âgée qui n'avait pu s'empêcher de rougir.

Aucune femme n'était à l'abri de son charme.

Nous sommes en plein débat sur la longueur idéale d'une robe…

À peine replacé sur mes genoux, mon téléphone vibra, m'annonçant l'arrivée d'un nouveau message.

Vous portez une robe ?!

Je le détrompai aussitôt.

Dommage, sinon j'aurais demandé une photo !

Et voilà, même à distance, il prenait plaisir à me taquiner. Et moi, à le voir faire. Pitoyable. Je ne pris pas la peine de répondre et me plongeai dans mes rêveries.

En deux ans, je n'avais jamais porté autre chose qu'un pantalon. J'en avais pour toutes les saisons et ne me promenais jamais jambes nues. Ces dernières étaient si pâles que Léa m'avait offert des séances de bronzage pour notre anniversaire. J'y étais allée avant de partir à Séville. Mais je n'avais laissé personne voir la différence…

Encore une fois, bon réveillon, Louise.
PS : J'ai un cadeau pour vous.

Un cadeau ? Pour moi ! Émue par cette attention, je sentis néanmoins la panique m'envahir en prenant conscience que je n'avais rien pour lui. Et puis de quel genre de cadeau on parlait ? Qu'est-ce que j'allais bien pouvoir lui offrir ?

— Louise, tu viens m'aider en cuisine !

Léa, déjà debout, fronçait les sourcils. Pas de doute, j'avais intérêt à obéir si je ne voulais pas subir ses foudres.

Je la suivis mon portable plaqué contre ma poitrine.

À peine la porte franchie, elle me l'arracha et le tint hors de portée.

Elle pianota, lut…

— Tu vois, ce type tient à toi !

Ma gorge se noua, tandis que je prononçais difficilement :

— S'il te plaît, arrête !

— Arrêter quoi ? me demanda-t-elle. J'ai vu sa façon d'être avec toi, et avec tout ce que tu me racontes…

— Mais…

— Il n'y a pas de « mais » ! Tu es une femme géniale, il l'a forcément remarqué. Surtout vu le temps que vous passez ensemble !

— Je vais t'en donner des « mais », rétorquai-je en croisant les bras devant moi.

Je la vis froncer des sourcils avant de hocher la tête.

— Il a pour règle de ne pas mélanger travail et vie privée.

Alors qu'elle ouvrait la bouche, certainement pour répliquer que cela pouvait changer avec de bons arguments, je poursuivis :

— Et… les hommes perçoivent les femmes de deux façons distinctes : celles avec qui tout est possible et celles qui sont intouchables.

— Louise…

— Non, Léa, vu ce qu'il m'a dit, je ne fais pas partie du premier groupe.

Sans l'avoir prévu, je vis des larmes couler le long de ses joues. Elle les essuya rapidement, maudissant ses hormones et mon défaitisme. Soudain, elle releva la tête.

— Tu es amoureuse !

J'eus un mouvement de recul avant de regarder si nous étions bien seules toutes les deux. Je ne voulais pas paraître plus pathétique que je ne l'étais déjà. Que Léa le sache, je pouvais l'accepter, mais pas quelqu'un d'autre.

— Oh, Louise ! Tu dois tenter quelque chose !

— Léa, tu te souviens à qui tu parles ? répliquai-je. Je n'arrive à rien avec cette maudite timidité et toi tu me demandes de…

La porte s'ouvrit sur notre père qui s'inquiétait du temps que nous mettions à apporter des verres pour l'apéritif.

— Que se passe-t-il ici ?

— Rien, lui répondis-je rapidement avant que ma sœur ne se sente obligée de dévoiler ce qu'elle venait de découvrir.

— Alors pourquoi elle pleure ?

— Les hormones, papa ! répliqua Léa en glissant mon téléphone dans ma poche.

Elle le prit par le bras et l'entraîna en dehors de la pièce. Une fois seule, je regardai autour de moi, tâchant de me souvenir de ce que nous étions prétendument venues chercher. Je trouvai les verres empilés sur le plan de travail. Et puis zut ! En passant dans le couloir, je rangeai mon téléphone dans mon sac à main. Pas question de me laisser distraire alors que je fêtais Noël en famille.

CHAPITRE 3

Cinq heures du matin et déjà à l'aéroport. La semaine en famille s'était terminée sans nouvelle attaque de ma mère ni texto de Francis ou encore discussions avec ma sœur au sujet de ce dernier. Léa semblait ravie par ma mission en Floride, et me répétait que le court séjour qu'elle y avait fait lui avait laissé des souvenirs impérissables.

La connaissant, je n'avais pas osé lui demander de précisions.

La veille au soir, j'avais été incapable de fermer l'œil. L'idée même de le revoir m'avait rendue plus nerveuse qu'une adolescente avant un rendez-vous avec le garçon de ses rêves. Je n'avais cessé de tourner dans mon lit, cherchant la bonne position et m'appliquant à ne pas penser à lui. Mission impossible !

Plus qu'à espérer pouvoir dormir dans l'avion. Avec près de quinze heures de trajet, cela restait envisageable, d'autant plus que je serais trop fatiguée pour faire quoi que ce soit d'autre.

L'avantage avec les États-Unis, c'était que le décalage horaire ne se ferait sentir qu'au retour.

— Bonjour Louise !

Francis, sourire aux lèvres et œil pétillant, venait de me rejoindre au point de rendez-vous convenu.

— Bonjour.

Je pris ma valise et me dirigeai vers le comptoir d'enregistrement.

— Vous avez passé de bonnes fêtes ? me demanda-t-il tandis que je sortais de mon sac nos deux billets électroniques ainsi que mon passeport.

Les jérémiades de ma mère sur mon célibat mises à part, je dirais que oui. Au bout de la vingtième remarque, il était difficile d'ignorer que ma vie privée ne la satisfaisait pas – comme si j'en étais moi-même contente !

— Ça a été, répondis-je simplement. Et les vôtres ?

— Ma mère était ravie d'avoir toute sa famille autour d'elle et nous a régalés avec ses bons petits plats.

Je hochai la tête, me souvenant avec plaisir du gâteau au chocolat confectionné par la mienne. Accompagné d'une boule de glace de mon parfum favori. Je m'étais empressée d'engloutir ma part sous les moqueries de Léa.

— Pourquoi ce sourire ?

— Je me rappelais juste le dessert du réveillon, dis-je en rougissant.

— Et qu'était-ce ? demanda-t-il. Je vous rassure, c'est seulement pour le cas où j'aurais besoin de vous manipuler !

Je ris avant de lui répondre.

— Il me semble avoir déjà entendu parler de cette glace…

Mes joues s'empourprèrent, mais je ne pris pas la peine de répliquer. De l'autre côté du comptoir, l'hôtesse attendait que nous nous approchions pour enregistrer nos bagages. Nous passâmes les contrôles de sécurité en silence et sans nous presser, avant de trouver des sièges près de la porte d'embarquement.

— Louise !

— Oui, dis-je en me tournant vers Francis.

— Nous travaillons ensemble depuis deux ans.

Je hochai la tête, attendant qu'il en vienne aux faits.

— Alors pourquoi continuons-nous à nous vouvoyer ?

— Parce que nous nous faisons passer pour deux étrangers. Et les inconnus se vouvoient entre eux.

— En voyage, ou pendant leurs vacances, certains se tutoient plus facilement.

— Peut-être, mais se vouvoyer, c'est plus prudent.

— Là, nous ne sommes que tous les deux, rétorqua-t-il à juste titre.

— Si nous prenons l'habitude de nous tutoyer quand nous sommes seuls, un jour ou l'autre nous nous trahirons devant quelqu'un. Autant rester au bon vieux « vous » et ne pas risquer de lapsus.

— Juste une fois, supplia-t-il.

— Pas question !

Je sortis un magazine de mon sac à main pour lui signifier que la conversation était terminée. Je ne voulais pas le tutoyer et me sentir encore plus proche de lui. Le vouvoiement me permettait de maintenir une distance de sécurité et de garder à l'esprit que nous n'étions que deux personnes travaillant ensemble et rien de plus.

— Vous vous rendez bien compte que vous venez de me lancer un défi…

Je levai les yeux au ciel. Et voilà, le sale gosse était de retour. Totalement infréquentable.

— Amusez-vous bien ! soufflai-je en tentant de me concentrer sur la lecture de mon magazine.

— Arrêtez de vouloir me faire croire que ce torchon vous intéresse !

— Ce torchon ? m'exclamai-je.

— Franchement, vous avez réellement l'intention de faire un régime ?

Je regardai le titre de l'article ouvert devant moi et compris pourquoi. En quelques lignes, j'avais lu autant de fois « calories », « faire attention » et autres « manger équilibré ». Je tournai la page pour me retrouver avec des photos de mannequin en sous-vêtements.

— Ah, ça, je préfère ! Surtout celui-ci, ajouta-t-il en posant son doigt sur un modèle noir en dentelle. Et vous ?

— Moi ce serait plutôt celui-là, dis-je en pointant un rouge.

Loin de me sentir à l'aise, j'avais répondu essentiellement dans le but de le faire taire. Mes cheveux relevés en chignon n'étaient d'aucune aide pour dissimuler la couleur de mes joues.

N'obtenant aucune réaction, je me tournai vers lui pour le voir me dévisager avec un grand sourire.

— Prendriez-vous de l'assurance ?

Je secouai la tête, incapable de poursuivre.

— Si ça ne vous dérange pas, je vais me reposer un peu.

— Je vous réveillerai, dis-je aussitôt.

— Je sais.

J'avais lu la moitié de mon magazine quand l'heure d'embarquer arriva. Francis dormait à poings fermés et l'expression de paix sur son visage ne le rendait que plus séduisant à mes yeux, ainsi qu'à ceux de son autre voisine.

— Nous devrions peut-être le réveiller ? me dit-elle avec un sourire qui trahissait son intérêt.

Espérait-elle qu'il la drague ? Qu'il passe le voyage avec elle, ou encore qu'ils se retrouvent une fois à Orlando ?

— Francis, c'est l'heure ! murmurai-je en posant ma main sur son coude.

— D'accord, petit chat.

Ravie qu'il ait utilisé ce surnom devant l'autre femme, je me levai et l'attendis pour me mettre en marche. Il m'en fallait peu pour être heureuse et la déconvenue de sa voisine me suffisait pour la journée. Ou, tout du moins, pour les quinze heures d'avion.

***

— Allez ! Il n'y a rien de grave à s'endormir sur l'épaule de son voisin !

Je ne perdis pas mon temps à répondre et poursuivis mon avancée dans le couloir étroit de l'avion.

J'avais finalement réussi à me reposer pendant le voyage. Et je m'étais réveillée la tête sur Francis, forcément témoin du bond que j'avais fait pour reprendre une position « normale ».

C'était la première fois que ce genre d'incident se produisait et je n'avais aucune idée sur la manière de gérer mon embarras. Heureusement, je savais de source sûre – c'est-à-dire ma sœur – que je ne parlais pas dans mon sommeil, même quand on me posait des questions ou qu'on me bougeait légèrement… En gros, elle avait dû essayer plusieurs fois et n'en avait tiré qu'une grande frustration.

— Louise, je ne vous en veux pas d'avoir bavé sur mon polo !

Je me tournai brusquement, jetant un coup d'œil à son épaule au passage.

— Je ne bave pas !

Son petit sourire finit de m'agacer. Je lui dis alors à mi-voix :

— Et nous devrions être plus discrets au cas où des clients de l'hôtel se trouveraient parmi les passagers de ce vol.

— Vous fuyez…

Je lui jetai un dernier regard noir et me pressai de rattraper la file vers la sortie de l'appareil. Je m'arrêtai aux toilettes avant d'aller patienter près des tapis roulants pour récupérer ma valise. L'attente s'avéra longue et solitaire, mais nous ne pouvions plus être vus ensemble si nous ne voulions pas saboter notre couverture dès le premier jour.

J'aperçus de nouveau Francis une fois assise dans la navette qui me conduisait à l'hôtel. Il arriva juste à temps pour monter à bord et se faufila vers l'arrière sans me prêter la moindre attention. Lui aussi était dans son personnage.

Durant tout le trajet, je regardai par la fenêtre tout en songeant à mon réveil dans l'avion. J'étais encore gênée d'avoir été si proche de lui. Mais je n'avais rien fait de mal ! Il me l'avait dit lui-même, et me l'avait même répété de nombreuses fois.

Sauf que la situation était différente pour lui. Il n'avait pas particulièrement apprécié ce rapprochement, il n'avait pas d'espoirs et encore moins de sentiments pour ma pauvre petite personne.

La navette ralentit jusqu'à s'arrêter devant l'entrée de l'hôtel où nous devions séjourner. Je m'étirai du mieux possible, avant de me lever pour aller chercher ma valise qu'un employé venait de poser délicatement sur le trottoir.

Premier bon point pour le service, notai-je intérieurement.

En la tirant vers la réception, je la trouvai bizarrement trop lourde. Peut-être la fatigue… Je me postai derrière un couple de retraités. J'étais courbatue par le trajet, mais c'était bien la première fois que j'avais cette impression. Et puis, où était mon étiquette ?

Je regardai derrière moi sur le carrelage avant de me décaler pour voir si elle ne gisait pas devant la porte d'entrée, aux yeux de tous. Y était-elle quand ma valise était apparue sur le tapis de l'aéroport ? Nul doute que oui. J'avais même pris soin de vérifier que c'était bien la mienne en regardant justement mon nom.

Après avoir récupéré les clefs de ma chambre, je retournai rapidement à l'extérieur et questionnai l'employé qui l'avait sortie de la navette. Rien. Il n'avait rien vu ni rien trouvé.

— Je dois l'avoir perdue à l'aéroport, dis-je avant de m'excuser pour le dérangement.

Il ne me restait plus qu'à trouver un nouveau porte-étiquette.

Et pas seulement…

En ouvrant ma valise, j'eus la mauvaise surprise de découvrir des affaires qui n'étaient pas à moi. Sans avoir à fouiller, la robe courte posée sur le dessus annonçait tout de suite le problème : ce n'était pas ma valise.

— On respire, m'encourageai-je en regardant autour de moi.

En deux ans, c'était la première fois que je vivais ce genre de situation. Comme je ne fermais pas ma valise à l'aide d'un cadenas depuis qu'un douanier zélé n'avait pas hésité à tout arracher pour contrôler mon bagage, je m'attendais à des vols. Dans mon esprit, seules quelques affaires disparaissaient, je ne subissais pas un remplacement complet de ma garde robe !

Pour commencer, j'allais prévenir la réception que des bagages avaient été échangés par inadvertance et je pourrais retrouver mes pantalons, mes chemisiers…

Je me penchai un peu pour apercevoir des chaussures aux talons étourdissants. Comment une femme pouvait-elle marcher à une telle hauteur ?

Je refermai la valise d'un coup sec, remarquant pour la première fois son état pratiquement neuf. Contrairement à la mienne, celle-ci ne semblait pas avoir énormément voyagé.

Je descendis dans le hall de l'hôtel et ne trouvai personne à la réception. J'avisai une sonnette à ma droite et l'utilisai pour appeler le responsable. Quelqu'un dans cet hôtel avait mes vêtements et devait souhaiter ardemment retrouver les siens.

— *How can I help you*[1] ? demanda la femme avec un sourire parfaitement commercial.

— Je viens d'arriver, répondis-je en anglais, et je crains de m'être trompée de valise en descendant de la navette.

Une fois les phrases de politesse habituelles énoncées, elle m'expliqua que, pour le moment, personne n'avait signalé de problème.

— Le chauffeur est toujours là, je vais le faire venir.

Je hochai la tête et observai autour de moi tandis qu'elle composait un numéro sur le téléphone devant elle. Quand il fut avec nous, je lui décrivis ma valise.

— Je me souviens à l'aéroport, il y en avait deux !

— Donc un autre client ne va pas tarder à se manifester, m'exclamai-je, ravie par la tournure des événements.

— Impossible.

— Pourquoi ? demandai-je en sentant mon moral baisser de nouveau.

— Je n'ai chargé que celle qui était avec les bagages à mettre en soute.

— Et l'autre ?

— L'homme qui était à côté est parti avec.

L'échange avait dû se faire à ce moment-là.

— Y a-t-il vos coordonnées sur votre valise ?

---

1. En quoi puis-je vous aider ?

Je regardai la réceptionniste et acquiesçai. Un homme ? Pourtant cette valise n'avait rien de masculin ! C'était même tout le contraire !

— La personne pourra donc prendre contact avec vous…

Le chauffeur se gratta la gorge. L'expression de son visage ne m'annonça rien de bon.

— Il est entré dans l'aéroport.

Avec ma veine, il ne verrait le problème que dans plusieurs heures. Entre-temps, ma valise serait à l'autre bout du pays ou de la Terre et moi, je serais ici sans vêtements.

— Si nous pouvons faire quoi que ce soit pour vous aider…

Me rendre mes affaires ?

Je secouai la tête, abattue. J'étais bonne pour faire les magasins. Et une femme, quelque part dans le monde, allait avoir une crise cardiaque en ouvrant ma valise et en découvrant que ses magnifiques vêtements avaient été remplacés par les miens. Elle allait me maudire. Je l'imaginais très bien tenant dédaigneusement un de mes chemisiers du bout des doigts.

Je me détournai du comptoir et vis Francis qui regardait dans ma direction. Mon séjour débutait au plus mal. D'autant plus qu'après cet établissement, nous devions louer une voiture jusqu'à un autre hôtel situé plus au sud de la Floride.

Chaque chose en son temps ! me réprimandai-je.

Tout d'abord, je devais me doucher et faire la liste de ce dont je ne pouvais absolument pas me passer. Pas question d'acheter un épilateur électrique dont la prise et le voltage ne seraient pas les mêmes qu'en France. À la place, je prendrais rendez-vous avec une esthéticienne de l'hôtel. Et au passage, je pourrais faire une évaluation supplémentaire.

Pour les vêtements, les choses se corsaient. Je n'étais pas une adepte du shopping, mais je savais aussi que la mode locale était loin d'être la mienne. J'allais devoir faire des efforts, et surtout des compromis sur les couleurs.

Léa sera ravie ! Et Francis allait avoir de quoi me taquiner pendant un petit moment...

Je retournai dans ma chambre, déçue de ne pas pouvoir téléphoner aussitôt à ma sœur pour lui raconter dans quel guêpier je me trouvais. Elle saurait assurément comment me rendre le sourire, ce qui, là tout de suite, paraissait inenvisageable.

— Ce ne sont que des vêtements, me répétai-je en boucle.

Prendre une douche pour renfiler mes affaires sales était désagréable, mais je n'avais pas réellement le choix ! Une fois rhabillée, je rouvris la valise pour regarder les différentes tenues. Les tissus semblaient si délicats que je n'osais pas les toucher. La propriétaire allait vraiment faire une syncope en découvrant le contenu de la mienne !

Dès que j'entendis un coup porté à ma porte, je songeai que mon calvaire était terminé. Quelqu'un s'était manifesté, mes vêtements étaient là.

Ou pas...

— Je peux entrer ?

Je laissai Francis passer avant de vérifier que personne ne l'avait vu. Nous risquions d'être démasqués s'il s'introduisait dans ma chambre alors que nous venions tout juste d'arriver et n'étions pas censés nous connaître.

Je refermai et m'adossai à la porte.

— Que se passe-t-il ? me demanda-t-il, soucieux.

— Ma valise. Elle a été échangée.

Je le vis se retenir de sourire et sentis mon abattement s'accentuer.

— Allez-y, moquez-vous !

Je regardai sa main tendue vers moi qui contenait un paquet cadeau. Mince, le mien était dans ma valise.

— Je suis désolée, le mien est quelque part dans un avion avec le reste de mes affaires, dis-je, dépitée.

Je n'avais pas trouvé de présent extraordinaire à lui acheter. À vrai dire, je ne savais pas ce qu'il convenait d'offrir à un collègue dont on est secrètement amoureuse. Dénicher quelque chose qui lui plaise sans me ridiculiser s'était avéré difficile. J'avais fini par me contenter d'un livre qu'il m'avait dit vouloir lire et d'une boîte de ses gâteaux préférés.

— Ce n'est pas grave.

De toute façon, je ne pouvais pas les faire apparaître comme par magie.

Je pris le paquet qu'il cherchait à poser de force dans mes mains et tâchai de ne pas déchirer le papier. À Noël, j'avais toujours pensé que l'ouverture des cadeaux était le moment le plus grisant de la soirée. Même petite, je prenais mon temps, tandis que Léa saccageait tout à côté de moi.

— Un fouet ? m'étonnai-je en observant l'ustensile de cuisine sans comprendre.

— Vous m'avez dit que vous adoriez vous en servir...

J'ouvris la bouche, rougissante.

— Ne me dites pas que vous pensiez à un autre type de fouet ! ajouta-t-il avec un sourire en coin.

Nous parlions de sadomasochisme ! Bien sûr qu'il n'était pas question d'un fouet à pâtisserie ! J'avais eu tant de mal à revenir de ma gêne et lui... Lui se permettait de s'en amuser ! Refusant de lever les yeux de peur de tomber dans les siens, je partis le poser sur le bureau.

Heureusement que je n'avais pas pu lui donner ses cadeaux... Il m'aurait trouvée ridicule d'avoir cherché à lui faire plaisir alors qu'il ne voulait que s'amuser.

— Je peux savoir ce que la mère Noël comptait m'offrir ?

Quand je me retournai, je le vis, penché au-dessus de la valise, toujours ouverte, que j'avais totalement oubliée pour le coup.

— Ne touchez pas à ça ! m'écriai-je en me précipitant vers lui pour l'empêcher de mettre du désordre dans cette maudite valise.

— Voilà qui est intéressant...

Il leva devant lui la robe qui recouvrait le reste du contenu.

Elle était magnifique, le genre de vêtements que Léa affectionnait et qui me mettait mal à l'aise. Je la trouvai immédiatement trop courte, trop décolletée.

Exactement le style de tenues que portaient les femmes qu'il cherchait à séduire. Enfin, celles que la majorité des hommes draguaient.

— J'adore cette valise, murmura-t-il en posant délicatement la robe sur le lit.

Je reportai mon attention sur elle et me figeai de honte. Trois boîtes de préservatifs étaient bien en évidence sur des dessous en dentelle.

Cette femme était définitivement mon exact opposé !

Je les saisis et les rangeai dans ma table de chevet.

— C'est pour plus tard ?

Je secouai la tête et m'éventai pour calmer la chaleur qui se répandait sur mes joues et dans mon corps. En un battement de cils, je m'étais vue dans cette robe, avec des sous-vêtements sexy, étalant des préservatifs sur le lit pour… Il fallait vraiment que j'arrête de fantasmer sur lui et que je passe à autre chose.

— Allez, Louise ! Il n'y a rien de mal à avoir des capotes dans votre valise !

— Ce n'est pas ma valise, rectifiai-je.

— Des préservatifs, des robes, des…

Il s'interrompit si brusquement que je levai les yeux de la moquette pour connaître la raison de son soudain silence. Du bout des doigts, il examinait un bout de tissu.

— Un porte-jarretelles !

Cette femme avait donc toute la panoplie ! Et le bon goût. Restait à savoir à quoi elle ressemblait et comment elle se maquillait pour imaginer une pure bombe.

Exactement mon opposée ! me répétai-je.

Nerveusement, je lui arrachai le bout de tissu des mains et refermai la valise pour qu'il ne soit pas tenté de fouiller davantage.

— Ça suffit !

— Vous allez les porter ? me demanda-t-il, nullement perturbé par mon ton sec.

— Porter quoi ?

— Les vêtements, répondit-il en cherchant à rouvrir le bagage.

Moi ? Dans cette robe ? Avec cette lingerie ? Marchant avec ces talons ?

— Vous rêvez ! rétorquai-je.

Il ferma les yeux, le sourire aux lèvres. À quoi pouvait-il donc bien penser ? Imaginait-il sa dernière conquête dans ces tenues ? Ou alors un mannequin vu dans un magazine ?

Soudain, son air se fit sérieux et il rouvrit les paupières, sourcils froncés.

— Qu'allez-vous en faire ?

— Je ne sais pas, répondis-je en me plaçant entre lui et la valise. Ma priorité est de trouver des vêtements qui m'aillent.

— Ils m'ont l'air à votre taille, répliqua-t-il avec un mouvement du menton.

— Ils ne sont pas à moi ! Et puis, je n'ai aucune idée de la propreté de tout ça et…

— L'hôtel a un service de blanchisserie. Je suis sûr que vous pourriez avoir ces vêtements lavés pour demain.

— Et si la femme à qui ils appartiennent revient les chercher ?

— Vous m'avez parlé d'avion…

Je secouai la tête. S'il restait plus longtemps, il finirait par me convaincre d'enfiler ces tenues. Je ne pouvais pas… Enfin si, je pouvais, au risque de me ridiculiser. Et le pire, c'est qu'il en serait témoin !

— Ce n'est pas mon genre, arguai-je mollement.

— Si ! Vous n'osez pas, c'est tout.

Sa voix s'était faite chaude, caressante, de ce ton contre lequel je sentais toutes mes défenses tomber. Il était vraiment temps de lui faire retrouver sa chambre avant qu'il ne réussisse à me convaincre d'improviser un défilé.

— Vous devriez y aller avant que quelqu'un ne vous voie.

— À travers la porte ?

— S'il vous plaît... le suppliai-je en tendant le bras vers la sortie.

Dans ma main se trouvait toujours ce maudit porte-jarretelles.

— Personnellement, je préférais l'ensemble rouge avec le soutien-gorge sans bretelles.

— Bandeau, rectifiai-je automatiquement.

Gênée, je l'escortai jusqu'à la porte.

— Pendant que j'y pense ! s'exclama-t-il avant de fouiller dans les poches de son pantalon. Je suis au troisième, suite numéro 308. Voici mon deuxième pass.

Je lui remis celui de ma chambre. Très rapidement, nous avions convenu d'échanger nos doubles pour les urgences, ou si l'un de nous avait besoin de voir l'autre. En fin de compte, nous nous en servions surtout pour nos réunions informelles, pour éviter de frapper à la porte et d'avoir à patienter dans le couloir au risque d'attirer l'attention.

— Louise !

— Oui ?

Je relevai les yeux vers lui, attendant la suite.

— Je ne me rappelle pas avoir vu de pyjama… Vous croyez qu'elle dort nue ? demanda-t-il d'une voix étrangement innocente.

— C'est le cadet de mes soucis.

Son rire qui résonna dans la pièce me fit prendre conscience du sous-entendu de ma phrase.

J'allais lui rétorquer que je ne dormais pas nue et que je m'inquiétais plus de ma tenue le jour que la nuit, quand je compris que si j'ouvrais la bouche de nouveau, je ne ferais que m'enfoncer.

Et puis, j'avais réussi à le surprendre, non ? C'était le principal.

CHAPITRE 4

Le lendemain matin, je me réveillai de bonne heure.

La nuit avait été réparatrice, étonnant vu ma tenue (absente). Chez moi, lors de grosses chaleurs, j'avais déjà tenté sans succès de dormir nue. Ces nuits-là, j'avais fait des cauchemars, ou plutôt des rêves stupides, où il était question de nudité en public.

La veille, avant de me coucher, j'avais enfilé le peignoir de l'hôtel, ne demandant rien d'autre qu'une nuit reposante. Et je l'avais eue, après m'en être débarrassée tant il me gênait dans mes mouvements. Même ma contrariété ne m'avait pas empêchée de dormir.

Tout me revenait à présent à l'esprit, et une légère vague de panique montait en moi.

J'avais lavé mes sous-vêtements dans la salle de bains avant de les étendre, en espérant qu'ils seraient secs ce matin. Pour le reste de mes affaires, je n'avais pas osé faire de même de crainte de me retrouver sans rien à mettre.

Mes yeux se posèrent sur la valise. Et si je suivais le conseil de Francis et demandais à laver les vêtements ? Je pourrais peut-être en récupérer assez rapidement pour ne pas avoir à refaire une lessive ce soir.

La question était de savoir où je trouverais la force de montrer les tenues sans rougir, bafouiller ou rêver de me cacher dans une grotte.

Tout en maintenant le drap sur ma poitrine, j'attrapai le combiné du téléphone et appelai ma sœur sur son portable. Elle pourra me conseiller sur la marche à suivre.

— Salut l'Amerloque ! s'écria-t-elle en décrochant.

— Bonjour Léa.

— Oh toi, tu as un problème !

Je souris, heureuse qu'elle ait perçu si vite mon mal-être. Je m'appuyai contre le montant du lit pour lui raconter ma mésaventure de la veille.

— En gros, tu as tout le nécessaire pour ressembler à Jessica Rabbit ?

— Oui, on peut dire ça comme ça.

À l'exception près que je n'avais pas le physique de ce personnage de *cartoon*, que tous les hommes ne bavaient pas sur mon passage et, surtout, que je n'étais pas mariée à un lapin. Je n'étais pas mariée tout court, ni même fiancée, encore moins en couple…

— Des robes, des dessous affriolants… énonça-t-elle. Qu'est-ce que tu comptes faire ?

— Comme il paraît peu probable que mes vêtements me reviennent, Francis m'a conseillé de donner ceux-ci à laver au service blanchisserie et de les mettre.

Je m'attendais à des cris de joie. J'allais enfin exaucer un de ses rêves et oser montrer mes jambes en public, porter autre chose que des soutiens-gorge en coton… Mais non, rien. À la place de l'allégresse, juste un silence. Elle qui cherchait à me convaincre depuis des années d'être plus féminine n'exultait pas en demandant d'avance des photos. Étrange.

— Léa ?

— Francis a vu le contenu de la valise ?

— Oui, répondis-je. Y compris les trois boîtes de préservatifs.

— Les préservatifs…

Je la laissai digérer l'information et allai pour lui décrire l'énorme gêne que j'avais ressentie à ce moment-là quand elle me devança :

— Mon Dieu, Lou, tu as dû vouloir disparaître sous terre !

Voilà qui résumait assez bien mon malaise de la veille. J'acquiesçai avant de lui rappeler qu'il n'y avait pas de nuisettes.

— Et il s'en est rendu compte ?

— D'après toi ? grommelai-je en changeant le téléphone d'oreille.

Je n'avais pas fini d'en entendre parler ! Par chance, nous allions devoir nous tenir éloignés pendant environ une semaine. Il aurait le temps de passer à autre chose. Ce qui était fort improbable, mais envisageable. Et à condition que je me ridiculise d'une autre façon.

— Qu'est-ce que tu ferais, toi ? demandai-je.

— D'une, Louise, n'oublie pas que nous ne fonctionnons pas de la même manière. Hier, j'aurais certainement fait des allusions sexuelles jusqu'à le mettre mal à l'aise, ou jusqu'à ce qu'il soit tellement excité qu'il me saute dessus et…

— J'ai compris ! la coupai-je.

— De deux, te racheter des vêtements pour deux semaines te coûtera la peau des fesses alors que tu en as à disposition. Donc l'idée de les donner à la blanchisserie est bonne. Utilise ton air de sainte pour qu'ils te fassent un prix, voire qu'ils nettoient tout gratis.

— De trois ?

— De trois, fais-le baver ! Ou trouve-toi un autre homme le temps du séjour ! Histoire que cette garde-robe remplisse sa mission et de te débarrasser de ces préservatifs !

Comme si c'était aussi simple ! Je devais lutter contre ma timidité pour passer une banale commande dans un restaurant, alors draguer un homme ? Avoir une aventure d'un soir ?

— Mon air de sainte ?

— Oui, on en a déjà discuté, grommela-t-elle. Je parle de toi quand tu fais ta timide, réservée et effacée.

— Je suis… tout cela !

— Sauf avec moi !

— Tu es ma sœur, répliquai-je. On se connaît depuis bien avant notre naissance !

— Et il n'y a aucune raison pour que tu ne sois pas aussi libérée avec les autres.

— Eux, je ne les connais pas.

— Louise, grandis un peu ! Que peut-il t'arriver de mal si tu sors de ta coquille et dis ce dont tu as envie ?

— Je pourrais blesser quelqu'un !

Je l'entendis grogner et tapoter nerveusement sur quelque chose. Visiblement, sa patience avait atteint ses limites.

— Soit tu blesses un inconnu, dans ce cas, tu t'en fous. Blesser quelqu'un qu'on ne connaît pas avec des mots n'est pas répréhensible par la loi. À moins qu'on ne parle de ton chef…

— Des problèmes avec la tienne ? demandai-je pour changer de discussion.

— Comme d'hab ! Soit tu blesses quelqu'un de ton entourage et là, la personne l'a vraiment cherché, ou bien tu t'excuses dans la seconde qui suit.

— Je ne suis pas comme ça…

— Je sais. Mais va faire laver ces vêtements, porte-les et fais-toi plaisir, veux-tu ? dit-elle plus sérieusement.

— Je vais voir...

Je lui demandai des nouvelles de son mari, du bébé et des parents. Une demi-heure plus tard, je devais aller prendre ma douche.

— Louise, une dernière question !

— Laquelle ?

— Tu as déjà essayé l'alcool ?

— Comment ça « essayé » ?

— Bah, tu te saoules et tu sautes sur un type…

Je secouai la tête, préférant ne pas répondre.

— Louise, ça fait combien de temps que tu n'as pas baisé ?

Je poussai un cri de vierge effarouchée. Elle savait exactement comment me mettre mal à l'aise et persistait à croire qu'en m'y confrontant régulièrement je finirais par m'y habituer.

— Je ne suis pas portée sur… la chose.

— La baise, le sexe… Il n'y a aucun mal à le dire !

Je serrai les mâchoires et lui répétai que je lui téléphonerais le lendemain pour lui donner de mes nouvelles. C'était sans compter sur son entêtement. Et sur mon incapacité à raccrocher au nez de quelqu'un.

— Dans l'action, comment appelles-tu le sexe de ton partenaire ?

— Léa, je dois y aller !

— Dis-moi le petit nom de l'engin d'Adam !

— Je ne lui avais pas donné de petit nom, m'exclamai-je en rougissant. Je ne vois pas pourquoi je lui en aurais donné un.

— Tu disais bite ? queue ? pénis ?

— Pourquoi j'aurais eu besoin de le dire ?

Avec Adam, nous faisions tout dans le noir. Je me montrais coopérative, mais dans ces moments-là, j'étais plus gênée que réactive. Il avait fini par s'en rendre compte et j'avais dû simuler un peu plus pour éviter une discussion à laquelle je n'aurais certainement pas survécu.

— Louise, rassure-moi : tu as vu un homme nu cette année ?

Je grimaçai. Une chance qu'elle soit à des milliers de kilomètres ! Dommage que je sois incapable de lui clouer le bec pour pouvoir aller prendre ma douche et affronter cette journée !

— Dis-moi, tu en as déjà vu un, tout court ?

— Léa, je vais réellement devoir te laisser ! Je t'appelle demain.

— Louise, pitié, sors de ta coquille ! Je t'aime, petite sœur, à demain.

Sortir de ma coquille ? Comme s'il suffisait de poser un pied à terre un beau matin et de décider qu'aujourd'hui toute timidité aurait disparu ! Et pourquoi pas me croire capable d'aller nue jusqu'à la salle de bains !

Mais que penserait la femme de chambre en trouvant le lit totalement défait ?

Sans quitter le drap, j'enfilai mon tee-shirt de la veille avant de courir sous la douche. Heureusement, mes sous-vêtements avaient eu le temps de sécher. Je tentai vainement de me faire un chignon, mais sans brosse je finis par laisser tomber. Voilà une chose que je serais bien obligée d'acheter.

En arrivant devant la réception, j'avais l'impression d'être une pouilleuse et d'attirer tous les regards. Est-ce qu'une enseigne lumineuse avait poussé sur mon front pour annoncer au monde entier que je n'avais pas changé de vêtements ? Non, bien sûr que non. Pourtant, je me sentais terriblement mal à l'aise.

— *Miss?*

La réceptionniste devait se demander ce que je faisais, plantée devant son comptoir à regarder les autres clients. Je lui expliquai la situation et elle m'apprit que sa collègue lui avait laissé un message à ce sujet.

— J'aimerais faire laver les vêtements…

Je rougis en songeant que l'employée devant moi allait me trouver gonflée d'utiliser le contenu d'une valise qui ne m'appartenait pas.

— Bien entendu !

Elle prit un carnet, nota le numéro de ma chambre et m'invita à déposer ce que je désirais laver dans le sac en coton que je trouverais dans la penderie.

— Et quand pourrais-je les récupérer ?

Pathétique. Désespérée. Je fermai les yeux pour tenter de calmer les battements de mon cœur. Pourquoi était-ce aussi difficile de demander à cette femme de laver des vêtements ? Était-ce parce qu'ils ne m'appartenaient pas ? Ou parce qu'ils enverraient une image bien trop sexy pour moi ?

— Je vais m'arranger pour que vous en ayez un maximum au début de l'après-midi. Pour le linge plus délicat, il faudra certainement attendre ce soir, voire demain matin.

— D'accord. Et combien cela me coûtera-t-il ?

— Notre superviseur m'a autorisée à vous faire une remise de cinquante pour cent puisqu'il s'agit en partie d'une erreur du conducteur de la navette.

Oh non !

— Il ne pouvait pas savoir, le défendis-je.

— Notre hôtel se sent responsable de la perte de votre valise.

Je hochai la tête, honteuse. Ils se sentaient responsables, et moi coupable de mettre les tenues d'une autre femme.

— Je peux demander à un employé de la blanchisserie de récupérer le sac de linge dans votre chambre, d'ici cinq minutes.

Cinq minutes ? Je la remerciai et remontai préparer ce dernier.

J'ouvris la valise sur le lit et rangeai robes, tops, shorts et autres dans le sac, écartant une paire de hauts talons, une trousse de maquillage, une de toilette... Vu la quantité de tenues, j'avais largement de quoi m'habiller pendant les deux missions, à condition de ne pas mourir de honte avant.

Après avoir donné les vêtements à laver, je me décidai, le cœur battant, à ouvrir la trousse de toilette. Tout y était, de la crème pour le visage à celle pour le corps en passant par le petit flacon de parfum.... Je vis un stick de déodorant que j'utilisai aussitôt, rassurée de pouvoir au moins contrôler mon odeur corporelle.

Puis une vague de honte m'envahit en réalisant que je profitais de ce qui ne m'appartenait pas. Si seulement le nom de la vraie propriétaire se trouvait quelque part, j'aurais pu lui renvoyer ses affaires, ou tout du moins lui expliquer la méprise.

Quand je redescendis au rez-de-chaussée, mon estomac criait famine. Dans le restaurant, plusieurs tables étaient encore encombrées des restes du petit déjeuner sans qu'aucun serveur ne se charge de les débarrasser.

Voilà qui donnait une bien mauvaise impression.

Je trouvai une place libre et avisai un peu plus loin Francis qui lisait un journal en buvant son café. La scène était presque intime, fascinante. Ce n'était pas la première fois que je pouvais y assister et, pourtant, je ne pouvais m'empêcher de le trouver si beau au réveil, si serein... C'était tellement agréable de le voir savourer le parfum et le goût de son café. Non, pas agréable : sensuel.

La porte des cuisines s'ouvrit pour laisser passer une serveuse qui apportait une assiette et une corbeille de pain à la table de mon collègue. Tout sourire, elle s'attarda un peu plus longtemps que nécessaire et ne cacha pas sa déception en partant. Encore une qui n'avait pas eu toute l'attention qu'elle espérait.

— *Excuse me!*

Je sursautai en entendant une voix toute proche.

Un homme blond me regardait et attendait visiblement une réaction de ma part. Il était bien trop beau pour me laisser indifférente, je bafouillai donc quelques mots en anglais pour lui dire que je n'avais pas encore fait mon choix en désignant le menu toujours fermé devant moi.

— Je ne travaille pas ici, répondit-il avec un sourire désarmant.

Je rougis en comprenant que je venais de l'insulter et m'excusai platement.

— Je me demandais si je pouvais vous tenir compagnie, m'expliqua-t-il. À moins bien sûr que vous attendiez quelqu'un !

Il regarda autour de nous et je ne pus m'empêcher de faire de même, m'attardant sur Francis. Tourné vers nous, il fronçait les sourcils. Je secouai la tête et reportai mon attention sur le nouveau venu.

— Je ne…

J'allais lui dire que je n'étais certainement pas la meilleure compagnie dans les environs, quand les paroles de Léa me revinrent à l'esprit. Alors, au lieu de gentiment le repousser, je lui désignai la chaise libre devant moi. Pour le moment, autant éviter de parler et de bafouiller pour ne pas passer tout de suite pour une idiote.

— Je m'appelle Brian.

— Louise, enchantée.

— Enchanté.

Ne sachant pas comment amorcer une conversation avec un illustre inconnu, je me plongeai dans le menu. Une fois que la serveuse eut pris notre commande, les questions se bousculèrent dans ma tête. Pourquoi s'asseoir avec moi ? Et pourquoi avais-je accepté ?

Léa aurait su quoi faire, mais moi, c'était une tout autre histoire ! Finalement, il se décida à rompre le silence en me demandant la raison de ma présence à Orlando.

— Les vacances, répondis-je nerveusement avant de lui retourner la question.

Si je le faisais parler, non seulement j'en apprendrais un peu plus sur lui, mais en prime je pourrais calmer les battements de mon cœur. Il n'avait eu aucun geste déplacé, son sourire était cordial, à croire qu'il désirait juste de la compagnie, comme il me l'avait dit. Il n'y avait réellement que moi pour m'imaginer des choses. D'autant plus que je n'étais vraiment pas à mon avantage.

— Je suis ici pour le boulot. Et prendre un peu de vacances…

C'est tout ? Je tâchai de sourire et lui demandai ce qu'il faisait dans la vie.

— Je suis photographe. Mon bureau se trouve à New York, mais je voyage beaucoup.

Je hochai la tête avant de lui avouer que je passais aussi énormément de temps loin de chez moi.

— Pour le plaisir ?

Était-ce réellement pour le plaisir ?

Au début, c'était agréable de se réveiller si souvent dans des hôtels luxueux. De voyager à travers le monde. Mais l'attrait avait vite disparu. Déjà, le salaire ne me permettait de louer à Paris qu'un studio à peine plus grand qu'un placard à balais et ne m'autorisait aucune extravagance. Ensuite, l'absence de vraie vie sociale en dehors des rencontres furtives lors de mes déplacements me minait.

En deux ans, j'avais déchanté. J'avais pourtant passé les entretiens d'embauche haut la main. Ma timidité temporairement sous contrôle et ma maîtrise de plusieurs langues avaient fait le reste. J'étais motivée, enthousiaste… Et maintenant, une partie de moi songeait que l'unique raison pour laquelle je continuais était assise à quelques tables de moi.

Mais cela allait peut-être changer.

Lors de mon entretien d'évaluation, j'avais avoué à mon chef vouloir passer à autre chose. Serait-ce possible ? Devrais-je chercher ailleurs ? Sans doute. M. Fouassard m'avait clairement dit que j'étais une de ses meilleures employées et qu'il aurait beaucoup de mal à me remplacer. C'était un beau compliment, pas suffisant pour me faire retrouver mon entrain initial.

— Louise ?

Brian attendait ma réponse.

— Un peu des deux. Travail et loisirs, ajoutai-je.

Il pencha la tête sur le côté, mais je ne développai pas davantage, préférant le questionner sur ses précédents voyages dans différents pays. J'en connaissais une partie et rêvais de visiter les autres.

Le petit déjeuner fut agréable et j'oubliai le reste. Ce ne fut qu'en remarquant l'effervescence du personnel autour de nous que je regardai l'heure.

Les serveurs s'activaient pour préparer les tables du déjeuner : il était déjà onze heures et demie. Je n'avais pas vu ma matinée passer et n'avais pas songé une seule fois à ma valise ni à mes vêtements qui voyageaient dorénavant sans moi.

— Je pense que nous devrions y aller.

Il consulta sa montre avant de m'annoncer qu'il devait rencontrer un client en ville pour le déjeuner.

— Nous pourrions peut-être nous retrouver pour visiter le centre-ville et dîner ensemble ?

J'acceptai poliment, rougissante et ravie de l'attention.

Après avoir obtenu des renseignements à l'accueil, le rendez-vous fut pris pour dix-sept heures à l'arrêt de la navette.

— À quelle heure passent les suivantes ? me renseignai-je pour pouvoir rentrer à l'hôtel sans avoir à commander un taxi.

La réceptionniste me tendit une feuille avec toutes les informations et Brian m'assura qu'il pouvait me raccompagner avec sa voiture de location.

— J'aime pouvoir me déplacer librement, justifia-t-il, alors l'heure ne sera pas un problème.

J'acquiesçai, tout en priant pour que mes joues ne prennent pas une couleur cramoisie. Après tout, ce n'était qu'un dîner !

— À tout à l'heure, dit-il en partant.

Je n'avais rien à me mettre !

Paniquée, je me tournai vers l'employé qui raccrocha presque aussitôt.

— Certains de vos vêtements sont déjà prêts.

Je laissai échapper un petit rire nerveux devant l'efficacité de cette femme.

— J'ai demandé qu'ils vous soient apportés immédiatement dans votre chambre, ajouta-t-elle. Et s'il vous manque quoi que ce soit, je me ferai un plaisir de vous indiquer des magasins à proximité.

— Merci.

J'essayai quelques tenues avant de trouver une robe que je jugeais convenable pour une promenade en ville. Éliminant d'office les chaussures à talons vertigineux, je fouillai le fond de la valise et découvris une paire de tongs.

Après avoir commandé un sandwich léger pour le déjeuner, je passai le reste de l'après-midi dans ma chambre à regarder la télévision, avant de prendre un bain en profitant du contenu de la trousse de toilette.

Quand il fut l'heure de partir, j'étais parfumée à la crème hors de prix, mes cheveux étaient relevés en queue-de-cheval et mes yeux légèrement maquillés. J'eus du mal à reconnaître la femme dans le miroir.

Je pouvais y arriver.

Je passerais un bon moment. Je réussirais à lui parler sans bafouiller.

Un petit rire m'échappa. Si quelqu'un m'avait dit hier que je rejoindrais un inconnu, habillée de la sorte, j'aurais rougi et aussitôt nié. Et pourtant…

CHAPITRE 5

Mon premier réflexe en me réveillant le lendemain matin fut de téléphoner à Léa pour lui raconter ma soirée magique avec Brian. En réalité, il ne s'était rien passé d'extraordinaire, mais j'étais si fière d'avoir réussi à tenir une conversation et à plaisanter, qu'elle m'avait semblé irréelle.

Je venais de franchir une étape majeure.

— *Morning*, miss Lou !

— Bonjour madame Léa !

— J'entends que tu es de bonne humeur, ça fait plaisir !

Je souris en maintenant le drap contre ma poitrine. Finalement, ayant relativement bien dormi la nuit précédente, je m'étais couchée nue la veille. Je me sentais l'âme d'une rebelle. Enfin, à mon échelle.

— Tu ne devineras jamais ! m'exclamai-je.

— Tu as attaché Francis à ton lit et lui as fait la totale : strip-tease, fellation du feu de Dieu avant de le masturber pour qu'il reprenne de la vigueur et de le chevaucher toute la nuit !

Et voilà. J'avais déjà les joues rouges et l'imagination qui galopait.

— Tu es vraiment en manque ! grommelai-je.

— Oh non, même si mon cher mari commence à fatiguer.

J'esquissai un pauvre sourire en me demandant comment je pourrais regarder mon beau-frère dans les yeux après avoir entendu ça. Sa pudeur n'avait-elle donc aucune censure ?

— Bon allez, raconte-moi la raison de ta joie !

— Hier, j'ai mis les vêtements à la blanchisserie…

— Arrête, j'en suis tout émoustillée… m'interrompit-elle, sarcastique.

— Léa ! Quand je suis redescendue, repris-je, le restaurant de l'hôtel était quasiment vide. Un homme a demandé s'il pouvait se joindre à moi pour le petit déjeuner et le soir, je l'ai retrouvé en ville habillée avec une tenue de la valise…

— Qu'est-ce que tu attends pour me la décrire ?

Je m'exécutai avant de lui parler de ma coiffure et de mon maquillage discret.

— Parfait ! s'écria-t-elle. Et votre rendez-vous ?

— Nous nous sommes promenés.

Nous avions marché au hasard des rues sans prêter attention à ce qui nous entourait. Il était un compagnon agréable et avait toujours des anecdotes à raconter. Il prenait le temps de m'écouter et de renchérir quand il le fallait. Ma timidité avait vite été oubliée.

— Ensuite, on a mangé dans un restaurant que son client lui avait conseillé.

— Pas de mains qui tremblent ou de verres renversés ?

Je grimaçai.

Quelques mois auparavant, pour l'anniversaire de son mari, Léa m'avait invitée à dîner avec des amis à eux. L'atmosphère était chaleureuse, les gens sympathiques… Tout aurait été parfait si je n'avais pas été si nerveuse.

J'avais cassé un verre et renversé un autre sur une femme – pour le moins contrariée. J'étais passée pour la godiche de service, à l'inverse de ma sœur qui se comportait comme une maîtresse de maison accomplie.

— Aucune catastrophe à signaler, répondis-je enfin.

— Parle-moi de lui !

Je décrivis physiquement Brian avant d'enchaîner sur son travail, ses goûts… Son charme et sa prévenance. Il avait tout fait pour me mettre à l'aise et, à aucun moment, je n'avais eu envie de me terrer dans un trou sans fond.

— Et… dit Léa.

— Et rien.

— Pas même un petit bisou sur la joue ?

— Ça ne se fait pas ici, lui rappelai-je.

— Rassure-moi, il y a eu des contacts physiques, des effleurements…

Ses hormones devaient réellement la torturer pour poser de telles questions, surtout si elle espérait une réponse positive.

— Désolée… Et pour être honnête…

— Ah non ! me coupa-t-elle. Je ne veux pas de l'honnêteté, je veux que tu prennes ton pied !

— Tu es au bureau ? demandai-je soudain, surprise qu'elle parle aussi fort.

— Non, j'avais un rendez-vous de contrôle pour le bébé. Je suis donc dans une salle d'attente bondée de femmes qui ont les hormones tout aussi en ébullition que moi.

— Léa, elles te seraient certainement reconnaissantes si tu baissais d'un ton. Et s'il le faut, je peux rappeler plus tard. J'ai seulement sauna ce matin et massage en fin d'après-midi.

— Louise, dis-moi juste que tu as l'intention de te le faire !

— Tu connais très bien ma réponse.

Je l'entendis soupirer à l'autre bout de la ligne avant de me parler de son travail, de sa chef. Le sujet semblait clos. Je ne doutais pas qu'elle y reviendrait plus tard, mais pour l'instant elle était déçue. Je ne pouvais quand même pas aller contre ma nature pour lui faire plaisir.

Et puis, j'étais si peu réactive au lit que je pouvais aisément me contenter d'une soirée romantique avec un homme charmant.

— Profites-en, Louise ! Bises.

— Bisous, dis-je avant de raccrocher.

Je sentais bien qu'elle se faisait du souci pour moi. Et je le comprenais, sans pour autant chercher à changer. J'étais bien ainsi. Bon, avec un peu plus d'assurance sur le plan amoureux, ce serait parfait, mais je ne me débrouillais pas si mal !

Trente minutes plus tard, j'entrai dans le restaurant de l'hôtel où se trouvait déjà Brian. Je le saluai et me joignis à lui sur son invitation.

— Je dois travailler aujourd'hui, m'annonça-t-il alors que le serveur venait de déposer mon assiette devant moi ainsi que mon café. Peut-être pourrions-nous passer la journée de demain ensemble ? À moins que vous ayez déjà quelque chose de prévu !

Je réfléchis un instant. Si j'avais sauna et massage aujourd'hui, cela signifiait que demain j'étais inscrite à une activité qui aurait lieu à l'extérieur de l'établissement.

— Oui, j'ai réservé une place pour Seaworld, répondis-je. L'hôtel propose le transport et une réduction...

— Puis-je me joindre à vous ?

J'acquiesçai, rosissante.

La discussion se poursuivit sur notre soirée de la veille.

— Je vais m'inscrire pour Seaworld, déclara-t-il en repoussant sa chaise sous la table. Et je vous dis à demain matin.

— À demain.

Je le quittai au niveau de la réception, remontant dans ma chambre pour choisir une tenue plus confortable que mon pantalon. Ce matin, par automatisme, je l'avais mis, mais il me paraissait maintenant bien trop habillé pour mon programme de la journée.

À la place, j'enfilai le maillot de bain noir deux-pièces, en me disant que personne d'autre que moi ne le verrait. Ce qui était absolument faux puisque j'allais devoir me dévêtir au sauna et pour le massage. Finalement, cette journée n'allait pas être si détendue que ça.

Par-dessus, je mis un short et un top. C'était la première fois depuis bien longtemps que je m'autorisais ce genre de tenue. Mais je n'avais pas réellement le choix si je voulais pouvoir fouiner discrètement.

Ma liseuse en main, je descendis à la piscine et repérai un transat sur lequel je m'empressai de m'installer avant que quelqu'un d'autre ne se l'approprie. Lunettes de soleil sur le nez, je pouvais continuer à jeter des coups d'œil aux alentours sans me faire remarquer.

Deux maîtres nageurs prenaient leur rôle très au sérieux, tout en s'intéressant régulièrement aux jeunes filles allongées dans l'herbe sur leurs draps de bain. Du personnel circulait pour proposer des boissons et ramasser ce qui devait l'être.

En reportant mon attention sur ma liseuse, je vis Francis arriver, une serviette dans une main et un magazine dans l'autre. Torse nu, il ne souffrait visiblement d'aucune gêne à se montrer ainsi. À l'inverse, je me dandinais dans l'espoir vain de dissimuler mes jambes.

Une demi-heure avant mon rendez-vous pour le sauna, je rangeai mes affaires pour retourner dans ma chambre. En me dirigeant vers les ascenseurs, je rédigeai mentalement ma note sur la piscine. Ne restait plus qu'à la comparer avec celle de mon collègue et voir s'il y avait vraiment quelque chose à redire sur ce service-là.

Ce qui me fit penser que je devais me renseigner sur leur salle de sport. Dans certains établissements, il fallait réserver pour être sûr d'avoir de la place et un coach disponible. Dans d'autres, la chance suffisait pour tomber sur une machine libre.

Soudain, je me sentis poussée à l'intérieur de la cabine d'ascenseur. Dans mon dos, j'entendis un doigt marteler les boutons du boîtier de commande. Paniquée, je me retournai pour voir Francis, le visage fermé qui fixait les chiffres défilant sur le petit écran. Au troisième étage, les portes s'ouvrirent et je dus le suivre pour ne pas déboîter mon bras, qu'il tenait fermement.

Qu'est-ce qui lui prenait ?

Pour éviter de faire un scandale et d'attirer l'attention sur nous, je le laissai m'entraîner dans sa chambre. Son attitude était totalement inhabituelle et j'étais curieuse de connaître la raison de son comportement.

— Où étais-tu passée ? me demanda-t-il en me relâchant enfin.

— Bonjour, dis-je calmement en m'asseyant sur le bord du lit.

— Je t'ai posé une question !

— Ce n'est pas en haussant le ton et en me tutoyant que je répondrai plus vite.

Je le vis serrer les mâchoires.

À Séville, lors de notre précédente mission, j'avais remarqué qu'il me suffisait de garder mon calme pour mettre fin à ses crises d'autoritarisme. Mon attitude le décontenançait et je reprenais la main. Tout comme en ce moment.

— Bonjour, répétai-je.

— Bonjour, lâcha-t-il soudainement en prenant place sur une chaise qu'il tourna de manière à me faire face. Où étiez-vous ?

— Quand ? demandai-je innocemment.

— Bordel, Louise ! Ne jouez pas à ce petit jeu avec moi !

Je croisai les bras sous ma poitrine, attendant qu'il retrouve un minimum de bon sens. Et qu'il baisse d'un ton.

— OK, je recommence, reprit-il après avoir secoué la tête. Je ne vous ai vue ni au déjeuner, ni au dîner, ni au petit déjeuner ce matin.

— Vous vous êtes inquiété, résumai-je.

— Non !

Je souris, patientant en silence pour qu'il explicite.

— Écoutez, nous avons l'habitude de nous croiser aux repas, reprit-il. Et je me suis demandé la raison de votre absence.

— Vous auriez pu appeler.

Il acquiesça tandis que j'en remettais une couche :

— Ou encore venir dans ma chambre.

— Je ne voulais pas vous déranger !

« Me déranger » ? Voilà bien quelque chose dont il se moquait habituellement ! Il aimait même cela, tout comme me bousculer, m'embarrasser, alors pourquoi tant de tact cette fois-ci ?

— J'ai vu que vous aviez un nouvel ami, ajouta-t-il.

Oh, c'était donc cela ! Pour une fois, un homme s'intéressait à moi. Ou tout du moins me tenait compagnie. Et maintenant, monsieur ne savait plus comment réagir.

— Brian.

— Quoi ?

— Il s'appelle Brian, dis-je en souriant. Et hier, je n'ai rien fait de spécial, mis à part la visite du centre-ville.

— Toute seule ?

Je secouai la tête. À lui d'en déduire avec qui je me trouvais.

— Je suis désolée. La prochaine fois, je vous enverrai un message pour vous prévenir que je risque de disparaître de votre champ de vision.

— Vous vous moquez de moi ?

— Bien sûr que non !

— Vous ne connaissez pas cet homme et vous le suivez dans une ville inconnue sans même avertir qui que ce soit !

Il s'était réellement fait du souci.

— Francis, je suis vraiment désolée. Nous avions passé un très bon moment au petit déjeuner…

— Il pourrait très bien être un *serial killer* ! s'énerva-t-il.

— Votre journée d'hier a été si mauvaise ?

Il me regarda les yeux ronds avant de se lever pour se planter devant la fenêtre. Son dos était…

Non, ne pas penser à cela ! À la place, je devais mettre de la distance entre nous. M'éloigner, le faire sortir de mes fantasmes. Ce qui, vu sa tenue actuelle, allait se révéler difficile.

— Francis, j'ai rendez-vous à onze heures au sauna.

— Allez-y !

Je me levai et me dirigeai vers la porte quand il reprit :

— En vacances, certains hommes sont prêts à tout pour coucher avec une femme. Méfiez-vous !

— Vous me mettez en garde contre les séducteurs ? demandai-je en me retournant vers lui.

— Tenez-vous loin de ce genre de types, dit-il en me faisant face. Vous n'êtes pas ce genre de femme.

Non, moi, j'étais le genre qu'on met en garde, qu'on enferme dans un placard plein de naphtaline. Une qui ne peut être qu'une amie, une bonne collègue. Pas une femme désirable. Pas une femme avec des envies impures, des fantasmes à faire rougir, des désirs.

Si j'avais encore un doute, il n'était plus permis : je n'aurais jamais rien de plus que cette relation amicale avec lui. En le laissant faire, nous allions devenir « comme frère et sœur ».

Combien de fois avais-je entendu cette phrase dans la bouche d'un garçon ou d'un homme qui me plaisait ? Bien trop. Pourtant, je savais que, venant de lui, elle serait une torture.

Oui, j'étais gentille avec tout le monde. Je ne voyais pas l'intérêt de me comporter comme une peste à tout bout de champ. Oui, je voulais que les gens autour de moi soient heureux, parce que j'aspirais moi aussi au bonheur. J'étais trop fleur bleue, trop « Bisounours » pour les autres, mais je m'en moquais. Je n'avais aucunement l'envie de changer pour eux et de devenir une personne que je n'aimais pas.

Pourtant, à cet instant, je compris que tout cela m'empêcherait d'avoir ce que je souhaitais : lui.

Je quittai sa suite dans un épais brouillard. Il ne m'était même pas venu à l'esprit de vérifier si quelqu'un se trouvait dans le couloir, si des femmes de chambre s'occupaient de changer les draps ou de remplacer les savons dans d'autres pièces…

Il me mettait en garde contre les séducteurs. Contre ce qu'il était.

Plusieurs mois auparavant, j'avais surpris une femme sortant de sa suite. Par chance, j'étais encore dans le couloir à quelques pas de la porte. Je n'avais pas utilisé mon pass et ouvert devant un spectacle qui m'aurait tuée. Peut-être pas à l'époque, mais aujourd'hui assurément.

Bien que… Avec le recul, la scène était assez pénible à revivre. Et expliquait ma tendance à attendre qu'il me rejoigne dans ma chambre pour discuter de notre séjour.

Je la revoyais très clairement, la robe froissée, les cheveux lâchés sur ses épaules et son sourire… La nuit avait été bonne, c'était évident. Et moi… J'avais mon sempiternel pantalon, mon chignon…

Elle m'avait légèrement bousculée, s'était excusée, souriant d'autant plus en me portant le premier coup :

— Je n'ai pas beaucoup dormi, même pas du tout. Il m'a tenue éveillée toute la nuit !

Que répondre à ça ? Que dire quand brusquement votre cœur vous fait mal, et votre gorge se serre ? Rien. Mis à part la terrible vérité : j'aurais aimé être à sa place.

Je l'avais écoutée glousser et me raconter, à moi, une inconnue, comme il était « bien monté », comme il savait se servir de « ce qu'il a entre les jambes »…

— Dommage qu'il ne veuille pas remettre ça ce soir avant de partir ! l'avais-je entendue dire alors qu'elle reprenait son chemin.

Quand j'étais enfin rentrée dans la chambre de Francis, il sortait de la douche, habillé et comme à son habitude. Pas la moindre trace de la nuit torride qu'il venait de vivre. Pas de sourire, de suffisance…

Combien de fois avait-il couché avec des clientes sans que je m'en rende compte ? Plus que je le pensais, sûrement. Trop pour moi.

Ce jour-là, j'avais été d'un calme presque inquiétant. Après avoir eu envie de hurler, de pleurer, je n'avais plus rien ressenti. J'étais totalement anesthésiée. Et parfaitement consciente que mon attachement dépassait le cadre professionnel.

Alors qu'aujourd'hui, il me mette en garde contre les séducteurs !

Le sauna et le repas ne suffirent pas à me calmer. J'oscillai entre découragement et colère – un sentiment qui ne m'était guère familier.

— Y a-t-il des activités prévues cet après-midi ? demandai-je à la réception.

— Oui, un tour dans les marais du lac Kissimmee pour observer les différentes espèces végétales, les grues du Canada, les pygargues à tête blanche et les alligators...

Voilà qui promettait !

Après m'être assurée que le retour était compatible avec l'horaire de mon massage, je m'inscrivis et montai rapidement dans ma chambre. Même si les températures étaient légèrement supérieures aux moyennes de saison, je nouai un gilet à ma taille et plaçai le tube de crème solaire dans mon sac.

Je m'installai dans le bus et contemplai le paysage, les maisons et les grandes étendues. Tout ce qui pouvait me permettre de ne plus songer à Francis et à sa crise de ce matin. Pour qui se prenait-il ?

Nous arrivâmes enfin à une cabane en bois, située non loin du lac où deux aéroglisseurs nous attendaient près d'un ponton. Mon courage commença à vaciller quand, au loin, ce que j'identifiais d'abord comme un tronc d'arbre se mit à bouger.

— C'était bien ce que je crois ? s'exclama une voix toute proche en un anglais parfait, teintée d'un léger accent étranger.

Les deux jeunes filles qui étaient allongées dans l'herbe ce matin près de la piscine participaient également à cette expédition. L'une d'elles pointait du doigt un endroit devant nous, là où un alligator venait de disparaître.

— Je crois, répondis-je sans savoir si cela m'était adressé ou non.

Elle se tourna vers moi, l'air émerveillé.

— Je sens qu'on va bien s'amuser !

Elle sortit un appareil photo de son sac et passa la sangle autour de son cou. Elle était parée pour ce genre de situation alors que moi… Quelle touriste n'en a pas ? Voilà une faille dans mon personnage !

Pour justifier mon manque de matériel, je lui expliquai que ma valise avait été échangée à l'aéroport. Un petit mensonge suffisamment proche de la réalité pour que je m'en souvienne.

— Tu me donneras ton adresse mail, proposa-t-elle avec un accent que je reconnus enfin.

— Je m'appelle Louise. Je viens de Paris, ajoutai-je.

— Constanz, et là-bas c'est Kerstin. On vit en Bavière, dans un petit village perdu entre deux arbres. On est en vacances pour quelques jours, et toi ?

— Pareil.

Ou presque.

Alors que je m'installais avec elles dans un aéroglisseur et que les quatre autres clients de l'hôtel faisaient de même dans le second, je compris que nous n'avions pas exactement la même définition des vacances.

— Demain, nous allons faire la fête du siècle ! m'expliqua Kerstin. Nous avons déjà repéré nos proies !

Pour le réveillon du Nouvel An, l'hôtel proposait un grand repas suivi d'un concert avec piste de danse. Pour moi cette année, il n'y aurait donc pas de bingo, mais plutôt de la musique, de l'alcool et les excès des autres.

— J'ai réussi à inviter un des maîtres nageurs ! cria-t-elle par-dessus le bruit de l'hélice.

Encore ma veine, le conducteur avait décrété que nous en étions suffisamment loin pour ne pas avoir besoin de casques antibruit.

— Mais j'ai un plan de secours.

Elle ponctua sa phrase par un clin d'œil qui me fit sourire. Pourquoi ? Aucune idée. J'étais juste heureuse d'avoir rencontré des femmes qui se sentaient libres d'avoir ce genre de discussions alors que j'arrivais à peine à y penser sans rougir.

— Moi, j'en ai repéré un, mais je ne sais pas s'il sera là demain soir, me dit Constanz. Je venais de trouver une excuse pour l'aborder quand il est parti.

Elle recommença à prendre des photos, laissant à Kerstin le loisir de me raconter leurs aventures. L'écoutant d'une oreille distraite, je regardai la nature autour de moi. Un calme tout relatif y régnait malgré le danger imminent.

Plus tard, dans la salle d'attente du cabinet de massage de l'hôtel, je réalisai que je n'avais pas pensé à Francis de tout l'après-midi. Et que j'avais un coup de soleil sur le visage. Dans toute cette histoire, j'avais oublié d'utiliser ma crème solaire !

— *Miss!*

Je rejoignis un homme debout derrière le comptoir.

— Nous allons passer dans la salle trois.

Nous ?

— Vous pouvez vous déshabiller…

— Stop ! dis-je, la gorge nouée d'appréhension. Je vais devoir être nue devant vous ?

Son sourire se fit poli : il avait compris mon problème.

— Vous serez sur le ventre et recouverte d'une serviette. Si un de mes gestes vous…

Je levai la main.

— Je suis désolée…

Je savais être forte, rester stoïque devant les plaisanteries de Francis ou ses sautes d'humeur, mais laisser un inconnu me toucher ? Jamais !

Voilà pourquoi je n'avais pas d'aventures sans lendemain.

Et pour ne rien arranger, il me verrait ! Il faisait jour. Le plafonnier était allumé.

— Peut-être puis-je revenir à un autre moment quand une de vos collègues sera disponible…

— Dans quinze minutes, ce sera le cas, dit-il posément après avoir consulté le carnet ouvert devant lui.

— Je suis désolée, m'excusai-je encore.

— Il n'y a pas de mal.

Je repartis m'asseoir sur le siège que je venais de quitter, honteuse de ne pas avoir eu le courage de me laisser toucher par un homme. D'accord, ses gestes auraient été professionnels, il n'y aurait rien eu de sexuel. Surtout ici où le moindre effleurement involontaire pouvait vous emmener devant les tribunaux. Mais je ne me sentais pas capable de le laisser me toucher.

CHAPITRE 6

L'après-midi était bien entamé quand je décidai avec Brian de faire une pause sur un banc.

La veille au soir, j'étais sortie si détendue du massage que j'avais eu à peine la force de rejoindre ma chambre. Je m'étais déshabillée en me dirigeant vers mon lit avant de me laisser tomber sur le matelas, n'ayant ni le courage de commander un dîner et encore moins de l'attendre.

J'avais tout de même envoyé un message à Francis pour lui dire que j'allais bien. Que je venais d'être massée et que j'allais dormir. Pas besoin de le voir débarquer dans ma chambre pour vérifier qu'un *serial killer* ne m'avait pas attachée et découpée en morceaux.

Il n'avait pas répondu. Avait-il pris cela comme un pied de nez ? C'était agréable de penser qu'il s'inquiétait pour moi. Après tout, nous étions en pays étranger, loin de nos familles, et pouvoir compter sur quelqu'un était tranquillisant. Je devais juste veiller à ne pas me faire d'illusions là-dessus.

Ma nuit avait donc été longue et réparatrice, mais quelques courbatures étaient apparues alors que nous nous promenions dans le parc aquatique. Nous avions aussi assisté à plusieurs spectacles et j'avais réussi à toucher un dauphin.

Quel dommage de ne pas avoir mon appareil photo ! Depuis la veille, je regrettais amèrement de ne pouvoir garder de traces de mes voyages. Les filles avaient été adorables et m'avaient envoyé celles de notre sortie en aéroglisseur. Mais tout ce que je vivrais aujourd'hui serait perdu.

Peut-être pourrais-je en parler à M. Fouassard en lui expliquant l'intérêt que cela aurait pour nos comptes rendus ?

Le déjeuner avait été succulent. Tout était parfait, mais j'avais cette impression que quelque chose clochait.

— Attendez ici, je reviens !

Je regardai Brian se lever pour rejoindre un marchand un peu plus loin. Il passa commande tandis que je le détaillais de la tête aux pieds.

Sa chemise et son pantalon lui allaient à merveille. Il paraissait à l'aise en toutes circonstances et, à aucun moment de la journée, je n'avais eu le sentiment qu'il s'ennuyait avec moi ou que nous n'étions pas faits pour nous entendre.

— Tenez !

Je fixai le pot qu'il me tendait, surprise.

— Qu'est-ce ? demandai-je.

— Vanille et noix de macadamia.

Ma glace préférée. Rien d'extraordinaire, et pourtant je ne me souvenais pas lui en avoir parlé. Je ne l'avais pas dit à Francis en deux ans, alors pourquoi l'aurais-je fait avec un homme rencontré quelques jours plus tôt ?

Un inconnu qui s'accordait parfaitement sur mes goûts. Qui…

— Comment avez-vous deviné ? demandai-je en relevant la tête pour observer ses yeux.

— Vous avez dû me le dire !

Je souris pour le tranquilliser, consciente de la gêne que je venais de percevoir dans son regard.

— Dites-moi la vérité, Brian !

J'avais l'impression de le supplier alors que ma question était simple et attendait une réponse honnête.

— Je connais votre sœur.

Et voilà.

— Vous êtes photographe. Photographe de mode, je suppose, articulai-je difficilement.

— Oui, je l'ai rencontrée lors de son séjour en Floride et…

Je fermai les yeux en proie au plus profond découragement.

— Elle m'a téléphoné pour me prévenir que vous viendriez.

— Et que j'avais besoin d'un baby-sitter, finis-je pour lui en le regardant de nouveau.

— Non ! s'exclama-t-il. Je devais rencontrer un client ici et je me suis dit qu'il serait plaisant de faire votre connaissance.

Plaisant.

Avait-il déplacé son rendez-vous dans l'unique but de me voir ? C'était à la fois agréable à entendre et terriblement humiliant.

— Puis-je savoir ce que ma sœur vous a raconté d'autre sur mon compte ?

— Vous ne voulez pas manger votre glace avant qu'elle ne soit totalement fondue ?

— S'il vous plaît ! insistai-je.

— Elle m'a énormément parlé de vous.

Oh, j'imaginai bien la scène : Léa lui décrivant sa pauvre sœur jumelle tellement coincée qu'elle ne pouvait se trouver toute seule un homme. Qu'il fallait qu'il la voie…

— Pourquoi avoir cédé ?

Il aurait très bien pu lui dire non. Il côtoyait des mannequins, il ne devait pas avoir envie de s'embarrasser d'une femme aussi quelconque que moi.

— Quand votre sœur est venue, elle… Elle m'a laissé une très forte impression.

Oh mon Dieu ! Je portai la main à ma bouche, prise de nausée.

— Je désirais donc vous rencontrer…

— Vous ne pouviez l'avoir alors vous pensiez pouvoir vous…

Impossible de trouver le mot ou l'expression en anglais signifiant qu'il était prêt à se contenter d'une pâle imitation. Je n'étais pas Léa, j'étais même très loin de lui ressembler. Physiquement, nous étions identiques, seulement tout dans sa façon de se tenir, de s'habiller et de s'apprêter la distinguait de moi.

J'étais si énervée et humiliée que mon accent français ressortait et mes yeux me brûlaient. Mon cerveau se vidait alors qu'un frisson me parcourait.

La glace dans ma main commençait à fondre et me faisait terriblement envie. Je tenais là le remède idéal pour me remonter le moral après une telle déconvenue.

— Je désirais juste vous rencontrer, dit-il en me touchant le bras.

Je me dégageai et pris une cuillerée de glace.

Ma propre sœur m'avait envoyé un de ses « soupirants ». Elle me pensait si nulle en matière de relations sociales qu'elle m'avait mise dans les pattes un homme qui la désirait, elle, et qui ne pouvait se contenter que de moi.

— J'aimerais être seule.

— Louise…

— S'il vous plaît, Brian !

Il se leva et me rappela que le bus partait dans une heure.

Soixante minutes pour retrouver mon calme. Pour digérer cette humiliation.

Et dire que Francis pensait que Brian était un séducteur ! La bonne blague ! Même un homme en quête d'une aventure d'une nuit ne m'approcherait pas. Tout le monde savait d'un seul coup d'œil que je ne faisais pas ce genre de choses. J'avais besoin de rendez-vous, de discussions afin de me sentir suffisamment à l'aise pour être moi-même.

Pourtant, j'avais envie de connaître la passion, de me laisser aller… Mais en y réfléchissant bien, je voulais tout cela sans être capable de me lancer. J'étais loin de la femme que je désirais être, de celle qui répondrait du tac au tac aux taquineries de Francis, qui oserait mettre les robes de la valise sans tirer sur l'ourlet toutes les cinq secondes…

Je me levai brusquement et décidai de faire un dernier tour du parc avant de retourner au point de rendez-vous choisi par le conducteur du bus. Je devais me calmer et tenter de faire disparaître mes larmes.

Ce soir, c'était le réveillon. Une nouvelle année s'offrait à moi. J'allais devenir une autre, sortir des sentiers battus et prendre des risques.

Étape numéro un : mettre une des robes de la valise, mais pas celle du dessus, encore un peu trop indécente. Je passerais la soirée en compagnie d'inconnus, ferais de mon mieux pour parler avec un maximum de gens et sans passer mon temps à vérifier ma robe.

Je tenterais même le porte-jarretelles !

Heureuse de ma résolution, j'observai une dernière fois les pingouins et les autres animaux sur le chemin menant à la sortie. Cette sortie avait été géniale, jusqu'à la douche froide.

Dans la navette, je pris place loin de Brian. Je ne pouvais pas me confronter tout de suite à lui. Impossible d'oublier qu'il espérait trouver en moi le double parfait de ma sœur, de la femme qu'il désirait réellement et que je ne serais jamais.

Dans le hall de l'hôtel, je rencontrai Constanz et Kerstin qui me saluèrent.

— Comment vas-tu ? me demanda cette dernière.

Humiliée.

— Fatiguée. Et vous, prêtes pour le réveillon ?

— Plutôt deux fois qu'une ! s'exclama Kerstin avec un clin d'œil complice.

— Ça vous dérangerait si je venais manger à votre table ? osai-je.

Elles se regardèrent avant de s'écrier en chœur « Kein Problem ! »

— Tu as autre chose que ce short dans ta valise ? demanda Kerstin en pointant ma tenue. Sinon, j'ai exactement ce qu'il te faut !

Et moi aussi, pensai-je.

— Oui, parce que pour notre dernière soirée à l'hôtel, le thème est « sexy », continua Constanz.

— Je ne savais pas que les organisateurs avaient prévu un thème, m'étonnai-je.

— Les organisateurs n'en ont pas imposé un. Mais nous, si ! Même si nous ne réussissons pas à mettre un mec dans notre lit, ils doivent tous en avoir envie.

Pas vraiment mon style... Mais parfaitement en adéquation avec mes résolutions pour la nouvelle année. Je hochai la tête, espérant sincèrement trouver la force de m'habiller sexy. Je n'avais nullement l'intention de finir avec un homme. Mon but serait d'oser une des tenues de la valise et, pourquoi pas, les talons hauts.

Dans ma chambre, le réveil indiquait six heures du soir. C'est-à-dire minuit en France.

Devais-je appeler Léa pour lui passer un savon ? Cela me démangeait et me ferait très certainement du bien. Sachant qu'elle devait faire la fête avec des amis, sans boire et tout en surveillant ce qu'elle mangeait, je ne risquais pas de la réveiller.

Oh et puis zut ! Autant crever tout de suite l'abcès !

Je décrochai le téléphone, composai son numéro et tombai sur une voix préenregistrée m'expliquant que les lignes étaient saturées par les nombreux appels. Elle me conseillait de retenter ma chance plus tard… Fichus télécoms !

Déçue de ne pas avoir le fin mot de l'histoire, je me glissai sous le jet de la douche. Je me savonnai méthodiquement tout en réfléchissant à la tenue que j'allais enfiler pour rejoindre les filles. La question était aussi de savoir si j'oserais mettre un porte-jarretelles.

Dernièrement, j'avais alterné entre mes dessous et le maillot que je lavais dans le lavabo le soir venu. Seulement là… Si je choisissais de porter la robe noire sage, mais courte, qui me faisait tant envie, mon affreuse culotte en coton ferait tache. Contrairement à un des nombreux strings en dentelle.

Et que dire de mon soutien-gorge… Les bretelles ne seraient que très légèrement visibles, mais un noir serait plus discret.

Je m'essuyai énergiquement avant de m'enduire de la crème si raffinée de la trousse de toilette. Si mon salaire me le permettait, j'en deviendrais une habituée.

Inspirant un grand coup en remettant mon peignoir, je retournai dans la chambre et sortis la robe noire de la penderie. Oui, elle était simple et classe. Peut-être pas sexy comme le voulaient Constanz et Kerstin, mais déjà bien assez courte pour que je doive me sermonner et ne pas reculer devant le défi que je venais de me lancer.

Je la posai bien à plat sur le lit et regardai avec méfiance les sous-vêtements. Après tout, ça ne coûtait rien d'essayer ! M'armant de courage, je tirai le rideau de la fenêtre et laissai tomber le peignoir pour enfiler rapidement le soutien-gorge et le string. Finalement, ils étaient bien plus confortables que je ne le pensais !

Restait à mettre le porte-jarretelles et à accrocher les bas.

J'en choisis des noirs. La sensation était troublante sur ma peau, très différente de ceux des grandes surfaces que j'avais déjà portés en de rares occasions. Je remontai mes mains de ma cheville à ma cuisse, savourant le toucher du nylon.

Légèrement euphorique à l'idée d'avoir de tels sous-vêtements, je me relevai et m'attaquai à la suite : accrocher les jarretières. Les deux premières jarretelles ne me posèrent aucun problème. Ce fut celle située derrière, au niveau de ma fesse qui se révéla bien plus compliquée. Je me tortillai dans tous les sens, soufflant, pestant sans réussir à l'accrocher correctement.

Tout cela était ridicule ! J'avais l'impression étrange d'être un mélange entre une petite fille qui vient de piquer des affaires dans l'armoire de sa mère pour ressembler à une vraie femme et un chien qui cherche à attraper sa queue.

Comment faire ?

La salle de bains ! Et plus précisément le miroir.

Je me ruai dans la pièce et me tortillai une nouvelle fois en m'aidant du reflet.

— Gagné ! m'écriai-je en voyant que j'avais enfin réussi à venir à bout de la première jambe.

Il ne me restait plus qu'à…

— Oh non !

Toute fière de mon exploit, je n'avais pas tout de suite remarqué que la couture sur le bas ne s'alignait pas… Tout était à refaire ! Agacée, je l'ôtai et retournai dans la salle de bains pour me coiffer et me maquiller. Pas besoin de m'escrimer là-dessus, je risquais de prendre des ciseaux pour passer mes nerfs.

Ce ne fut qu'en refermant la trousse après avoir appliqué mon mascara que je remarquai ma tenue. J'avais réussi à rester en sous-vêtements sans être gênée. Fait rarissime et perturbant quand on connaissait ma tendance à vouloir me cacher le plus rapidement possible.

« Me cacher » ?

Inutile de nier, je me cachais. Mais de qui ? De quoi ?

J'observai mon reflet, tentant d'avoir un avis objectif.

Ma poitrine était dans la moyenne avec un grain de beauté que je trouvais sexy, mais que je dissimulais. Pourtant un décolleté un peu plus grand, sans être plongeant, suffirait à l'exposer. Je continuai mon étude par ma taille, mes hanches. Là aussi, j'étais dans la moyenne : de bons repas, mais beaucoup d'activité physique. Quant à mes cuisses… Elles n'étaient ni musclées, ni fines.

Tout était à l'image de mon visage : passe-partout. Même mes cheveux bruns et mes yeux marron paraissaient s'accorder parfaitement à l'idée que j'étais « dans la moyenne ».

Seulement était-ce ce que je désirais ? Ne voulais-je pas sortir du lot ? Pouvais-je à la fois être quelconque et attirer le regard des hommes ?

— Allez, Louise ! m'encourageai-je en retournant dans la chambre.

Je me glissai dans la robe avant de me rappeler que je n'avais toujours pas résolu le problème du porte-jarretelles. Je m'assis sur le bord du lit pour en enfiler un bas.

Soudain la porte s'ouvrit, laissant pénétrer Francis qui referma aussitôt derrière lui. Je sautai sur mes pieds, lâchant le bas qui commença à descendre.

— Ah, vous êtes là ! s'exclama-t-il en me voyant. Où étiez-vous donc encore passée ?

— Que faites-vous dans ma chambre ?

— Vous ne décrochez jamais votre téléphone ?

De quoi me parlait-il ? Je n'avais entendu aucune sonnerie !

— Vous ne me répondiez pas, je commençais à…

Il fronça les sourcils et préféra changer de sujet en pointant du doigt ma jambe.

— Le bas n'a pas tenu.

Je levai les yeux au ciel et me rassis pour le remonter jusqu'à ma cuisse, m'arrêtant juste à temps pour ne pas lui exposer mes dessous.

— Maintenant que vous savez où je suis, que je suis en vie, pourriez-vous me laisser ?

— Vous avez l'air en colère.

Moi, en colère ?

Doux euphémisme !

Ma sœur avait comploté dans mon dos avec un inconnu. Ce même inconnu avait réussi à me faire croire l'espace de quelques jours que je pouvais être suffisamment intéressante pour qu'un homme comme lui me parle. Et là, tout de suite, je me battais avec un stupide morceau de tissu et trois attaches. Enfin six, puisque après je devrais répéter l'opération sur l'autre jambe.

Autant abandonner.

— Je le savais, il a essayé de vous…

Il ne termina pas sa phrase, tournant les talons vers la sortie.

— Où allez-vous ? lui demandai-je surprise par son brusque revirement.

— Trouver ce connard !

Je secouai la tête.

— Ce n'est pas la peine.

Ce n'était pas moi que Brian voulait, mais ma sœur jumelle. Pas question de le dire à Francis. Je tenais à garder cette humiliation secrète, pour éviter que quelqu'un ne m'en reparle, ou ne me regarde avec cet air désolé. Si un esclandre explosait, tout le monde saurait que je n'étais qu'un lot de consolation.

Ce serait tout de même appréciable, mais totalement inapproprié.

— Nous ne sommes pas censés nous connaître, lui rappelai-je. Si vous en veniez aux mains, la situation serait très… étrange.

— Vous me demandez de laisser couler ? s'écria-t-il.

— Juste de baisser d'un ton et de calmer vos hormones.

— Mes hormones ? répéta-t-il ahuri. Vous devez me confondre avec Léa !

Je m'efforçai de ne pas réagir en entendant le nom de cette traîtresse.

Et si je restais bien sagement dans ma chambre à regarder la télé ? Après tout, il serait en bas et pourrait s'occuper de cette partie du rapport. De mon côté, je vanterais le service d'étage qui, malgré une grande réception, serait disponible…

Mais j'avais rendez-vous avec les filles. Et je n'avais aucun moyen de les prévenir que je leur faisais faux bond.

— Quelle cruche !

— Louise, arrêtez de vous en vouloir, quand un homme désire quelque chose…

— Taisez-vous ! dis-je sèchement.

Je me tournai vers lui. Les yeux grands ouverts, je l'avais visiblement choqué. Quoi de plus normal ? Pour la première fois en deux ans, je n'avais pas été cette douce Louise. J'avais élevé la voix. J'étais en colère. Et pire que tout, je n'avais aucune envie de m'excuser.

— Quel est le problème ? me demanda-t-il enfin.

— Ça, répondis-je en lui montrant le bas qui avait arrêté sa descente au niveau de mon genou.

Il répéta après moi et je pus lire de l'étonnement dans ses yeux. Il déglutit avant de poser son regard sur ma cuisse, à moins que ce ne soit sur ma main qui retenait toujours le bas.

— Quel est le problème avec ce porte-jarretelles ?

Sa voix s'était faite plus profonde, plus rauque. Un frisson me parcourut alors que je comprenais qu'il était encore une fois question de dessous féminins, mais que pour la première fois, nous parlions des miens. De ceux que j'avais sur moi.

Les joues en feu, je fixai un point devant moi avant de commencer à lui expliquer la complexité pour une débutante comme moi à mettre les jarretelles.

— Celle de derrière doit s'aligner parfaitement avec la couture de mon bas. Mais pour l'accrocher, je dois me tourner et…

— OK.

Je l'entendis inspirer profondément avant de reprendre :

— Levez-vous !

— Quoi ? coassai-je.

Pourquoi voulait-il que je me lève ? Et surtout, pourquoi s'asseyait-il sur mon lit ?

— Louise, ça ira plus vite si je l'accroche…

— Non ! m'écriai-je. Vous ne pouvez pas…

— Vous vous dégonflez !

Agacée, je me postai devant lui, les mains sur les hanches. Je sentis aussitôt le bas reprendre sa descente le long de ma jambe.

— Je ne me dégonfle pas ! Je ne vais pas vous montrer…

— La robe cachera l'essentiel.

Je n'allais pas survivre. Je ne pouvais pas… J'inspirai un grand coup avant de m'installer devant lui, dos tourné. Ce ne serait qu'un moment gênant à passer. Et après, je pourrais descendre faire la fête. Et boire un peu de champagne. Si je n'en abusais pas, je ne risquais pas de perdre le contrôle.

Il me suffisait de penser à autre chose. Peut-être qu'ainsi j'oublierais…

— Désolé !

J'avais sursauté en sentant le bout de ces doigts sur le haut de ma cuisse. Il était si près de… Ce n'était pas correct. Pas normal entre deux collègues.

— Nous ferions mieux… bredouillai-je avant d'être interrompue.

— Où dois-je l'accrocher ?

— À la couture, murmurai-je. Pour qu'elle soit toute droite…

— Elle n'y est pas.

— Comment ça ?

Brusquement, je sentis le bas s'abaisser puis remonter délicatement. Serrant les dents de toutes mes forces, je tentai d'occulter les petits effleurements de ses mains sur mon mollet, puis sur ma cuisse.

Ma respiration se fit plus laborieuse, signe que j'échouais lamentablement. J'étais incapable de penser à autre chose qu'à lui et à ses mains sur ma cuisse.

— Voilà, celle de derrière est accrochée, maintenant voyons les autres...

Les autres ? Ma salive eut du mal à passer, j'étouffai, j'avais trop chaud. Cela ne finirait donc jamais ?

— Vous pouvez enfiler le deuxième.

Machinalement, je baissai les yeux vers lui. Il était agenouillé à mes pieds, les mains sur ses cuisses, attendant certainement que je bouge. Par chance, il n'avait pas relevé la tête et n'avait pas pu voir le trouble dans lequel je me trouvais.

— Louise…

Je réprimai autant que possible un frisson et m'exécutai. Je mis le bas en veillant à ce que la couture soit bien droite. Pour ce faire, je me levai, me penchai. Ce ne fut qu'en relevant légèrement ma robe que je l'entendis. Ce silence presque religieux. Un silence comme nous n'en avions pas l'habitude. Peut-être parce que j'avais le sentiment que ma respiration était anormale, mon teint certainement plus rouge sous le maquillage.

— Tournez-vous un peu !

Sa voix n'avait été qu'un souffle et pourtant elle m'avait secouée tout entière.

Sa main souleva ma robe juste assez pour attraper l'attache et la fixer à la jarretelle à l'arrière de ma cuisse. Il fit les deux autres et se releva aussi vite qu'un diable sortant de sa boîte.

— Merci, dis-je, toujours troublée par cette scène.

Nous étions collègues. Qu'est-ce qui nous avait pris ? Pourquoi avais-je accepté ? Vu les températures, j'aurais très bien pu ne pas mettre de bas. Cette lubie n'était pas non plus vitale !

— Je vais vous laisser.

Je regardai la porte se fermer derrière lui sans un bruit. Son passage dans ma chambre avait été dévastateur. Quelque chose venait de se produire. Je ne savais pas encore si c'était une bonne chose, mais ma résolution était en marche : j'allais m'émanciper, cesser de me cacher… J'allais enfin suivre mes envies.

CHAPITRE 7

Dès que j'eus repris mes esprits, j'allai vérifier mon reflet. Le résultat était étonnant. Savoir ce que je portais sous cette robe accélérait les battements de mon cœur, et que Francis soit aussi au courant n'arrangeait rien à mon état.

Je secouai la tête.

Pas question de penser à lui maintenant. Si je continuais à m'admirer comme Narcisse dans son cours d'eau, je finirais en retard. Chose que je ne supportais pas chez les autres et encore moins de ma part.

J'enfilai les chaussures à talons, surprise de leur confort. Finalement, passer la soirée avec elles aux pieds ne serait peut-être pas si acrobatique. Et puis, je pouvais toujours monter les changer si je ne supportais plus la hauteur.

— *Perfekt !* s'exclama Kerstin alors que je sortais tout juste de l'ascenseur.

— *Wunderbar !* ajouta Constanz en venant à ma rencontre.

A priori, ma tenue plaisait, même si elle faisait bien sage à côté des leurs.

Chacune me prit un bras et elles m'entraînèrent vers le restaurant où aurait lieu la fête, tout en s'extasiant sur leur journée. Elles étaient véritablement heureuses de leur séjour et ne remarquèrent pas tout de suite le faste de la salle.

À notre droite, une table était recouverte de flûtes de champagne et de verres de jus de fruits. Derrière, des serveurs arrangeaient les plateaux de hors-d'œuvre, ou remplissaient les coupes à la demande. À notre gauche, une estrade avec des instruments attendait l'arrivée des musiciens.

Et tout au fond de la salle, des tables étaient dressées avec des nappes blanches, des verres scintillants et des bougies qui se reflétaient dedans. L'ambiance était distinguée et le ballet incessant des serveuses avait quelque chose d'hypnotisant.

— Champagne pour tout le monde !

Je sursautai en entendant Constanz tout près de moi.

— Et trouvons quelqu'un pour nous prendre en photo !

J'avais totalement oublié les deux jeunes femmes tant la décoration m'avait charmée. Voilà un nouveau point positif sur cet établissement, en espérant que le repas et la musique aient été choisis avec tout autant de soin.

— Je peux le faire, si vous le souhaitez, proposai-je.

— Non, tu dois être avec nous sur la photo ! rétorqua Kerstin avant d'ajouter à son amie : Ta cible à droite !

Machinalement, je me tournai moi aussi vers la droite pour voir Francis, adossé contre une colonne. Il semblait savourer le champagne sans quitter un point du regard. Je suivis la direction qui l'intéressait tant et remarquai les musiciens sur la petite estrade. Une femme réglait la hauteur du micro, tandis que le batteur paraissait chercher quelque chose.

— Occupez-vous des verres, les filles ! Je me charge du photographe, déclara Constanz avant de nous quitter avec une démarche chaloupée.

Pas de doute, elle était déjà en chasse et sa cible n'était autre que… Francis ? Ma gorge se serra à l'idée du spectacle auquel j'allais assister. Est-ce que ma nouvelle amie me ferait un compte rendu de la soirée et de leur nuit ? Je ne pourrais pas le supporter.

Non, je n'y arriverai pas !

— Tu viens, Louise ?

Je me tournai vers Kerstin et hochai la tête. Ou alors, je pouvais remonter dans ma chambre et faire l'autruche. Ne pas le voir de mes propres yeux me permettrait de penser que rien n'allait se produire. Qu'ils n'allaient pas… Mais je serais seule et de retour au point de départ. Je devais tenir ma résolution, même si la nouvelle année n'avait pas encore débuté.

J'inspirai un grand coup avant de la suivre vers la table où des coupes de champagne nous attendaient. Kerstin en avait déjà une dans chaque main. Nous rejoignîmes les deux autres qui discutaient joyeusement. Francis tenait déjà l'appareil, signe qu'il avait accepté de nous photographier.

— Allez souris, Louise ! s'exclama Kerstin.

— Je ne suis pas très à l'aise, expliquai-je en sentant mes lèvres se crisper.

— Imagine l'homme le plus beau que tu aies jamais vu, nu devant nous ! intervint Constanz.

Aussitôt, la vision de Francis, hier dans sa chambre, uniquement vêtu de son short de bain, me revint en mémoire. Le contre-jour quand il s'était posté devant la fenêtre et sa voix, dangereusement séduisante…

Je me sentis rougir tandis que mes lèvres s'étiraient. Heureusement qu'il ne pouvait pas lire dans mes pensées ! Qu'il ne savait pas que cette scène, innocente et totalement neutre, pouvait me troubler de la sorte. Enfin, qu'*il* me troublait de la sorte. Au loin, je vis le flash crépiter plusieurs fois avant d'entendre la voix chaude et veloutée de mon collègue :

— J'en ai pris cinq pour être sûr d'en avoir une belle.

Il tendit l'appareil à Constanz qui s'empressa de me le confier, certainement afin d'avoir les mains libres pour se rapprocher de Francis. Sur l'écran apparaissait toujours la dernière photo. Les filles souriaient, magnifiques, heureuses. Et moi, je me tenais là, le regard perdu et visiblement troublée. Mon visage avait laissé transparaître tant de choses que je fus tentée de supprimer le cliché.

Voilà pourquoi il lisait en moi comme dans un livre ouvert, pourquoi il aimait me taquiner : j'étais incapable de dissimuler mes émotions. En était-il de même avec mes sentiments ? Et s'il avait compris…

Non, il ne pouvait pas avoir compris la profondeur de mes sentiments, sinon il aurait déjà remis les points sur les *i.* Pas de doutes, il ne m'aurait pas permis de vivre longtemps dans mes illusions.

— Génial ! Francis a accepté de manger avec nous ! s'exclama Constanz en s'accrochant à son bras. Je te présente Kerstin et Louise !

Heureusement qu'elle le tenait fermement sinon elle aurait sauté sur place. Je le saluai en feignant de ne pas le connaître et portai mon verre à mes lèvres. Aussitôt, des bulles vinrent jouer sur mon palais alors que la fraîcheur du liquide emplissait ma bouche puis ma gorge.

— Et bah, dis donc !

Je regardai Kerstin sans comprendre ce qui l'étonnait.

— On aurait dit que tu avais un orgasme ! m'expliqua-t-elle.

Un orgasme ? Je me tournai vers les deux autres qui m'observaient avec autant d'attention. Francis avait les sourcils froncés alors que le regard de Constanz allait de moi à mon verre.

— C'est si bon ? demanda-t-elle en levant le sien.

Ma bouche refusant de s'ouvrir pour sortir un son correct, je me contentai de hocher la tête stupidement et de reprendre une gorgée en tentant de ne pas gémir de nouveau. La situation devenait de plus en plus embarrassante.

Par chance, un homme brun s'approcha de nous pour attirer l'attention de Kerstin.

— Kevin !

Je cherchai dans ma mémoire qui pouvait être ce Kevin. Elle m'avait parlé d'un maître nageur qu'elle avait invité à se joindre à nous. Sa corpulence et son bronzage correspondaient parfaitement à l'idée que je me faisais de quelqu'un qui passait son temps près de l'eau à surveiller la baignade.

Il se tourna vers nous, faisant un baisemain à Constanz et moi avant de serrer celle de Francis.

J'étais bonne pour tenir la chandelle toute la soirée !

— Viens avec moi, je crois avoir trouvé le cavalier parfait pour toi !

Surprise par Kerstin, je me laissai entraîner un peu plus loin.

— Mais Kevin…

— Ne t'inquiète pas pour lui, je me rattraperai plus tard !

Je n'eus pas le temps de lui demander comment elle se rattraperait qu'elle se postait devant un homme séduisant qui venait d'entrer dans la salle.

— Roberto, voici Louise !

Roberto ? Certainement mon cavalier.

— La fameuse Louise !

Italien. Pas de doute, il était italien. Il en avait l'accent et les manières de *latin lover*.

— Kerstin m'a beaucoup parlé de vous, déclara-t-il dans un anglais approximatif.

Restait à savoir ce qu'une inconnue avait pu dire à mon sujet, car je n'étais pas suffisamment expansive pour qu'elle puisse vanter mes louanges après seulement quelques jours en ma compagnie.

Elle l'invita à dîner à notre table tandis que nous retrouvions les autres qui discutaient tranquillement un verre à la main. Constanz s'approcha de moi et nous excusa, prétextant devoir me parler en privé.

Cette soirée était surréaliste. Je venais de récupérer un cavalier que je ne connaissais pas, j'allais dîner avec des gens qui m'étaient, pour la plupart, totalement étrangers. Ma résolution pour la nouvelle année allait être assurément mise à l'épreuve ! Combien de temps tiendrais-je avant que ma timidité refasse surface ?

— Roberto vient de Rome. Il travaille dans le tourisme et adore la Floride, dit-elle une fois que nous fûmes suffisamment loin. On n'a pas repéré d'alliance ou de traces de bague, il devrait donc être célibataire…

— Ça ne veut rien dire, ne pus-je m'empêcher de dire.

— On devait vite te trouver un cavalier pour que tu ne te sentes pas sur la touche, rétorqua-t-elle. Il est arrivé quand on t'attendait, le choix était très limité vu le peu de temps dont nous disposions.

— Oui, mais…

— Pas de « mais » ! m'interrompit-elle. Tu t'amuses ! Tu n'es pas obligée de coucher avec lui, profite de sa présence.

Elle avait raison. J'étais tellement obnubilée par mes conversations avec Léa qui me poussait à draguer que j'avais oublié qu'il était possible de simplement bavarder avec un homme. Oui, j'allais discuter tranquillement et passer un bon réveillon.

Je retournai donc avec les autres, me mêlai autant que possible à la conversation. À table, je me retrouvai entre Roberto et Kevin, face à Francis qui parlait joyeusement avec Constanz. La soirée promettait d'être à la fois irritante et excitante.

Une fois l'entrée servie, je demandai une deuxième et dernière flûte de champagne, pour marquer le coup. Et pour me détendre face à l'entreprise de séduction dans laquelle s'était lancée Constanz. Pas de doute que son conseil de ne pas finir dans un lit et de juste profiter de la compagnie de son cavalier ne lui était pas destiné.

À minuit, mon malaise n'était toujours pas retombé. J'avais cet étau autour de mon cœur qui me faisait mal et, malgré une conversation intéressante avec Roberto, je ne pouvais penser à autre chose qu'à Francis et Constanz dans un lit.

Il était vraiment temps que je m'éloigne de lui.

Le compte à rebours débuta et je me levai avec les autres, prête à souhaiter le meilleur à ces inconnus. Je m'approchai en premier de Roberto avant de faire le tour de la table, terminant involontairement par Francis. Sa main glissa sur ma taille quand il me fit la bise.

— Que tous vos vœux se réalisent pour cette nouvelle année, Louise, chuchota-t-il en français.

Sa voix... Elle était si douce, si grave. Presque tendre.

— De même, répondis-je dans un souffle.

Il ne me relâchait pas et je voyais derrière lui Constanz s'impatienter. Il était sa cible, elle le voulait. Et moi, je n'étais que Louise. Sa collègue. Alors délicatement, je reculai, profitant de la caresse de sa main au passage. Je retournai à ma place, concentrée sur la marque qu'avait laissée ce contact au travers de ma robe.

Au dessert, je compris que Kevin, qui s'était gentiment introduit dans ma conversation avec Roberto, monopolisait l'attention de ce dernier qui paraissait... sous le charme. Je vis Kerstin qui finissait son verre de vin d'un trait tout en lançant un regard noir aux deux hommes, penchés l'un vers l'autre au-dessus de mon assiette.

Les filles n'avaient visiblement pas prévu de ne pas plaire à leur cible, même si Constanz et Francis riaient tous les deux.

— Viens, on va danser, me dit Kerstin en se levant.

Aussitôt ma chaise libre, Roberto se rapprocha de Kevin. Voilà un autre couple qui risquait de se former !

— Je ne suis pas une bonne danseuse, prévins-je.

— Je ne te demande pas de danser le lac des cygnes ! rétorqua Kerstin un peu sèchement. Laisse-toi envahir par la musique et amuse-toi !

Je suivis son conseil et me déhanchai joyeusement jusqu'au slow. Perdue au milieu de la foule, je vis Kerstin se faufiler dans les bras d'un homme tandis que je restais là, les bras ballants. Autour de moi, tout le monde dansait à deux. Même Francis et Constanz nous avaient rejoints.

À quel moment avaient-ils quitté leur chaise ? Allait-il la serrer contre lui pour l'embrasser ? Allais-je assister aux prémices ?

Non, je n'allais pas rester là à voir une autre vivre ce moment à ma place.

Je tournai les talons et me dirigeai vers la sortie. Pas question d'observer l'homme que j'aimais offrir à une femme la « nuit de sa vie ». D'un pas quelque peu chancelant, je montai dans l'ascenseur, jetant un dernier coup d'œil vers la salle de réception. Les filles allaient peut-être se demander où j'avais disparu. Mais pas longtemps… Elles étaient bien trop occupées.

Je quittai mes chaussures dès la porte de ma chambre franchie. Des instruments de torture ! Et cette soirée n'avait été qu'un cuisant rappel que mes sentiments n'étaient pas réciproques et ne le seraient probablement jamais. Mais si je voulais une chance de fonder une famille, je ne devais pas oublier ma résolution, qui n'avait d'ailleurs pas été si contraignante. Peut-être parce que Roberto ne cherchait en aucun cas à me séduire.

Je laissai échapper un petit rire.

Je venais de passer la soirée à tenir la chandelle entre deux homosexuels. Ça aurait pu être blessant si l'un d'eux m'avait réellement plu. Ou si, comme Kerstin, j'avais des attentes pour la suite de la nuit.

J'étais en train de faire les cent pas, quand un bref coup à ma porte attira mon attention. Je l'entrebâillai pour savoir qui venait me voir à bientôt quatre heures du matin.

— Francis ?

— Je peux entrer ?

J'eus un petit rire nerveux avant de le laisser pénétrer dans ma chambre.

— Qu'est-ce qui se passe ?

Ne devrait-il pas être encore en bas avec Constanz ? Ou alors dans sa suite avec elle à revisiter le Kamasutra ?

— Vous avez disparu, répondit-il.

— Vous étiez occupé, dis-je avant de me reprendre. J'étais fatiguée.

— Vous ne l'êtes plus ?

Je levai les yeux au ciel avant de lui demander une nouvelle fois la raison de sa présence à une heure aussi tardive dans ma chambre. Je ne mentionnai pas la jeune femme qui devait s'impatienter quelques étages plus bas.

— Vous avez bu, ce soir. Je craignais que vous ne vous sentiez pas bien.

— Je n'ai pris que deux flûtes de champagne, me défendis-je.

— Deux de plus que d'habitude !

Je soupirai et m'assis sur le bord de mon lit.

— Je voulais vaincre ma timidité pour passer une bonne soirée, dis-je.

— Vous n'êtes pas timide. Vous êtes réservée.

— Et il y a une différence ? ris-je en l'observant s'installer à mes côtés.

— Oui, une personne timide n'aurait pas parlé à cette femme à l'aéroport, elle ne ferait pas ce métier où la communication et le contact sont des qualités indispensables. Quelqu'un de réservé comme vous est ouvert aux autres, tout en étant facilement effarouché par certains sujets.

Effarouché ? Il était loin du compte !

— Dans tous les cas, j'avais besoin de courage.

— Pourquoi ?

Surprise par sa question, et par mon début d'aveu, je me tournai vers lui. Tête penchée sur le côté, il m'observait. C'était le moment. Celui de lui parler de cet homme que j'aimais et qui ne me voyait pas. De cet amour à sens unique qui, je l'espérais, allait me pousser à sortir de ma réserve.

Mon regard tomba sur ses lèvres. La tentation suprême. Quel goût pouvaient-elles avoir ? Seraient-elles douces ou fermes, exigeantes, excitantes ?

— Je vais vous laisser ! dit-il en se relevant.

Je lui murmurai un vague « bonne nuit » avant de m'allonger sur mon lit. Il fallait être aveugle pour ne pas remarquer ma fascination pour ses lèvres. Ce qui serait dommage avec de si beaux yeux…

— Quelle cruche ! me maudis-je en tapant du poing dans la couverture.

Avant d'avoir pu trouver une solution pour qu'il ne me taquine pas avec cela demain, je m'endormis comme une bienheureuse.

* * *

— Tu m'appelles seulement maintenant ! hurla ma sœur en décrochant. J'ai cru que…

— Que je te faisais la tronche ? finis-je pour elle.

Je portais en même temps une main à mon front pour tenter de calmer la migraine naissante. Je n'avais bu que deux verres et pourtant, le résultat était sans appel : début de gueule de bois.

— Oui, aussi. Mais j'espérais que tu sois occupée avec Brian…

— Je ne vais pas le revoir, Léa !

J'avais haussé la voix, réveillant tout un tas d'aiguilles dans mon crâne. Celles-là mêmes qui s'étaient calmées avec une bonne douche.

— Pourquoi ?

— Ce n'est pas moi qu'il veut, tu le sais très bien ! m'énervai-je. Il m'a avoué te connaître et s'être rapproché de moi uniquement à cause de toi. Alors, arrête de me parler de Brian, ce n'est pas moi qu'il désire !

— Il ne m'a pas demandée en mariage à ce que je sache !

Je grognai et changeai de sujet. Si elle ne comprenait pas, tant pis pour elle. Elle me raconta dans les grandes lignes son réveillon avant de me poser des questions sur le mien. Bien sûr, elle ne put s'empêcher de rire quand je lui parlai de Roberto et Kevin.

— Au moins, tu te souviendras de ta soirée !

Oh ça, il y avait peu de chances que je l'oublie ! Surtout avec l'épilogue qui s'était joué dans ma chambre. Refusant de partager ce moment avec elle, je lui demandai des nouvelles de la famille, puis raccrochai, le cerveau toujours dans un épais brouillard.

Incapable de me rappeler ce que j'avais prévu pour ce premier janvier, je sortis mon agenda, soupirant de soulagement devant une page vierge. J'allais pouvoir paresser dans ma chambre ou près de la piscine sans avoir mauvaise conscience.

À la réception, je retrouvai les filles, penchées sur un papier.

— Bonjour ! dis-je en m'approchant.

— Louise, justement on t'écrivait un message ! s'exclama Kerstin en me serrant dans ses bras.

— Tu vas nous manquer !

Je grimaçai avant de me rappeler que le réveillon était la dernière soirée en Floride pour elles.

— Je suis désolée pour hier, dis-je, mais je ne me sentais pas bien.

Ce qui était la pure vérité. Elles n'avaient pas à savoir que la jalousie m'avait rendue malade, une simple indigestion suffirait.

— Nous ne sommes pas parties longtemps après toi, grommela Constanz en me tendant un papier avec leurs coordonnées. Tu as déjà mon adresse mail, mais pour le cas où tu passerais en Bavière…

Je la remerciai et le rangeai dans une poche arrière de mon short.

— Après Roberto et Kevin, m'expliqua-t-elle, Francis aussi a décidé de nous abandonner peu de temps après ton départ. Du coup, nous avons opéré un repli stratégique dans notre chambre.

Alors comme ça, il n'était pas retourné dans la salle. Mon cœur se fit plus léger tandis que la réceptionniste dirigeait mes deux amies vers la navette pour l'aéroport.

Triste de me retrouver seule, je me dirigeai vers la piscine et m'installai sur un transat. J'ouvris mon livre et en étais à la quatrième relecture du même paragraphe quand une ombre se posta devant moi.

— Bonjour Louise !

Je relevai les yeux, sachant pertinemment qui se trouvait là.

— Brian, dis-je en tentant de sourire.

— Je peux m'asseoir ?

Il désigna le transat libre à mes côtés, mais je secouai la tête.

— Je voulais m'excuser de nouveau de ne pas vous avoir dit que je connaissais Léa.

— Brian, vous m'avez accostée dans l'unique but de remplacer ma sœur !

— Non ! s'écria-t-il. Bien sûr que non ! Vous êtes une femme charmante et passionnante…

— Je suis désolée, mais je n'arrive pas à vous croire, l'interrompis-je. Vous êtes peut-être sincère, mais je ne peux m'empêcher de penser que vous avez peut-être une idée derrière la tête. Que vous ne jouez pas franc jeu !

— Je comprends.

Il regarda autour de nous, puis eut un petit sourire. La main tendue, il se présenta de nouveau à moi. Voulait-il que nous recommencions tout depuis le début ? Dans les livres, les films et autres fictions, cela était possible. Pas avec moi. Le peu de confiance que je lui avais accordée m'était revenu dans la figure avec la force d'un boomerang en pleine course.

— Je suis désolée.

Ma réponse le déstabilisa. Léa avait dû vanter ma gentillesse qui frôlait la bêtise et il ne s'imaginait donc pas être éconduit après des excuses. Quand il partit, je vis Francis qui regardait dans notre direction. Même s'il n'avait pu entendre ce que nous nous étions dit, tout dans l'attitude de Brian montrait que je venais de couper les ponts avec lui.

— Bonjour Louise, dit Francis en prenant place sur le transat libre.

— Bonjour.

Je posai mon livre et décidai de dormir un peu, le temps que le paracétamol fasse effet.

— Je vois que vous avez enfin suivi mes conseils…

— Je ne me rappelle pas vous avoir entendu me dire qu'il était là uniquement sur ordre de ma sœur pour me faire prendre un peu de bon temps, le coupai-je avant de sentir mes joues chauffer.

Ma résolution pour la nouvelle année était définitivement en marche, un peu trop à mon goût.

— Allez-y, moquez-vous ! ajoutai-je en fermant les yeux.

— Je ne vois pas pourquoi je ferais ça, dit-il au bout d'un moment. Ça vous dirait de m'accompagner à Disney World demain ?

— Nous ne sommes pas censés nous connaître, lui rappelai-je.

— Sauf qu'hier vos amies m'ont permis de vous rencontrer.

Disney ? Mickey et Donald… Faire des attractions… Et puis, au moins, avec Francis, les choses étaient claires dès le début.

— Vous aviez quelque chose prévu pour demain ?

— Non. Et Disney me tente bien, réussis-je péniblement à dire avant de m'endormir.

CHAPITRE 8

Je m'installais dans la navette pour Disney World tout en tirant sur la robe d'été que j'avais mise pour l'occasion. Ce n'était pas vraiment une tenue adéquate pour aller dans un parc d'attractions, mais j'avais renversé mon café sur mon short ce matin, et il était bon à laver.

Quant à mon pantalon, il aurait fait trop habillé, surtout avec des températures si douces. Appeler « hiver » une saison où la moyenne est de dix-huit degrés a déjà quelque chose de ridicule, alors si en plus on annonce vingt-cinq degrés…

— Ah, vous voilà ! s'exclama Francis en se laissant tomber sur le siège voisin. Je ne vous ai pas vue au petit déjeuner.

— J'ai eu un imprévu, grommelai-je.

— Un imprévu ?

— Mon café a trouvé que ma tenue manquait de couleur…

Il crispa sa mâchoire, ses lèvres se serrèrent... Monsieur faisait visiblement des efforts pour ne pas rire de ma maladresse matinale. Et rien qu'avec ça, je sentis mon moral remonter. Il avait le don de détendre l'atmosphère, bien que ce fût encore une fois à mes dépens. Ou alors, j'étais bien trop amoureuse pour juger.

La seconde explication paraissait la meilleure.

Nous n'allions plus tarder à arriver au parc, et le conducteur alluma le micro pour nous rappeler le point de rendez-vous et l'heure du départ... Il nous indiqua quelques restaurants, et les attractions qui attiraient le plus de monde et dont la file d'attente pouvait décourager.

En conclusion de son discours, il se gara tranquillement, nous invita à descendre et nous souhaita une belle journée. Francis s'empressa de saisir ma main pour m'emmener vers les caisses. Il prit mon ticket et le présenta avec le sien. En moins de temps qu'il ne faut pour le dire, nous étions dans le parc, cherchant notre direction.

— Hier, un employé de la réception m'a prêté un livre avec les conseils pour pouvoir faire le maximum d'attractions en une journée.

Il sortit de sa poche un bout de papier qu'il déplia.

— Vous avez peur de quelque chose ?

— Que ma robe se soulève, dis-je spontanément avant de rougir.

Celle-là, je ne l'avais pas vu venir ! Où trouvais-je le courage de lui dire de telles choses ? Je l'entendis rire sous cape. Pour qu'il cesse de se moquer, je lui retournai la question.

— J'aime toutes les attractions. Mais je crois que je vais préférer celle où votre robe risque…

Je lui lançai un regard qui le fit s'arrêter net.

— Ne vous inquiétez pas ! Je vous aiderai à la tenir si besoin.

Je levai les yeux au ciel et maudis mes joues de réagir à ses propos.

— Non merci, je n'aurai pas besoin de vous, dis-je en le dépassant.

— Louise, où allez-vous ?

Je me tournai vers lui pour le voir secouant la tête, le sourire aux lèvres.

— D'après vous ? Faire une attraction !

— Très bien, répondit-il en se rapprochant de moi, par laquelle comptez-vous commencer ?

J'ouvris la bouche et compris le problème. Il m'avait parlé de conseils qui nous permettraient d'en faire un maximum sans trop patienter. Puis il s'était arrêté là dans ses explications et je n'avais pas lu la liste. Mes yeux se portèrent sur sa main qui tenait toujours le bout de papier.

— D'accord. Dites-moi par où nous commençons notre journée…

J'avais voulu prendre un air blasé pour qu'il ne comprenne pas que mon trouble venait de sa présence à mes côtés, de ma paume qui sentait encore la chaleur de la sienne. Sans parler de sa proposition de tenir ma jupe !

Avec un sourire séducteur, il saisit ma main, déclenchant de nouveau en moi cette vague de bien-être que je n'avais jamais connue jusque-là. D'un pas mesuré, il m'entraîna dans une allée avec assurance.

Rien de bien étonnant à ça : c'était un habitué des plans d'action. Parfois, nous avions si peu de temps pour en apprendre le maximum sur un établissement que nos journées sans fin étaient chronométrées à la seconde près. Notre professionnalisme avait fait notre réputation auprès de notre patron, mais aussi de nos clients qui n'hésitaient pas à nous demander personnellement.

Même si nous étions arrivés exceptionnellement tôt au parc, des files d'attente s'étiraient déjà devant les manèges. Au bout d'un moment, Francis finit par nous placer derrière un couple qui se tenait étroitement enlacé. Leur comportement, quoique convenable en public, intensifia la gêne que je ressentais à me trouver à côté de mon collègue.

La journée allait être longue. Je n'avais jamais passé autant de temps en sa compagnie. Devais-je lui poser des questions sur sa famille ? Sur son séjour à Orlando ? Ou que sais-je encore !

Mon esprit était vide, je n'avais pas l'once d'un début de conversation.

— Que pensez-vous de l'hôtel pour le moment, Louise ?

Notre mission. Oui, je pouvais parler de travail et garder une attitude professionnelle. Non, je ne baverais pas sur lui ni ne partirais dans des fantasmes où il me prendrait dans ses bras pour que je repose ma tête contre son épaule, comme le faisait actuellement la femme devant moi avec son mari.

J'inspirai un grand coup avant de me lancer.

— Je dois avouer qu'il me plaît bien. Les employés sont polis, disponibles, malgré un manque de rigueur évident dans l'équipe du petit déjeuner.

— Un manque de rigueur ? répéta mon collègue. Ils n'ont pas vu que votre tasse allait tomber ?

— Très drôle, Francis, dis-je avec l'intonation que prenait ma mère pour me faire la morale. Je trouve qu'ils mettent un peu de temps à débarrasser les tables. C'est dommage, ça donne une impression de laisser-aller.

— Allons, Louise ! Les gens sont en vacances !

— Oui, mais le petit déjeuner est la première impression de la journée.

— J'aurais plutôt dit le réveil, avant de sortir du lit ! répliqua-t-il.

— Si je trouvais un serveur dans ma chambre à mon réveil, je pense que mon rapport serait bien plus sévère !

— Ou bien plus…

— Non, c'est bon ! le coupai-je en sachant pertinemment ce qu'il allait ajouter et la gêne dans laquelle je me trouverais par la suite. Ne finissez surtout pas cette phrase !

Je me détournai pour ne plus voir son sourire moqueur. J'avais réussi à tenir plus longtemps que d'habitude.

— Vous vous lâchez, dites-moi !

Je lui jetai un bref coup d'œil et le surpris en pleine étude de mon profil. Ainsi, il avait remarqué mes efforts pour combattre ma timidité.

— Avant vous auriez choisi de vous taire…

Je n'écoutais pas la suite. Ce simple commentaire me poussait à voir en moi une personne si faible, si effacée que je compris pourquoi il ne pouvait être attiré par moi. Pourquoi aucun homme ne pouvait être attiré par moi. Ils voulaient des femmes fortes sur qui se reposer, avoir des disputes fougueuses et du sexe plus sauvage encore…

À cette pensée, mes joues rougirent. Quand réussirais-je à contrôler mes réactions ? Peut-être me sentirais-je alors moins gauche !

Quand nous arrivâmes devant l'employé du parc, nous n'avions toujours pas relancé la conversation. Je n'avais aucune idée de ce qu'il avait dit ensuite, et je n'étais pas certaine d'avoir envie de le savoir. Je compris seulement que nous étions au petit train de la mine, le *Big Thunder Mountain Railroad.*

— Vous avez besoin que je pose ma main quelque part ?

Je fronçai les sourcils.

— Votre robe…

— Vous aimez réellement les sous-entendus ! m'exclamai-je.

— J'aime surtout vous faire rougir.

Ce n'était vraiment pas une révélation ! J'avais bien compris depuis le temps que ce petit jeu lui plaisait énormément, mais je ne m'attendais pas à ce qu'il le reconnaisse.

— Je ne pense pas que ce sera nécessaire, dis-je en coinçant tout de même ma robe du mieux possible.

— Dommage !

Il me fit un clin d'œil et mon cœur s'emballa. La journée promettait d'être riche en sensations fortes !

* * *

— Une barbe à papa, ça vous tente ?

Je regardai Francis qui ressemblait de plus en plus à un gamin. Depuis le matin, nous nous étions à peine arrêtés et il ne nous restait que deux attractions à faire avant le rendez-vous pour retourner à l'hôtel. Pas de doute, nous allions avoir tout fait en l'espace d'une journée. Et j'allais encore une fois m'endormir tôt et épuisée !

Je hochai la tête, souriant bêtement. Quel que soit le pays, Disney faisait toujours son effet sur les zygomatiques.

Je lui pris la main et le suivis. Je m'étais habituée à cela et ce simple toucher me plaisait plus que de raison. Qu'allais-je faire demain quand je n'en aurais plus l'occasion ?

Il régla les deux barbes à papa et m'entraîna vers la file d'attente pour *It's a small world*.

— Nous devons les terminer avant d'embarquer.

— Ça ne va pas être possible, dis-je en remarquant la vitesse à laquelle les gens montaient dans les bateaux pour aller voir des poupées chanter.

— Louise, j'ai été un radin de première en prenant les plus petites, que vouliez-vous que je fasse de plus ?

— Une seule ? proposai-je.

— Si c'est comme ça, la prochaine fois, je vous laisserai me regarder savourer ma barbe à papa pendant que votre estomac criera famine.

— Mon estomac ne crie pas famine ! me défendis-je entre deux bouchées.

Je secouai la tête en comprenant que j'étais encore tombée dans un de ses pièges.

— Madame, je vais vous demander de finir avant de pouvoir monter.

Je pris avec mes doigts ce qu'il restait sur mon bâton que je jetai immédiatement à la poubelle. Dès que ma bouche fut vidée, j'y enfournai ce que je tenais.

— Vous voyez que c'était possible ! s'exclama Francis en s'installant avec moi à l'arrière d'un bateau.

Je léchai mes doigts pour en ôter le sucre, sans prendre la peine de lui répondre. D'autant plus que maintenant j'avais soif !

— Vous avez…

N'entendant rien du reste de sa phrase, je me tournai vers mon collègue qui fixait ma joue intensément. Instinctivement, j'y portai mes doigts et trouvai des fils de barbe à papa, de quoi m'éloigner encore plus du cliché de la femme fatale !

À la sortie, je n'avais toujours pas desserré les dents. Pourquoi fallait-il que je sois si maladroite, si timide, si… Une main sur mon bras me força à m'arrêter et à me tourner vers la gauche.

— Ça va ? me demanda Francis.

J'acquiesçai. Je n'allais pas lui avouer que j'aurais aimé paraître plus féminine qu'une gamine incapable de manger une barbe à papa sans s'en mettre partout.

Un homme le bouscula légèrement et Francis m'entraîna vers le mur pour que nous ne soyons plus dans le chemin.

— C'est l'attraction qui…

Je secouai la tête et fermai les yeux. J'en venais à détester la femme timide et réservée que j'étais. Moi qui n'avais jamais une pensée malveillante envers les autres, je ne pouvais m'empêcher de me critiquer, de me dévaloriser.

— Louise, regardez-moi, s'il vous plaît !

Je lui obéis.

— Ne vous inquiétez pas, dis-je en tentant de sourire. Je suis un peu fatiguée.

— Sûre ?

Je me contentai de hocher la tête, surprise de sentir aussitôt une main prendre ma joue en coupe. Elle glissa vers mon cou, son pouce s'attardant légèrement à la commissure de mes lèvres. À chaque passage, des petits picotements me parcouraient, me troublaient tandis que mes yeux se fermaient pour profiter plus intensément de la caresse.

Ce fut le souffle que je sentis sur ma bouche qui me fit rouvrir les paupières brusquement. Francis était maintenant penché au-dessus de moi, le regard fixé sur mes lèvres qui me paraissaient soudainement sèches. Je passai ma langue dessus et crus le voir serrer un peu plus ses mâchoires.

Puis un petit carillon retentit non loin.

Ses yeux vinrent à la rencontre des miens sans que nous ne bougions ou n'échangions le moindre mot. Que dire ? Je ne voulais pas briser le moment, j'aurais même aimé qu'il dure. Au moins jusqu'au baiser. Mais la magie avait disparu.

— Il est dix-huit heures, murmura-t-il enfin d'une voix rauque.

Dix-huit…

— Le bus ! m'exclamai-je. Nous avions rendez-vous à dix-huit heures sur le parking !

Cessant de m'apitoyer sur ce baiser qui n'avait pas eu lieu, je lui pris la main et l'entraînai en direction de ce que j'espérais être la sortie. Il ne me suivit pas, me forçant à revenir vers lui.

— Nous l'avons loupé, Louise !

— Je sais, mais…

— Mais quoi ? me demanda-t-il en comprenant que je ne finirais sans doute jamais cette phrase. Autant rester jusqu'à la parade.

Rester ? Alors qu'à peine cinq minutes plus tôt, il était sur le point de réaliser un de mes rêves et de m'embrasser ? Il pensait vraiment que je serais capable de faire comme si cet épisode n'avait pas existé ?

— D'accord, m'entendis-je dire.

Son sourire s'agrandit tandis qu'il me tirait de nouveau vers les attractions. Nous en refîmes quelques-unes avant de manger un hamburger et de nous installer stratégiquement pour pouvoir observer la parade.

Assise sur le bord du trottoir, je frissonnai. Je n'avais pas prévu de rentrer si tard et je n'avais pas pris de gilet. Tout en veillant à ne pas dévoiler mes sous-vêtements, je pliai mes genoux.

— Venez !

Je me sentis attirée contre un torse tandis qu'il m'enlaçait. J'avais désormais plus chaud. Beaucoup plus chaud ! D'autant plus que de son autre main, il me frottait le bras.

— Ça va mieux ?

— Oui, murmurai-je avant de lui montrer la parade qui apparaissait au coin d'un bâtiment.

Je n'aurais pas pu me sentir mieux qu'à cet instant. Et malheureusement, mon esprit romantique se faisait déjà des scénarios tous plus beaux les uns que les autres. La chute allait être rude, mais autant profiter du paradis quand on peut le toucher du bout des doigts.

* * *

— Ce n'est pas une tenue, ça !

Je baissai suffisamment mes lunettes de soleil sur mon nez pour le fusiller du regard.

— Louise, n'avez-vous jamais entendu parler de maillots de bain ?

— Et vous de discrétion ? répliquai-je en me remettant correctement dans mon transat.

La veille au soir, nous étions rentrés dans un silence presque oppressant. Encore ce matin, je ressentais la brûlure de son bras autour de moi, de son torse contre mon dos… J'avais même eu du mal à m'endormir tant ma peau était encore sensible par endroits. Quand je m'étais réveillée le souffle court et le corps en feu, je n'avais pas eu longtemps à réfléchir pour connaître la raison de mon état.

Et cette raison précise avait débarqué à la piscine dix minutes après mon arrivée et s'était installée juste à côté de moi, avec un naturel désarmant et un sourire *ultra-bright.*

— Vous ne voulez pas mettre un maillot de bain ? demanda-t-il cette fois avec un air de petit garçon en mal de câlin.

Je secouai la tête, bien décidée à ne pas fléchir.

— Louise…

— Francis, le coupai-je en m'asseyant sur le bord de mon transat pour lui faire face. Nous ne sommes pas censés nous connaître…

— Sauf que Constanz…

Je grognai à l'évocation de la jeune Allemande qui m'avait de nouveau envoyé des photos en arrivant chez elle.

— Constanz n'est plus là !

— Mais, reprit-il aussitôt, grâce à elle, nous pouvons être vus ensemble. Et je peux vous dire que ce n'est pas une tenue pour un bain de soleil !

— Je n'ai pas de maillot, arguai-je en espérant qu'il ne se souvienne pas du contenu exact de la valise.

— Vous en portiez un… l'autre jour !

— Vous avez rêvé !

Il se redressa, sans pour autant me quitter des yeux.

— La nouvelle année vous fait du bien, Louise.

Qu'avait-il encore bien pu inventer ?

Je regardai autour de nous, cherchant la cause de ce changement de sujet et d'attitude. Il avait une idée en tête et nul doute que ce n'était pas bon pour moi.

— Écoutez Francis, je n'aime pas être en maillot de bain et encore moins en deux pièces. Alors pourriez-vous trouver un autre moyen de me faire tourner en bourrique ?

— Et nue ?

— Comment ça ? m'étranglai-je.

— Vous n'aimez pas être en maillot de bain, je vous demande donc si vous désirez qu'on aille sur une plage naturiste.

— Vous êtes totalement fou !

Je me rallongeai tranquillement et feignis de lire en l'observant du coin de l'œil.

— OK, vous l'aurez voulu, dit-il en se levant. Si vous n'êtes pas de retour dans cinq minutes en maillot de bain, je vous jette dans la piscine.

— Vous n'oseriez pas !

— Je vais me gêner !

Je le jaugeai pour savoir à quel point il était sérieux. Et il paraissait prêt à en découdre. Mais d'où lui venait donc cette idée stupide ?

— Je vais aller lire dans ma chambre, dis-je en me levant à mon tour.

J'allais reprendre ma serviette quand je la sentis m'échapper des mains.

— Elle reste ici. Souvenez-vous que j'ai la clef et vous moins de quatre minutes pour revenir…

Quel dictateur !

D'un pas raide, j'entrai dans l'hôtel et me dirigeai vers les ascenseurs sans toutefois me décider sur la conduite à tenir. Mince, je n'allais tout de même pas lui obéir au doigt et à l'œil ! J'étais bien assez grande pour savoir ce que je voulais faire, ou pas.

Une fois arrivée dans ma chambre, je sortis un maillot de bain d'un tiroir et lui lançai un regard mauvais. Il n'était pas fait pour moi. Beaucoup trop petit, trop échancré… D'accord, je me sentais bien dedans, mais à condition qu'il soit sous des vêtements. Et là, il faudrait que…

Et puis zut ! N'avais-je pas décidé de placer cette nouvelle année sous le signe de l'émancipation ? Je voulais combattre ma timidité ? Alors, autant commencer par ce maillot de bain. J'enfilerais une robe par-dessus pour descendre et une fois allongée, si je ne bougeais pas, je n'attirerais pas l'attention, et donc aucun problème.

En repassant la porte menant à la piscine, je croisai Francis.

— Je venais justement vous chercher.

Je haussai les épaules dans une attitude que je souhaitais nonchalante alors que j'étais littéralement morte de peur. De retour à ma serviette, je défis ma robe que je pliai soigneusement pour la ranger dans mon sac et me couchai sans regarder autour de moi. Plus vite je pourrais oublier où j'étais, plus vite mon malaise s'atténuerait.

Midi n'allait pas tarder quand une voix, charmante certes, mais inconnue, me sortit de ma lecture :

— Pourrais-je vous inviter à dîner ?

Direct.

Je levai les yeux vers un homme entre deux âges. Il passa sa main dans ses cheveux, laissant apercevoir un début de calvitie.

— Excusez-moi ? dis-je.

— J'ai remarqué que… commença-t-il avant d'être interrompu par une voix que je connaissais bien plus et qui était menaçante.

— Elle mange avec moi.

Ah bon ?

Je me retournai vers Francis pour le voir assis sur le bord de son transat, furieux. Que lui arrivait-il ?

— Peut-être ce midi, insista le nouvel arrivant.

— C'est très gentil… dis-je avant d'être à mon tour coupée.

— Je répète : elle mange avec moi.

Le ton était monté et maintenant ils se tenaient l'un en face de l'autre. Pas de doute sur le fait que Francis entretenait une meilleure forme physique que son adversaire, mais inutile d'aller le vérifier par les actes.

— Monsieur, intervins-je en me postant dos à Francis, ce ne sera pas possible.

— Allumeuse ! souffla l'intrus avec une moue dédaigneuse.

— Comment ?

— Je vais vous étriper, grogna Francis derrière moi.

J'eus à peine le temps de tendre le bras pour l'arrêter. Je me retrouvai collée à lui, très peu vêtue. Seulement, ce n'était pas le moment de penser à ça.

— Pourquoi avez-vous dit ça ? demandai-je en remarquant que tous les autres clients suivaient notre conversation avec attention.

— Vous plaisantez ? s'étrangla l'homme.

— Non, elle ne plaisante pas, répondit Francis dans mon dos. Alors maintenant, dégagez ! Et vous, rhabillez-vous ! ajouta-t-il en français.

Dans quel monde étais-je tombée ?

Quand le malotru eut disparu, je me tournai vers mon collègue pour lui demander des explications.

— À ce soir, dix-neuf heures, dit-il avant que je n'aie le temps de formuler ma question.

Sur ces quelques mots, il partit, sa serviette et son magazine devant lui et sans l'ombre d'un sourire. Qu'est-ce que j'avais fait ?

CHAPITRE 9

— Léa ?

Pourquoi ne répondait-elle pas ? J'avais très clairement entendu quelqu'un prendre la ligne, mais depuis rien. Pas un mot, pas un souffle. J'allais raccrocher quand elle me parla enfin :

— Désolée, ma chef était encore là, je ne pouvais pas lui dire de dégager histoire de me laisser vivre par procuration.

Je souris et me calai plus confortablement.

En France, il était six heures du soir, midi pour nous. Léa n'allait pas tarder à rentrer chez elle retrouver sa vie de famille. Ce matin, je n'avais pas téléphoné puisqu'elle avait une réunion qui promettait d'être interminable.

— Quoi de neuf ? me demanda-t-elle après m'avoir donné de ses nouvelles.

— Je t'en veux toujours pour Brian.

— J'ai dit « neuf », répliqua-t-elle aussitôt. Et puis, qui ne tente rien n'a rien ! Vous auriez très bien pu avoir le coup de foudre et me remercier infiniment de vous avoir fait vous rencontrer.

— Sauf qu'au lieu de ça, je me sens trahie.

— Passe à autre chose, et raconte-moi ton escapade chez la souris !

Aussitôt mes joues s'échauffèrent. Je tentai de répondre de façon la plus neutre possible :

— C'était très bien !

— Tu as passé la journée avec Francis et tout ce que tu trouves pour décrire le fabuleux moment en tête-à-tête avec lui, c'est « c'était très bien » ? Allez, Lou ! Dis-moi que tu l'as coincé dans un coin pour mettre ta langue dans sa bouche !

Si seulement !

— Lou ?

— Non, je ne l'ai pas coincé dans un coin, ni même…

— Embrasser, Lou, je suis sûre que tu peux dire le mot « embrasser » sans que le ciel ne te tombe sur la tête. À moins que… Ce n'est peut-être pas toi qui as lancé l'offensive !

— Non plus, grommelai-je.

— Y a du croustillant là-dessous, chantonna-t-elle avant de me prier de lui raconter tout.

— J'ai cru qu'il allait m'embrasser, mais…

— Mais ?

Mais il avait remarqué l'heure et j'avais stupidement voulu attraper ce bus de malheur. Pourquoi n'avais-je pas pu profiter tout simplement de la magie de l'instant ? J'avais raté l'occasion de goûter à ses baisers.

Et maintenant, je virais mélodramatique !

— Mais ça ne s'est pas fait, conclus-je.

— Au moins, y a du progrès !

Oui. Et non.

Toujours incrédule, je décidai de raconter l'incident de la piscine à ma sœur.

— Tu étais en maillot de bain ?

— Oui.

Je levai les yeux au ciel en l'entendant continuer à me taquiner sur cette tenue qui m'était totalement étrangère, sur le choc que lui causerait la chance de me voir un jour habillée de la sorte. Devais-je lui rappeler que nous étions parfaitement semblables et qu'il lui suffisait de se regarder dans un miroir ?

— Tu as fini ? lui demandai-je alors qu'elle me mettait en garde contre un accouchement précoce si je recommençais à l'étonner ainsi.

— Donc tu lisais en maillot de bain, allongée sur un transat ?

Voilà qui résumait parfaitement la situation, mais pas le combat de coqs qui s'en était suivi.

— Une romance ? continua-t-elle sans se préoccuper de mon absence de réponse.

— Est-ce vraiment important ?

— Lou…

Rien qu'au ton de sa voix, je sus qu'elle avait fermé les yeux pour secouer la tête. Elle aimait prendre cette attitude affligée quand je réagissais bizarrement d'après ses critères, ou quand je ne comprenais pas quelque chose d'évident.

— Quand tu lis une romance, tu mordilles ta lèvre et tu pousses des petits soupirs.

— Et ?

— Lou ! s'écria-t-elle.

— Arrête un peu avec ce surnom stupide !

— Louise, imagine une femme sexy, en maillot de bain qui joue avec ses lèvres en poussant des soupirs. Maintenant, tu penses à quoi ?

— Que je ne suis pas une…

Allumeuse. Il m'avait traitée d'allumeuse. Je n'avais pas raconté cette partie de l'échange et pourtant elle en était venue à la même conclusion.

— Je sais que tu n'es pas ce genre de femme, mais tu peux comprendre que tu as dû, involontairement, en chauffer certains.

J'étais bien une allumeuse. Je ne l'avais peut-être pas fait consciemment, mais cela en revenait au même !

— Et il semblerait que Francis ne soit pas resté indifférent !

Oh mon Dieu ! Je n'allais pas pouvoir le regarder en face.

— Je dois dîner avec lui, avouai-je. Je ne vais jamais pouvoir y aller.

— Ne dis pas de bêtises ! s'exclama Léa. Profite plutôt de la situation pour forcer la chance !

Elle me croyait réellement capable de passer une soirée tranquille avec lui en sachant que je m'étais comportée comme une femme que je ne suis pas ? Il me connaissait et il ne penserait jamais que j'avais fait cela délibérément. Oui, il ferait la différence entre mon attitude de ce matin et mon véritable caractère.

— Louise, lâche-toi ! Tente l'expérience !

— Tu sais très bien que j'en suis incapable.

— Il te suffit de mettre la petite robe noire dos nu, poursuivit-elle.

— Quelle petite robe noire dos nu ? répétai-je en cherchant de laquelle il était question.

— Celle avec laquelle tu ne pourras porter qu'un string !

Ne me souvenant pas d'un tel modèle, j'ouvris ma penderie et passai la main sur toutes les tenues dont j'avais hérité avec cette valise. J'en voyais des fleuries, des unies et une noire qui ne correspondait pas du tout avec la description de Léa.

— Tu dois confondre avec une des tiennes, dis-je.

— Mais non ! s'énerva-t-elle. Celle du dessus !

Ah oui, la plus indécente. Je l'avais même laissée dans la valise, persuadée de ne jamais trouver le courage de la mettre. Je n'avais pas parlé de cette tenue à Léa, parce que…

— Comment tu le sais ? demandai-je tout en ayant une idée de la réponse.

Un silence. Ce qui me confirmait que je n'allais pas aimer la suite.

— Léa !

— Oui, c'est bon, j'avoue !

— Tu avoues quoi ?

Pitié, que ce ne soit pas encore un de ses tours pendables. Qu'elle ne soit pas aussi derrière la disparition de ma valise.

— Je voulais que tu tentes ta chance…

— Je vais te laisser.

Sans réfléchir davantage et pour la première fois de ma vie, je lui raccrochai au nez.

Ma propre sœur m'avait piégée. Après m'avoir poussée dans les bras d'un de ses anciens prétendants, elle avait trouvé un moyen pour échanger mes affaires. Il était facile de savoir qui était son complice : Brian. Quelle chance qu'il ait disparu des écrans radars depuis le Nouvel An !

Qu'avait-elle prévu d'autre pour moi ? Et surtout, pour quelle raison ? Me pensait-elle vraiment incapable de me débrouiller avec ma vie privée ?

Bon, sur ce dernier point, j'avais certainement besoin d'aide vu mon long célibat. Mais elle n'avait pas à intervenir de la sorte, et encore moins sans me demander mon avis.

Le soir, toujours aussi furieuse, je me préparai pour le dîner et mis la robe que ma traîtresse de sœur m'avait suggérée. Le miroir me renvoya l'image d'une femme séductrice, presque sûre d'elle. Pourtant, j'étais loin de savoir quoi faire. La garder et me ridiculiser ?

Grognant devant tant de pessimisme, je cherchai comment arranger mes cheveux pour que ma coiffure s'accorde avec ma tenue. Finalement, j'optai pour un chignon lâche. Je me maquillai légèrement et avisai l'heure. Je n'avais plus le temps de me trouver une excuse pour me changer, j'allais être en retard. D'autant plus que je comptais mettre les chaussures à talons de la valise, impossible, donc, de marcher vite.

Dans une petite pochette, je glissai mon portefeuille, le pass de ma chambre et un mouchoir. J'avais le nécessaire pour passer une bonne soirée. Et puis, au pire des cas, je trouverais bien une raison de revenir m'enfermer et crier ma colère dans un oreiller.

Ma résolution du Nouvel An, songeai-je. Je ne faisais que poursuivre l'objectif que je m'étais fixé, à savoir prendre plus d'assurance et oser sortir de ma réserve.

Dès que les portes de l'ascenseur s'ouvrirent au rez-de-chaussée, je vis immédiatement Francis près de la réception. Il me tournait le dos, ce qui me laissa le temps de prendre mon courage à deux mains. Et d'en profiter pour l'admirer à loisir.

Il avait choisi une chemise mettant en valeur ses épaules et un pantalon en lin qui soulignait divinement bien ses jambes. Il était à couper le souffle. Je le vis se tourner vers moi et se figer. Ma robe devait l'étonner. La surprise était-elle agréable ? Je sentis mes joues se colorer alors qu'il ne cachait pas son examen de ma tenue.

Aimait-il ? Avais-je eu raison de céder à mon impulsion en choisissant cette robe ?

Reprenant mes esprits, je lui souris et m'approchai de lui. Galant, il me présenta son bras pour entrer dans le restaurant sans prononcer le moindre mot. Nous nous installâmes à une table tandis qu'un serveur nous tendait des menus.

— Merci, dis-je en remarquant que l'employé avait lui aussi les yeux qui traînaient.

Il nota nos commandes pour les boissons dans son carnet, s'attardant un peu trop sur moi. Gênée, je fixai mon assiette pour reprendre contenance et pouvoir profiter de cette soirée. Une chose était sûre, je n'allais pas manquer de faire un petit commentaire dans mon rapport sur ce détail incongru, mais qui pointait une certaine absence de professionnalisme. Sans compter que j'étais de nouveau très mal à l'aise.

D'une main tremblante, je saisis le menu le plus proche et me plongeai dans la lecture des différents plats proposés avant d'arrêter mon choix sur une sole meunière. Dès que je me sentis moins nerveuse, je demandai à Francis ce qu'il désirait manger. Il me répondit, puis se pencha pour déclarer de sa voix la plus suave :

— Vous ai-je dit que vous étiez stupéfiante ?

Je secouai la tête, alors que ma gêne revenait au grand galop.

— Et je crains de l'avouer, mais tous les hommes présents l'ont aussi remarqué.

Je n'osai pas regarder autour de moi pour vérifier. J'avais déjà du mal à respirer en sachant que lui, Francis, me trouvait stupéfiante, alors que d'autres puissent également s'intéresser à moi…

Je déglutis difficilement et changeai de sujet :

— Votre après-midi s'est bien passé ?

Pas dupe, il se contenta de sourire avant de me parler de sa visite à Cap Canaveral.

— Et vous ? me demanda-t-il une fois nos verres disposés devant nous.

— C'était reposant, répondis-je. J'avais rendez-vous au salon de beauté de l'hôtel, ajoutai-je en me rappelant qu'il ne devait pas connaître mon emploi du temps.

La conversation de l'esthéticienne avait été intéressante, enjouée et plaisante. Ses massages des pieds et des mains m'avaient conduite sur un petit nuage. Mais je n'avais pas réussi à totalement occulter ma conversation avec ma sœur.

— L'altercation de ce matin vous avait contrariée à ce point ?

Je pus voir qu'il était inquiet. Ce qui me ravit, j'avais là l'excuse parfaite pour expliquer mon état de nerfs sans avoir à révéler l'horrible complot fomenté par Léa. Je culpabilisai tout de même en l'entendant chercher à me rassurer.

— N'en parlons plus ! dis-je finalement.

— Vous avez raison, ne le laissons pas gâcher cette soirée !

Il leva son verre pour trinquer à la Floride et but quelques gorgées.

— Vous avez toujours le pass de ma chambre ?

Je manquai de m'étrangler et ne pus ignorer le sourire en coin qui se forma sur ses lèvres. Il était fier de m'avoir décontenancée. Très bien. Je me redressai pour lui dire de la même manière :

— Et vous, le mien ?

— C'est pour notre réunion de débriefing…

Une exclamation de surprise m'échappa alors que je compris que ma repartie était loin d'être professionnelle.

— Pardon.

Nous quittions l'hôtel le surlendemain. Il fallait donc nous voir l'après-midi avant le départ pour mettre nos notes en commun. D'autant plus que nous n'allions pas rentrer en France, mais enchaîner directement sur une autre mission plus au sud.

— Ma chambre sera mieux pour ça…

Mon sang s'échauffa. Visiblement, il ne m'en voulait pas pour mon comportement, il devait même s'en amuser.

— Pour le coin salon, ajouta-t-il avant de boire de nouveau.

— J'ai toujours votre pass, dis-je en tentant de dissimuler mon trouble.

Mes yeux ne pouvaient plus lâcher les siens. Pour la première fois depuis que je travaillais avec lui, et que j'avais conscience de mes sentiments, je ne détournai pas rapidement le regard pour parler de la pluie et du beau temps. Ni de la mission en cours.

— Vers dix-sept heures ? proposa-t-il en se poussant pour laisser le serveur poser son assiette devant lui. Je me suis inscrit à une leçon de planche à voile.

Je lui souris et lui demandai s'il en avait déjà fait avant. Bien vite, la conversation prit un tour plus privé. Je découvrais ses goûts, ses souvenirs avec joie et tendresse. J'étais si heureuse d'être là, avec lui, à parler de son frère, de ma sœur…

Quand il me proposa une petite promenade digestive, j'acquiesçai avant de me rappeler que je ne portais pas les chaussures adéquates pour une longue marche. Tant pis ! J'aurais peut-être des ampoules aux pieds, mal aux mollets ou aux chevilles, mais je ne finirais pas cette soirée à cause de ce détail. Non, je voulais profiter.

Je tanguai une fois sur le chemin de terre avant que son bras ne s'enroule autour de ma taille. Par automatisme, je fis de même et n'y prêtai plus attention. J'étais sur mon petit nuage, loin de ma vie discrète et terne.

— Je vais vous raccompagner à votre chambre avant que vous n'attrapiez froid, dit-il en faisant demi-tour.

Et voilà, le rêve touchait à sa fin. J'en savais plus sur lui, j'avais frôlé son flanc pendant près d'une heure sans pour autant cesser de lui parler. Et sans renifler son odeur comme une femme amoureuse. Le bilan était plutôt positif.

À mesure que nous approchions de la porte de ma chambre, je sentais mon cœur précipiter sa course. Même ma respiration se faisait plus laborieuse. Était-ce trop demander qu'un baiser pour ponctuer magnifiquement cette soirée ? D'autant plus qu'hier… Enfin, peut-être l'avais-je rêvé.

Arrivée à destination, je me tournai vers lui tout en cherchant mon pass dans ma pochette. Où pouvait-il donc bien être ? Je fermai les yeux une fraction de seconde pour reprendre mon calme et découvris une main tenant le précieux sésame.

— J'ai toujours le double, chuchota Francis en l'introduisant dans la fente près de la poignée.

J'avais suivi tous ses mouvements et je savais pertinemment que la porte sur laquelle je m'adossais allait s'ouvrir, pourtant je fus surprise et manquai de basculer en arrière. Aussitôt, je sentis deux mains m'attraper par la taille et me ramener contre un corps chaud. Et pas insensible.

Depuis quand avait-il ce genre de « réaction » avec moi ? Ou, peut-être, existait-il une autre raison à cette érection que je sentais contre mon bas-ventre ? Oui, il devait y avoir une autre raison…

Son coup de hanche subtil, troublant, me fit faire un, puis deux pas en arrière. Sans quitter les boutons de sa chemise du regard, je continuai à reculer jusqu'à ce qu'il referme la porte.

J'étais dorénavant seule avec Francis, dans une pièce contenant, entre autres, un immense lit. Et des préservatifs dans le tiroir de la table de chevet. Léa avait raison, je devais tenter l'expérience, me lâcher. Au pire, je pleurerais au retour.

Puisant dans tout mon courage, je remontai les mains jusqu'à son cou. Mes doigts caressaient à leur passage le tissu de sa chemise, notant tout de même le corps ferme et musclé qu'elle dissimulait. Des images de lui à la piscine me revinrent et mon impatience augmenta d'un cran. Il me tardait de le toucher réellement, de faire tomber ces barrières entre nous.

Sa main vint se poser sur mon cou, juste sous mon oreille, et m'obligea à relever la tête vers lui. J'en étais capable. Je pouvais le regarder, plonger mes yeux dans les siens et le laisser mesurer l'étendue de mon désir. Moi, la timide Louise, celle qui se languissait depuis la veille d'un baiser qu'elle n'avait pas encore eu.

Ce que je n'avais pas prévu, c'était de voir l'envie dévorante dans son regard. Il ne cessait de fixer ma bouche pour revenir à mes yeux. Qu'attendait-il ? Que je fasse le premier pas ? Si c'était le cas, son érection avait largement le temps de retomber !

De douces pressions au niveau de ma nuque me ramenèrent à la réalité et au moment présent. Les deux épingles qui retenaient mon chignon atterrirent sur le sol lorsqu'il passa délicatement ses doigts dans mes cheveux.

Je fermai les yeux pour savourer son toucher avant de les entrouvrir et de regarder à nouveau sa chemise, et ses maudits boutons. Serais-je capable de… de commencer à le déshabiller ? Mon cœur accéléra encore.

Je vis alors les muscles se tendre sous le tissu, il ouvrait ses manches au niveau des poignets. Je n'avais plus qu'à l'aider à se débarrasser de son vêtement.

OK.

D'une main tremblante, je saisis le bouton plus haut et le défis laborieusement. Au troisième, j'eus envie de hurler. Finalement, je n'allais pas y arriver ! C'était trop dur. Il me repoussa légèrement et passa sa chemise par-dessus sa tête. Voilà qui résolvait divinement mon problème. Et qui me donnait l'impression d'être une handicapée !

Avec douceur, il releva mon visage vers le sien et m'embrassa. Pas un baiser chaste. Un comme je n'en avais jamais reçu. Un féroce, un gourmand.

Prise de vertiges, je m'accrochai à ses épaules, savourant la texture de sa peau sous mes doigts. Elle était si ferme, si chaude. Ses mains cheminèrent de ma taille à mes seins, glissant sous la robe pour en frôler l'arrondi.

Surprise, je quittai sa bouche pour laisser échapper un gémissement discret.

Soudain, il saisit mes fesses, les pétrissant doucement tandis que sa langue jouait avec la mienne et me faisait perdre pied. Il donna une impulsion et, par instinct, j'entourai sa taille de mes jambes. Son sexe frotta contre le mien, nous arrachant à tous les deux un gémissement. C'était si bon !

Tout en l'embrassant de nouveau avec un désir exacerbé, je le sentis avancer dans la chambre. Quand il s'arrêta, je glissai le long de son corps et me retrouvai debout, la robe coincée et relevée entre nous.

Gênée, je tentai de la remettre convenablement et rencontrai la boucle de sa ceinture. Après une petite hésitation, je l'ouvris et m'attaquai à son bouton de braguette. Avant d'avoir pu continuer mon exploration, il me déshabilla d'un seul geste, me laissant en string devant lui.

Je croisai aussitôt les bras sur ma poitrine, fixant son torse pour oublier qu'il me voyait ainsi. Il ôta ses chaussures et se débarrassa de son pantalon. Je me mordis la lèvre pour refréner un nouveau gémissement devant son corps pratiquement nu.

Souriant, il s'approcha de moi pour s'accroupir à mes pieds, emportant mon dernier vêtement avant de me déchausser. Son regard se posa sur mon pubis, intensifiant ma gêne. Aimait-il ce qu'il voyait ?

Déjà, son index effleurait ma tache de naissance, m'électrisant de part en part. Et bientôt, son pouce se joignit à la caresse, déviant de plus en plus vers mon entrejambe.

Quand il prit mon sexe en coupe, je réalisai à quel point j'étais trempée, prête pour lui. Son autre main remonta de mon mollet à mon ventre, où elle effectua une petite pression, m'invitant à m'asseoir sur le lit juste derrière moi. Aussitôt, il écarta mes cuisses pour s'y installer et déposa des baisers sur mon nombril avant de descendre…

Son pouce taquina mon clitoris, augmentant la tension que je ressentais. Je me rejetai en arrière. Allongée, je me cambrai en sentant sa langue lécher mon sexe et s'arrêter sur un point précis. Cette fois-ci, ce ne fut pas un gémissement, mais un cri qui résonna dans ma chambre.

Je plaquai ma main sur ma bouche, honteuse. Quand j'ouvris les yeux, je découvris le visage de Francis au-dessus du mien. Son torse effleura le bout de mes seins qui envoyèrent des décharges dans tout mon corps, surtout dans la partie qu'il venait de délaisser. Il réitéra son frôlement, son nez dessinant des arabesques sur ma joue.

N'y tenant plus, je m'emparai de ses lèvres et enfouis mes mains dans ses cheveux pour le garder. Il glissa un bras sous moi et me suréleva pour me reculer dans le lit. Alors il s'allongea sur moi, reprenant ma bouche avec plus de vigueur tandis que son sexe, toujours aussi dur, allait et venait contre le mien.

J'allais prendre feu s'il ne faisait pas quelque chose !

Ou je pouvais…

Je posai mes mains sur son dos, savourant la douceur de sa peau, la fermeté de ses muscles. Je touchai ses fesses, obtenant en échange un frottement plus appuyé qui me fit quitter ses lèvres pour gémir.

Je les pressai, avant qu'il ne glisse mes mains sous le tissu de son sous-vêtement. Ma caresse ne semblait pas le laisser indifférent. Il bougea pour ôter totalement son boxer, saisissant la pointe d'un de mes seins dans la bouche pour la suçoter. Il fit de même avec l'autre tout en passant sa main entre mes cuisses. Il taquina mon entrée avant qu'un de ses doigts ne me pénètre, bientôt suivi par un deuxième et il commença à faire des allers-retours de plus en plus vigoureux.

Je mordis mon poing pour retenir un gémissement alors que mon corps prenait feu. C'était si intense que mon sexe frémit et se contracta pour les garder.

Soudain, je le sentis rouler sur le côté et entendis un tiroir s'ouvrir et se refermer.

Consciente qu'il enfilait un préservatif et que je devais ressembler à une étoile de mer, je me tournai vers lui, rougissant en le voyant entièrement nu pour la première fois. Il capta mon regard et sauta sur ma bouche, tout en reprenant place au-dessus de moi. Je l'aidai à se mettre entre mes jambes, le bout de son sexe frottant le mien.

C'était si bon… Je me cambrai pour l'encourager à poursuivre. Je n'en avais pas assez de lui. Il ressortit, pour revenir d'un coup ferme, m'arrachant un long gémissement. Puis il recommença, avant d'attraper une de mes jambes et de la relever. Ses coups de reins se firent plus profonds.

— Encore, soufflai-je contre ses lèvres.

Il fallait à tout prix qu'il continue. Il obtempéra, grognant de concert avec moi jusqu'à la chute. Je me sentis quitter mon corps tandis qu'il me pénétrait une dernière fois.

CHAPITRE 10

Avant même d'ouvrir un œil, je sus que ce n'était pas un rêve. Tout d'abord, la respiration légère de quelqu'un qui dormait près de moi ; puis, la main étrangère sur mon ventre et la mienne sur une cuisse ; et enfin, les courbatures dans mon corps.

J'avais couché avec Francis, et pas qu'une fois !

Je sentis un sourire se dessiner sur mes lèvres. Je pouvais même affirmer que j'avais adoré ! Bien qu'au départ, je n'étais pas très à l'aise…

Je me souvins de mon hésitation à le déshabiller. Je n'étais pas habituée à prendre les devants, d'autant que je n'étais pas très portée sur « la chose ». Je m'étais sentie maladroite, presque stupide.

Surtout après avoir remarqué le bruit que faisait ma respiration !

J'avais bien lu ça dans quelques romances, mais c'était bien la première fois que je l'expérimentais !

Habituellement, j'étais à la limite du passif, me contentant de répéter les gestes de l'autre. Enfin d'Adam, puisqu'il avait été le seul.

Jamais, non plus, je n'avais pensé pouvoir pousser de tels gémissements. Quand je voyais ce genre de démonstration dans les films, je mettais ça sur un effet de style, un moyen de montrer aux spectateurs que les deux personnages appréciaient. Sauf que j'avais fait pareil ! Je me souvenais même d'avoir crié quand sa bouche s'était… Quand il m'avait…

Et je n'avais pas hésité à le supplier ! Je me rappelais avoir dit « encore » quand il avait remonté ma jambe autour de sa taille. Mais c'était si bon de le sentir…

Oh mon Dieu ! Comment allais-je pouvoir lui faire face après cette nuit ?

Première chose à faire : sortir de ce lit pour prendre une douche. Je devais remettre mes idées en place et chasser cette odeur de sexe qui planait autour de moi. Pas question d'être là quand il se réveillerait. J'ouvris les yeux vers la fenêtre et remarquai que les rideaux n'étaient pas tirés.

Dans la nuit, cela ne m'avait pas dérangée. La luminosité était faible et créait une ambiance presque romantique. J'avais ainsi pu le voir, l'admirer.

Et lui aussi, songeai-je.

Mon malaise grandissant, je me dégageai doucement de sa main et me levai pour rejoindre au pas de course la salle de bains. À l'abri de l'autre côté de la porte, j'avisai mon reflet dans le miroir. J'étais méconnaissable ! Mes joues rouges, mes yeux brillants et mes lèvres gonflées me firent oublier que je n'avais pas pris le temps de me démaquiller et que mon mascara avait un peu coulé.

J'étais l'image même de la femme qui vient de passer la nuit avec quelqu'un... Quelle expression avait utilisé cette femme que j'avais croisée, sortant de la chambre de Francis, quelques mois plus tôt ? Un homme qui savait se servir de « ce qu'il a entre les jambes ».

Elle avait aussi ajouté qu'il ne désirait pas remettre le couvert le soir même.

Je me glissai sous le jet de la douche en me demandant comment j'allais faire pour l'éviter aujourd'hui. Nul doute qu'avec les précédentes, il avait tout fait pour que les femmes ne s'accrochent pas à lui. C'était l'histoire d'une nuit et il leur avait dit.

Nous n'en avions pas réellement parlé. Même pas du tout, m'étonnai-je en songeant que nous n'avions pas échangé une parole depuis que nous avions franchi la porte de ma chambre.

Je me séchai et enfilai mes affaires de la veille. Avec un peu de chance, il dormirait toujours et je pourrais sortir sans qu'il ne s'en rende compte. Ainsi la gêne du réveil nous serait épargnée et la journée serait un peu moins catastrophique. Et le moment embarrassant serait repoussé à plus tard. Cet après-midi, nous devions nous voir pour parler de notre séjour dans cet établissement. Peut-être que le sujet ne serait pas abordé. Il planerait entre nous avant de disparaître de nos mémoires.

Comme si je pouvais oublier que, contrairement à Adam, il ne s'était pas contenté de peu. Il avait pris en compte ma pudeur et le fait que toucher son sexe m'était pour l'instant impossible, mais il m'avait aussi poussée dans mes retranchements en me léchant, en me laissant au-dessus de lui.

Je passai la tête par la porte et le vis, allongé sur le ventre, le drap couvrant uniquement ses fesses. Mon corps s'échauffa. Pourquoi n'avais-je pas le courage de me recoucher près de lui et d'attendre ?

Parce que je craignais d'être rejetée. Je devais donc partir avant que cela ne se produise.

Sur la pointe des pieds, je me dirigeai vers la porte, attrapant mes tongs au passage. J'allais descendre au restaurant manger mon petit déjeuner et trouver comment occuper ma matinée. Pour ce qui était de la réunion de cet après-midi, j'y songerais en temps voulu.

Après un repas sur le pouce, je me dirigeai vers la salle de sport. Je ne l'avais pas encore essayée et notre rapport devait comporter un avis masculin et un féminin afin de déterminer si le personnel de l'établissement traitait les clients de façon égale, quel que soit leur genre.

— Bonjour, puis-je vous aider ?

Une femme en tenue de sport me souriait et attendait que je lui réponde.

— J'aimerais me défouler, dis-je en songeant qu'avant ce soir, je serais percluse de courbatures.

— Êtes-vous sportive ?

Je secouai la tête et la suivis jusqu'à un vélo.

— Pour vous échauffer.

Je pris place et écoutai toutes ses recommandations.

Après une heure à transpirer sur plusieurs machines, je passai par la réception pour me renseigner ni vu ni connu sur l'heure du cours d'initiation à la planche à voile.

— Cela a dû débuter il y a dix minutes, mais nous avons une autre leçon pour cet après-midi. Désirez-vous que je vous inscrive ?

Je refusai poliment. Ma chambre devait être libre, je pouvais remonter prendre une douche et aller lire près de la piscine, bien que la scène de la veille m'ait un peu refroidie. Et si l'homme d'hier revenait à la charge ?

Je pourrais toujours demander à un employé de venir à ma rescousse. Et j'aurais ainsi un autre point à ajouter sur mon rapport.

* * *

Ça y était. L'heure avait sonné.

J'avais réussi à l'éviter jusque-là en faisant du sport, en lisant à la piscine et en mangeant dans ma chambre. Même s'il aurait très bien pu m'y rejoindre. Peut-être n'y avait-il pas songé, ce qui ne me soulageait qu'en partie. Peut-être aurait-il été préférable qu'il vienne. La conversation n'aurait été qu'un mauvais souvenir…

Ou j'aurais pu tout simplement rester dans la chambre ce matin et affronter dès le départ cette entorse à notre relation.

Malheureusement, il n'était plus question de reculer. Et je ne pouvais continuer avec mes « et si » plus longtemps. Il était dix-sept heures, l'heure de mettre par écrit nos constatations pour avoir l'esprit clair lors de notre prochaine mission. Cela nous permettrait d'éviter de confondre les deux établissements, ou de minimiser les défauts de celui-ci si le suivant s'avérait très décevant.

Par réflexe, je frappai à la porte avant d'introduire le pass dans la fente prévue à cet effet. J'étais si nerveuse qu'il me fallut deux tentatives pour y arriver et pouvoir pénétrer dans la chambre de Francis.

Je refermai derrière moi et perçus le bruit de la douche. Le face-à-face n'aurait pas lieu dans les prochaines secondes, je pouvais respirer. Je posai mon ordinateur ainsi que mon bloc sur la petite table du salon et me postai devant la fenêtre.

J'étais anxieuse, pourtant Francis avait toujours été correct avec moi. C'était la première fois que nous dépassions les limites, mais cela ne signifiait pas que nous ne pouvions pas continuer à travailler dans le respect de l'autre. Au moins, jusqu'à ce que M. Fouassard m'affecte à un nouveau poste.

— Pardon pour le retard !

Je me tournai pour le voir en tee-shirt et en short. Ses cheveux encore humides étaient en pétard sur sa tête. Visiblement, il les avait essuyés sans songer à les mettre en forme. Et cela était très tentant. J'avais tant envie de passer mes doigts dedans pour les discipliner. Et, peut-être aussi, pour profiter une nouvelle fois de leur texture.

— Je viens d'arriver, dis-je enfin.

Il eut un petit sourire qui fit accélérer les battements de mon cœur. Comment allais-je pouvoir travailler ?

J'inspirai profondément avant de m'asseoir sur le canapé. Je me plaçai de telle sorte qu'une certaine distance de sécurité puisse s'établir entre nous deux. Pas que je le soupçonnais de vouloir me sauter dessus ! Je craignais plutôt mes réactions.

— Par quoi désirez-vous commencer ? demandai-je en ouvrant mon bloc.

N'obtenant aucune réponse, je me tournai vers lui et le trouvai toujours debout, m'observant, les sourcils froncés. Peut-être s'attendait-il à ce que je parle de cette nuit ou que je sois incapable de prononcer le moindre mot. À vrai dire, je m'étonnais moi-même de pouvoir articuler sans problème.

— Nous pourrions déjà faire le tour des services qui nous ont semblé les mieux tenus, puis finir par ceux qui nous ont déçus, continuai-je en cherchant un stylo.

— Ça me paraît très bien.

Il sortit un carnet de sa valise et vint s'asseoir dans le canapé, un peu trop près de moi. Pas question de reculer et de me rapprocher encore plus de l'accoudoir. Je devais gérer la situation comme une adulte. Une adulte rougissante, mais une adulte néanmoins.

— Le service d'étage m'a paru très satisfaisant, déclara-t-il. Ma chambre était toujours propre et ils ne m'ont jamais dérangé.

J'acquiesçai et ajoutai que celui de la blanchisserie auquel j'avais eu recours était tout aussi efficace. Je notai pêle-mêle ses remarques dans un document sur l'ordinateur pour pouvoir mettre en page plus rapidement nos conclusions ce soir, une fois dans ma chambre.

— C'est vrai, l'équipe du petit déjeuner laisse à désirer, dit-il. Ils prennent un peu trop de temps à débarrasser et, si le client arrive tardivement, il peut avoir une impression négative.

Ce fut au bout d'une heure que l'évidence me frappa. Par habitude, ou pour me protéger, j'étais revenue au vouvoiement. C'était assez étrange de le faire après la nuit que nous avions vécue, mais nous étions là pour travailler. Lui avait réussi à ne jamais dire « tu » ni « vous ».

— Autre chose à ajouter ? me demanda-t-il.

Je relus rapidement ce que j'avais tapé, corrigeant quelques fautes. Nous avions passé à la loupe tous les services proposés par l'hôtel, activités incluses. Il était temps pour moi de retourner dans ma chambre pour faire la mise en forme et rêvasser.

J'enregistrai le tout et fermai l'ordinateur avant de poser mon bloc dessus. J'allai me lever quand il m'appela :

— Louise ?

— Oui ?

Il était soudain si près de moi. Quand s'était-il approché ? Je reculai ma tête et compris qu'il était penché vers moi. Le parfum de son savon m'enveloppa et je dus me concentrer pour ne pas combler la distance entre nous et effleurer ses lèvres.

Ce genre de désirs m'avait déjà tenaillée par le passé, mais jusqu'à aujourd'hui, je ne connaissais pas l'effet de sa bouche sur mes sens. Cette nuit avait réellement tout compliqué entre nous.

— J'ai envie de t'embrasser, murmura-t-il en s'approchant un peu plus.

Non, ce n'était pas une bonne idée. Nous étions en mission. Nous ne pouvions pas tout mélanger.

Fermement, il m'attira à lui. Je m'allongeai à demi sur le canapé pour lui échapper. Aussitôt, il rampa au-dessus de moi pour m'embrasser. C'était encore meilleur que la veille, que ce matin…

Je gémis et plongeai mes doigts dans ses cheveux. Ils étaient doux, un peu humides et sentaient terriblement bon. Ses lèvres quittèrent les miennes pour ma joue, mon oreille, mon cou pour enfin revenir à leur point de départ avec encore plus d'ardeur.

Tordue sous lui, je m'allongeai totalement, me collai à lui, réclamant plus de contact. Il bougea et me cala sur le côté, dos contre le canapé. Sa main libre glissa alors sous mon haut et vint se saisir de mon sein, m'arrachant un petit cri qui eut pour effet de redoubler la passion de son baiser.

Nous nous comportions comme des enfants. Nous étions là pour travailler, pas pour…

— Ce n'est pas bien ! m'exclamai-je en le repoussant le plus possible sans qu'il ne tombe.

— Ce n'est pas l'impression que j'ai, dit-il contre la peau de mon cou.

Loin de s'avouer vaincu, il descendit une de ses mains jusqu'à mon ventre et déboutonna mon short.

Je devais l'arrêter. Il était le premier à dire qu'il ne fallait pas mélanger travail et vie privée, alors pourquoi lançait-il les hostilités ? Pourquoi ne faisait-il pas comme moi ?

Soudain, je le sentis empoigner une de mes fesses et me coller contre son bassin, avant de glisser sa main directement dans mon bas de maillot de bain pour venir taquiner ma fente.

— Francis…

J'avais voulu paraître ferme, mais, au lieu de ça, son prénom était sorti dans un souffle. J'aurais douté qu'il m'ait entendu s'il n'avait demandé :

— Tu as quelque chose à me dire ?

Non. Parce que pour ce faire, j'aurais dû arrêter ses doigts qui me pénétraient légèrement, attisant mon désir.

— Une autre remarque sur la tenue de cet établissement, peut-être ?

Sans me laisser le temps de répondre, il changea de position pour avoir accès à mon clitoris tout en faisant des allers-retours dans mon sexe.

— Je prends ça pour un non, chuchota-t-il à mon oreille. Alors nous pouvons considérer que nous sommes en week-end…

Il se redressa pour me débarrasser de mon short et de ma culotte. J'aurais dû continuer à protester, mais il était inutile de me voiler la face, j'en avais terriblement envie, et ce, même si le fait d'être en plein jour me rendait nerveuse.

Parce que la pièce était très, très lumineuse.

Je l'observai se lever pour se déshabiller devant moi, arborant une érection prometteuse. Hier, ou plutôt devrais-je dire tôt ce matin, je n'avais pas trouvé le courage de toucher son sexe. Je me sentais trop gauche pour tenter de lui donner du plaisir avec les mains. Quant à ma bouche, rien que d'y penser j'en perdais tous mes moyens !

Avant la fin du séjour, ou tout du moins de cette parenthèse entre nous, je le toucherais.

Je le ferai jouir avec ma main, me promis-je.

Il m'aida à m'asseoir, me collant pratiquement l'objet de mes pensées sous le nez. Si j'étais plus téméraire, je le lécherais, je le prendrais pour le sucer…

— Je ne sais pas ce qui se passe dans ta tête, mais vu la couleur de tes joues, je suis sûr que ça me plairait !

Je levai les yeux vers lui, déglutissant difficilement. Oui, il apprécierait à coup sûr. Les hommes étaient connus pour aimer cela. Mais je ne pouvais pas. Je ne me sentais pas assez hardie pour franchir ce cap. Je ne l'avais jamais été.

— Je veux te voir nue, dit-il en m'ôtant mon débardeur, puis mon haut de maillot de bain. Voilà qui est mieux !

Il se baissa pour m'embrasser et me poussa délicatement pour que je me rallonge, sous lui. L'absence totale de tissu entre nous permit des caresses plus approfondies, des frôlements, des frictions qui finirent de me convaincre que ce n'était pas si mal que ça.

Je pliai les jambes pour surélever mon bassin et augmenter le contact entre nos deux sexes. J'avais envie de lui, je voulais qu'il passe aux choses sérieuses et me débarrasse de toute cette tension accumulée depuis mon départ de la chambre ce matin. Il grogna et se décala pour prendre quelque chose sur la petite table au-dessus de nos têtes. Ce n'est qu'en le voyant s'asseoir sur ses talons que je réalisai que j'avais totalement oublié le préservatif.

Il fit tomber l'emballage au sol, l'enfila à une vitesse surhumaine et se repositionna sur moi. D'instinct, je pliai de nouveau mes jambes et, sans se presser, il me pénétra avant de ressortir tout aussi lentement.

Loin de m'apaiser, je me sentais de plus en plus tendue, frustrée. Ce rythme attisait mon désir, une vraie torture s'il ne se décidait pas à accélérer. J'allais l'embrasser quand il s'appuya sur ses coudes.

— Tu me fais confiance ?

Troublée par sa voix, je mis un moment avant de hocher bêtement la tête. Il était en moi. J'étais sous lui, nue, et il me demandait si je lui faisais confiance ? Même avant tout cela, j'aurais pu le suivre presque aveuglément.

Il m'embrassa, sortis et me dégagea de son poids.

— Retourne-toi et mets tes mains sur l'accoudoir, petit chat !

Petit chat. Mon surnom. Cela faisait si longtemps qu'il ne m'avait pas appelée ainsi... Je lui obéis. Je n'avais jamais osé cette position. Je l'avais toujours trouvée animale, avilissante. Et pourtant, à ce moment même, j'en avais envie. Je voulais qu'il me prenne à quatre pattes sur ce canapé.

Il poussa mes cheveux par-dessus mon épaule gauche et suçota la peau de mon cou ainsi dégagée.

— Dis-moi s'il y a le moindre problème... haleta-t-il dans mon oreille tout en me pénétrant.

La sensation était... sensationnelle. Il paraissait plus gros, ou j'étais plus étroite. Et ce claquement sur mes fesses chaque fois qu'il revenait en moi, toujours plus profondément, avait le don de m'approcher un peu plus des étoiles.

— Tu aimes ?

Rougissante, je murmurai un oui qui se perdit dans un gémissement.

— Et si je fais ça ?

Sa main qui n'était pas sur ma hanche taquina un sein avant d'en pincer le téton. Je cambrai sous l'onde de choc qui se répandit en moi tandis qu'il faisait subir le même traitement au second. Il descendit alors vers mon entrejambe, frottant mon clitoris au rythme de ses coups de reins.

Soudain, mes bras lâchèrent tandis qu'un orgasme m'emportait au loin. Je le sentis me rattraper par les hanches, accélérant la cadence jusqu'à la jouissance.

CHAPITRE 11

Dans quoi m'étais-je embarquée ?

Après notre épisode sur le canapé, il était parti dans la salle de bains pour se débarrasser du préservatif tandis que je prévoyais de me lever pour disparaître dans ma chambre avant que la honte ne me cloue sur place.

J'en avais eu l'intention. Malheureusement, j'avais dû m'assoupir puisqu'en ouvrant les yeux, je me trouvais dans le lit de Francis, calée contre lui qui regardait la télévision. J'avais respiré son odeur et profité de la sensation de sa peau sous ma paume. Et puis la grande question avait pointé son nez dans mon esprit : pourquoi ? Il me semblait plutôt du genre à préférer les femmes qui ne s'attardent pas.

Faisait-il ça pour préserver l'entente cordiale et professionnelle entre nous ?

— Tu es réveillée, petit chat ?

J'émis un grondement très peu féminin pour lui répondre. Je devais absolument me lever et partir. Je ne voulais pas qu'il se force à quoi que ce soit ou qu'il me dise que c'était bien agréable, mais que je pouvais à présent retourner dans ma chambre. Je me redressai sur un coude pour regarder autour de moi.

— Quelle heure est-il ? demandai-je en voyant que le jour avait décliné.

— Dix-neuf heures trente ! J'appelle le service d'étage ?

— Pour ?

Il glissa un peu dans le lit pour que nos deux visages soient à la même hauteur.

Qu'il était beau. Et cette douceur dans son regard ! C'était la première fois que je la voyais et je craignais de me faire des illusions s'il continuait à m'observer de la sorte.

— Pour commander le dîner ! répondit-il en passant la main sous le drap qui nous recouvrait.

— Je dois y aller.

Je le sentis caresser ma jambe, puis remonter. Instinctivement, mes cuisses s'écartèrent pour le laisser accéder à mon entrejambe et, plus particulièrement, à mon clitoris.

— Que veux-tu manger ?

« Manger » ? Je retins un gémissement alors que mon corps me trahissait en s'allongeant sur le dos. J'étais offerte, totalement à sa merci.

— Que veux-tu ? répéta-t-il en m'embrassant dans le cou alors que sa main se faisait plus ferme.

— Un burger, soufflai-je.

— Très bien !

Il se dégagea de moi, saisit le téléphone sur la table de chevet et appela la réception. Je l'écoutai passer commande, horrifiée par ce qu'il venait de faire. Il n'avait pas hésité à se servir de l'effet qu'il avait sur moi, sur mon corps, pour me faire fléchir.

— Je ne peux pas manger ici, Francis ! râlai-je après qu'il eut raccroché. Et puis ne t'avise pas de recommencer… ton petit numéro pour que je cède ! ajoutai-je en serrant le drap contre ma poitrine.

— C'est que le petit chat aurait envie de mordre ? dit-il en riant.

Je le foudroyai du regard et m'apprêtai à me lever pour m'habiller et partir quand une main me fit retomber sur le matelas. Il se lova contre mon dos et traça des arabesques sur mon ventre.

— Je n'ai pas fini, chuchota-t-il à mon oreille.

D'une pression sur ma hanche, il colla son bassin contre mes fesses. Pas de doute sur ses intentions. Aussitôt, mon cœur se mit à battre plus rapidement. Dans le feu de l'action, j'avais pu me laisser aller. J'avais même participé, mais là… J'étais bien trop consciente de qui nous étions, d'où nous étions et de ce qui n'allait pas tarder à se produire pour me sentir réellement à l'aise.

— Francis, le suppliai-je pour qu'il détecte mon malaise et me laisse partir.

— Tu t'es vite endormie tout à l'heure.

— J'avais une nuit de sommeil à rattraper ! répliquai-je alors qu'il se frottait à moi.

Instinctivement, je me cambrai pour le sentir davantage, pour espérer que la friction soulage la tension naissante au niveau de…

— Non, ce n'est pas ce que je voulais dire ! m'exclamai-je en réalisant ce que je venais d'avouer.

— Ah bon ? Et que voulais-tu dire alors ?

Il m'embrassa dans le cou jusqu'au lobe de mon oreille qu'il mordilla, m'empêchant toute réflexion.

— Que… bafouillai-je.

— Je t'écoute…

Et voilà, il reprenait déjà ses bonnes vieilles habitudes. Le sujet n'en était maintenant qu'un peu plus personnel. Quand commencerait-il à me taquiner sur un bourrelet ou sur mes fesses flasques ? Ce n'était qu'une question de temps.

Et puis, croyait-il vraiment que je pouvais avoir une conversation alors que son sexe frottait maintenant le mien et qu'il jouait avec mon oreille ? Je me défis de son emprise, frustrée, et me levai, emportant le drap avec moi.

— Je ne peux pas rester ici, dis-je en me retournant.

Allongé sur le côté, il arborait un sourire en coin et une érection qui me confirmèrent qu'il n'avait pas l'intention de me laisser m'en tirer à si bon compte.

— Si le service d'étage me trouve ici, ils vont…

— Ils vont juste penser que nous sommes deux adultes consentants qui prennent du bon temps, finit-il pour moi.

— Mais…

— Il n'y a pas de « mais », Louise, me coupa-t-il en s'asseyant sur le bord du lit.

Je suivis le moindre de ses mouvements alors qu'il ouvrait le tiroir de la table de chevet pour en sortir un petit étui en aluminium.

— Depuis le Nouvel An, ils nous voient ensemble. Quoi de plus naturel ?

— Il ne faut pas…

Incrédule, je le regardai finir d'enfiler un préservatif.

— Tu ne crois tout de même pas que…

Je ne pus ni terminer ma phrase, ni reculer. Son pied reposait sur le drap et m'empêchait de partir sans m'exhiber. Mes joues venaient assurément de changer de couleur et ma respiration se fit saccadée. Pitié, faites qu'il n'ait pas vu que j'étais excitée par la vision de lui, nu sur ce lit, se touchant pour bien placer la protection.

Il se pencha vers le sol pour attraper le morceau de drap et tira dessus, me forçant à m'approcher si je ne voulais pas me retrouver à mon tour nue devant lui. Quand je fus suffisamment près, il posa ses mains sur mes hanches et m'attira à lui. Je plaçai mes jambes de part et d'autre des siennes.

Centimètre par centimètre, il remonta le drap avant de me faire asseoir sur lui à califourchon. Je sentais son sexe tout proche du mien. Un petit mouvement, et il serait en moi. Seulement au lieu de ça, il m'embrassa. Fiévreuse, je finis par ouvrir la bouche pour laisser sa langue passer. Une de mes mains lâcha le drap pour se poser derrière sa tête et le masser. Puis ce fut au tour de la seconde quand je me pressai totalement contre lui en gémissant.

Perdue dans notre baiser, je surélevai les hanches et l'accueillis enfin en moi. Dans un grognement, il m'arracha le drap et m'allongea sur le lit sans jamais sortir. Mes jambes nouées derrière son dos l'en empêchaient, mais je n'avais pas senti qu'il voulait me quitter. Non, au contraire, son rythme se fit doux, ponctué de baisers sur mon visage.

C'était si tendre que l'orgasme qui me balaya arriva par surprise.

— Je reviens. Ne t'endors pas !

Il m'embrassa sur le nez avant de se rendre dans la salle de bains.

Pas question de rester sur ce lit et risquer de ne plus pouvoir partir ! Je sautai sur mes pieds, chancelante. J'avais les jambes en coton, et mon corps ne se portait guère mieux. Tout en prenant garde de ne pas tomber et de faire le moins de bruit possible, je récupérai mes habits près du canapé et les enfilai rapidement.

— Ne me dis pas que tu avais l'intention de partir comme une voleuse !

— Très bien, je ne te le dis pas ! m'exclamai-je en me tournant vers lui.

Il se tenait nu sur le seuil de la salle de bains, visiblement très mécontent.

— Je t'ai dit que je ne pouvais pas rester !

— Et moi…

Il fut interrompu par quelques coups à la porte.

— Service d'étage, monsieur. Votre dîner !

Je sentis mes épaules s'affaisser. Et voilà, tout le monde allait savoir. Non pas que cela intéresse tant de monde. À vrai dire, je ne connaissais personne ici et je repartais demain matin. Alors pourquoi avais-je tant envie de fuir ?

Parce que j'étais déjà bien trop amoureuse de Francis pour jouer l'indifférente dans pareille situation.

— Va dans la salle de bains ! dit ce dernier en récupérant le drap par terre.

— Tu ne vas pas lui ouvrir la porte comme ça !

— Louise, regarde le canapé et le lit… Il faudrait être aveugle pour ne pas comprendre ce que nous avons fait !

Gênée, je n'osai poser les yeux autour de moi et m'empressai de m'enfermer dans la salle d'eau. Qu'était-il advenu de la timide Louise ? De celle qui, effacée, fantasmait sur son collègue ?

— Tu peux sortir de ta cachette !

Un brin honteuse de mon comportement, je retournai dans la chambre. Vêtu en tout et pour tout d'un pantalon, Francis plaçait les plats sur la table basse du coin salon.

— Un petit pique-nique, ça te dit ?

J'acquiesçai et m'installai devant mon burger. J'avais si faim ! Je nous servis de l'eau et l'observai à la dérobée. Nous mangeâmes en silence et ce ne fut qu'au dessert qu'il le rompit :

— Demain, je pensais prendre la navette de huit heures et demie pour l'aéroport.

— Nous n'avons que cinq heures de voiture jusqu'à Miami, dis-je.

— En partant plus tôt, on pourrait s'arrêter visiter.

Il me cita quelques endroits sympathiques sur notre route.

— Et puis, il faudra bien manger, donc autant prendre notre temps.

— Tu as raison, approuvai-je. Va pour la navette de huit heures et demie !

— Tu te rends compte que tu me tutoies ?

— Tu veux que je repasse au vous ? répliquai-je en souriant.

Il secoua la tête et marcha vers moi à quatre pattes.

— Non, m'écriai-je en posant ma main sur son épaule pour l'empêcher d'approcher davantage. Je dois retourner dans ma chambre.

— Nous partons demain, je ne comprends pas ce qui t'empêche de rester là ! s'emporta-t-il.

— Parce que, justement, nous partons demain ! Et que mon patron vient de m'annoncer que je devais être prête pour huit heures et demie.

— Je déteste ton patron !

Pas moi.

Avant qu'il ne revienne à la charge, je me relevai et pris mon ordinateur. Quand je le saluai, je vis qu'il n'avait pas bougé, se contentant de me suivre du regard.

Voilà, la parenthèse entre nous se referme, pensai-je en montant dans l'ascenseur.

* * *

Le trajet en voiture s'était bien passé. Je savais d'expérience qu'il conduisait très bien et, par chance, nous n'avions rencontré aucun embouteillage.

Ce matin, nous avions pris la navette de l'hôtel comme deux parfaits inconnus et n'avions parlé à l'autre qu'une fois à l'agence de location de voitures. Francis avait récupéré, seul, les clefs et m'avait conduite jusqu'à un modèle américain bleu nuit. Dès nos bagages rangés, nous avions pris la route sans qu'aucun geste entre nous ne soit ambigu.

— Je vais te déposer devant l'aéroport au niveau des départs pour que le chauffeur de notre hôtel ne nous voie pas ensemble. J'irai ensuite rendre la voiture. Comme ça nous n'arriverons pas en même temps, m'expliqua-t-il alors qu'un panneau indiquait qu'il ne restait que cinq miles d'ici à notre destination.

— D'accord, dis-je avant de remarquer qu'il prenait une bretelle de sortie. Qu'est-ce que tu fais ?

— Tu verras !

Curieuse de connaître la raison de ce changement de direction, je lus tous les panneaux, y cherchant l'information. Rien. Juste des publicités pour des magasins ou des églises, rien qui puisse me renseigner sur ce qu'il tenait tant à me montrer.

Soudain, il s'arrêta et coupa le contact alors que les habitations se trouvaient encore à quelques centaines de mètres. Je me tournai vers lui pour l'interroger quand je l'entendis décrocher une ceinture de sécurité puis une autre.

— J'y pense depuis ce matin, murmura-t-il contre ma bouche.

Je ne le laissai pas s'étendre sur le sujet, aussi impatiente que lui de l'embrasser. Par habitude maintenant, je glissai mes doigts dans ses cheveux pour le tenir plus près de moi. Toute la journée, j'avais pensé à cela. J'avais espéré que notre parenthèse ne soit pas réellement terminée. Que nous puissions la prolonger un peu...

Impossible en revanche de continuer dans le nouvel hôtel, nous devions agir comme des inconnus. Et nous n'y séjournions que trois jours. Pas le temps de mimer une rencontre, à moins de passer pour une femme légère. Ce qui, cela dit, du point de vue des Américains, n'avait rien d'étonnant pour une Française.

Francis tenta de me faire asseoir sur ses genoux. Je savais ce qui allait se produire si je faisais ça et je n'étais pas prête à vivre ce genre d'expérience. Je me rejetai dans mon siège pour mettre une certaine distance entre nous.

— Non.

Il s'écarta et colla son front contre le mien.

— Désolé, je me suis laissé emporter.

— Je ne peux pas, ajoutai-je. Je sais que certaines pourraient, mais pas moi. Quelqu'un pourrait nous voir et…

— Louise, j'ai compris.

— Je suis désolée.

Sa main se posa sur ma joue et me caressa délicatement. Mes yeux se fermèrent d'eux-mêmes alors que je profitais de son toucher.

— C'est juste que ton porte-jarretelles…

— Mon porte-jarretelles ? répétai-je. Comment sais-tu ?

— Tes bas… quand tu t'es assise ce matin, et à chacun de nos arrêts.

Je laissai échapper une petite exclamation. Il l'avait remarqué. Après ma douche, j'avais hésité à remettre mon pantalon pour être plus à l'aise. Et puis j'avais ressenti le besoin d'être féminine, de lui plaire. Alors j'avais sorti une robe légère de la valise et réussi à accrocher correctement mes bas après plusieurs tentatives infructueuses.

— Allons-y !

Il redémarra une fois nos ceintures bouclées. De nouveau sur l'autoroute, sa main se posa sur ma cuisse. Instinctivement, je la recouvris de la mienne et continuai de contempler le paysage par ma fenêtre.

Quel dommage qu'il ait attendu notre arrivée imminente à Miami pour m'embrasser, me toucher. J'avais tant espéré me promener main dans la main comme à Disney World. En y réfléchissant, c'était peut-être mieux comme ça, si je ne voulais pas me bercer d'illusions sur notre futur. Parce que je n'avais pas pris en compte mon âme romantique dans ma résolution. Je n'avais pas prévu de l'appliquer à ce point, et surtout avec lui.

Il fallait que je profite de chaque minute qu'il m'offrait pour pouvoir dire ensuite que je n'avais rien à regretter. Oui, j'allais vivre à fond ce qu'il me proposerait. Quitte à pleurer après !

Il se gara à l'aéroport devant la porte des départs. Je lui déposai un baiser furtif sur les lèvres avant d'aller sortir ma valise du coffre. M'arrêtant au niveau de la fenêtre passager qui venait de s'ouvrir, je me penchai pour savoir ce qu'il avait à me dire.

— On se rejoint dans quelle chambre ce soir ?

Je secouai la tête.

— Nous devons être irréprochables, arguai-je en me redressant pour partir.

— Louise ! geignit-il.

Je me tournai pour le voir debout à côté de la voiture.

— Tu n'es pas sérieuse, là ?

— Très !

Je lui fis un petit signe de la main et entrai dans l'aéroport. Il me restait désormais à trouver la porte où les navettes des hôtels venaient chercher leurs clients. Sans perdre de temps, je demandai à un employé qui m'accompagna galamment. Il me posa des questions sur mon séjour, mon avis sur son pays et me souhaita une bonne continuation alors que nous arrivions à destination.

Peu désireuse d'égarer de nouveau ma valise, j'attendis patiemment qu'elle soit dans la soute pour monter à mon tour. Nous venions de quitter l'emplacement quand je vis Francis sortir de l'aéroport et faire de grands signes. J'hésitai à le signaler au chauffeur avant de me rappeler que je n'avais aucun moyen de savoir qu'il venait dans le même hôtel. Il devrait donc patienter une demi-heure.

Culpabilisant un peu sur l'attente de mon collègue, je me présentai à la réception et demandai s'il était possible de manger au restaurant situé au rez-de-chaussée.

— Normalement, il faut réserver, me répondit l'employée tout en prenant le combiné du téléphone. Je vais les appeler pour savoir s'ils ont de la place.

Il était dix-huit heures et nous n'avions pas prévu de réserver quoi que ce soit.

— Ils ont une table à dix-neuf heures trente, cela vous convient-il ?

— Oui, c'est parfait.

Je réglai mon enregistrement et me dirigeai vers ma chambre pour me rafraîchir un peu. Une fois changée, j'inspectai le lit, le placard et marquai sur mon bloc que, tout comme pour la salle de bains, le ménage avait été fait correctement.

À l'heure prévue, je m'installai à une table et étudiai le menu. Il y en avait pour tous les goûts, tous les styles et les prix n'étaient finalement pas si élevés. En étant si près d'une grande ville de Floride, je pensais devoir payer plus cher un simple burger.

Bien qu'un burger… J'en avais déjà eu un la veille au soir, avec un Francis à demi nu qui ne me quittait pas du regard. Je sentis mes joues rougir alors que je cherchais ce que je pouvais commander d'autre. Du poisson ? Un steak ?

Je vis du coin de l'œil quelqu'un passer à côté de ma table, mais ne remarquai le bout de papier posé qu'une fois mon choix arrêté. Discrètement, je pris le petit mot que je dépliai pour y trouver une carte magnétique. Sur la feuille était écrit un numéro.

Francis.

Je relevai les yeux et le vis assis à quelques tables de moi, plongé dans une conversation avec la serveuse. Je secouai la tête, amusée malgré moi par son entêtement. Il était hors de question que je le rejoigne dans sa chambre. Ce soir ou même un autre.

* * *

— Et zut !

Pour la cinquième fois en deux jours, le réseau Wifi de l'hôtel était hors service. Dans le meilleur des cas, il avait été dépanné en une heure, mais la première coupure avait dépassé les deux heures. De quoi rendre chèvre quelqu'un qui cherchait à travailler.

Ou à se changer les idées.

Depuis notre arrivée, je n'avais pas revu Francis. Pas une seule fois nous étions-nous croisés et je commençais à ressentir un manque. Pas physique, quoique… Non, c'était plutôt un manque de contact humain. Et demain, notre mission touchait à sa fin.

Cela faisait des jours que je n'avais pas pris la peine de téléphoner à Léa. J'avais du mal à digérer son complot et je savais pertinemment qu'à la seconde où j'entendrais sa voix, je lui pardonnerais. Or je voulais qu'elle comprenne que je n'avais réellement pas apprécié son intrusion dans ma vie privée.

Peut-être devrais-je cesser à l'avenir de lui parler de mes états d'âme pour qu'elle ne se sente pas obligée d'intervenir ? Sans oublier qu'avec sa grossesse, elle allait vite avoir du temps libre pour chercher à me caser.

Je me laissai tomber dans le canapé pour réfléchir à la situation.

Le lendemain de mon arrivée à Miami, j'avais téléphoné à ma mère, une surprise pour elle. Je le faisais très rarement et elle avait de mes nouvelles par Léa quand j'étais à l'étranger. Mais je ne voulais pas qu'elle se fasse du souci à cause du silence radio que j'avais imposé à ma sœur.

L'appel avait été relativement bref et m'avait permis d'avoir l'esprit tranquille.

Mais pas pour longtemps.

Dans l'après-midi, M. Fouassard m'avait envoyé un mail pour m'inviter à le rencontrer à mon retour de Floride.

Nous atterrissions le matin peu avant huit heures et, six heures plus tard, je devais être dans son bureau pour discuter de la suite. La suite ? Pas vraiment besoin de se creuser la tête pour comprendre qu'il désirait parler de mon nouveau travail au sein de l'entreprise.

La question était désormais de savoir si j'avais réellement envie de quitter mon poste.

Une partie de moi souhaitait aller de l'avant et avait conscience que ce travail ne correspondait pas à mes projets familiaux. Comment avoir un gentil mari et des enfants en étant à l'étranger plus de la moitié de l'année ? Avec un homme séduisant de surcroît !

Un ex-amant, qui plus est.

L'autre partie souhaitait justement continuer ainsi. Avec Francis, ses blagues, sa douceur. Mais autant être réaliste, cela n'allait certainement pas durer. Et l'atmosphère risquait de tourner au vinaigre.

Je n'avais pas l'intention de pleurer ni de le supplier. Non, j'allais tout faire pour m'en sortir la tête haute. Mais il me faudrait du temps pour retrouver notre ancienne complicité.

Non, pas question de penser à cela maintenant !

Je me levai et commençai à faire les cent pas.

Au lieu de songer à l'avenir, je pourrais réfléchir au présent et à mon état. Que désirais-je faire, là tout de suite ?

Automatiquement, mes yeux se posèrent sur la carte magnétique en évidence sur le meuble près de l'entrée. Depuis que j'étais remontée du restaurant le premier soir, elle n'avait pas bougé. Elle attendait que je trouve le courage de l'utiliser. Et demain, nous rentrions à Paris. Je n'aurais plus ce genre d'opportunités.

Je la saisis et la tournai plusieurs fois. Était-ce une bonne idée ? Oui. Non. Je n'avais aucune idée de la réponse adéquate, juste la sensation que si je n'en profitais pas maintenant, j'allais le regretter.

Une fois à Paris, dans mon petit appartement, je me reprocherais de ne pas avoir sauté sur l'occasion de le rejoindre. Je voulais être plus téméraire cette année ? Alors à moi d'aller le retrouver. Et puis, s'il n'était pas dans les mêmes dispositions que moi, nous pourrions toujours travailler.

Séduite par mon plan, je rangeai mon ordinateur et mon bloc-notes dans mon sac avant de quitter ma chambre. Je prétendrais vouloir commencer le rapport et puis nous verrions bien. Peut-être prendrait-il les commandes comme à Orlando.

Les joues rouges, j'ouvris sa porte et me faufilai à l'intérieur. J'entendis de l'eau couler, signe qu'il était bien là. Mais que faire ?

Je pouvais m'asseoir sur une chaise et patienter, ou encore m'allonger sur le lit. Je pouvais me dévêtir au risque qu'il se moque. Ou je pouvais le rejoindre sous la douche. À cette idée, ma gorge se noua et ma respiration se fit plus laborieuse.

Oui, le rejoindre dans la douche était précisément ce qui me plaisait le plus. Réussirais-je seulement à me déshabiller ?

Je posai mon sac dans un coin et regardai ma robe. Je pouvais toujours l'enlever et rester en maillot de bain.

Devant la porte de la salle de bains, j'hésitai de nouveau. Il était puéril d'aller le rejoindre en maillot alors qu'il connaissait mon corps. Il m'avait vue nue de nombreuses fois et même de jour.

Nerveusement, je défis le haut puis le bas. Le moment tant redouté était arrivé.

Délicatement, j'ouvris la porte, refusant de suivre les ordres de mon cerveau me dictant de fuir tant que j'en avais encore l'occasion. Non, je devais aller jusqu'au bout et profiter. Tout aussi précautionneusement, je refermai derrière moi et inspirai un grand coup avant de pénétrer dans la cabine de douche.

Je le vis poser ses deux mains contre le mur. Ne sachant pas s'il m'avait entendue, je lui touchai délicatement une épaule, puis l'autre. Sans réactions particulières de sa part, mis à part un léger grognement, je compris qu'il avait perçu ma présence. Et qu'il me laissait l'initiative.

Mais par quoi commencer ? Machinalement, je lui massai le dos, mes mains s'attardant plus que nécessaire. Soudain, il en attrapa une qu'il fit glisser sur son torse jusqu'à son cœur que je sentis battre sous ma paume.

Collée ainsi contre son dos et consciente de l'effet que je lui faisais, je décidai qu'il était temps pour moi de réaliser une autre de mes résolutions, à savoir le toucher partout et le rendre fou. Oui, j'avais envie qu'à son tour il perde tous ses repères, qu'il ne voie plus que par mes mains et moi.

CHAPITRE 12

Le lendemain à dix heures du matin, j'étais dans l'avion. Près du hublot, je ruminais tous les événements de ces derniers jours, sans savoir exactement si je devais être optimiste ou tenter de rester réaliste, voire pessimiste. Je bougeai de nouveau dans mon siège à la recherche d'une position dans laquelle je serais confortable.

— Ça va, petit chat ?

Je sursautai et avisai Francis à mon côté.

Il était toujours aussi… lui. Aucun signe de notre nuit blanche. Peut-être une légère fatigue, mais rien de criant. Alors que moi, c'était une autre histoire. Refrénant un bâillement, je portai ma main à ma bouche pour cacher la grimace que je ne manquerais pas de faire.

— Fatiguée, dis-je.

Je rougis en voyant le sourire qui venait de se former sur ses lèvres.

— De la bonne fatigue, j'espère.

Je secouai la tête, amusée. C'était si agréable de badiner là-dessus. Jamais je n'aurais pensé avoir le courage d'oser parler de sexe pendant la journée, même à mots voilés.

— Tu as plus de quinze heures à ta disposition pour baver sur mon polo, si mon épaule te convient.

Je le bousculai légèrement en songeant à cette nuit.

La douche n'avait été qu'un échauffement. Une révélation aussi, pour ma part.

Contrairement à ce que je croyais, j'étais réceptive au sexe. Mais pas avec n'importe qui. Adam m'avait toujours traitée avec tendresse et respect. Quant à Francis, il faisait de même, tout en me poussant dans mes retranchements. Il était doux, mais exigeant. Il n'attendait pas de ma part une autorisation et cela m'avait permis de connaître des choses que je n'aurais jamais osées, ou encore imaginées. Ce qui avait renforcé mon envie de lui faire plaisir sans espérer de lui plus que ce qu'il était prêt à me donner.

Sous la douche, cela avait été rapide, un peu brutal comme en témoignaient les marques que j'avais entraperçues dans mon dos. Et pourtant ! J'avais adoré le caresser et le voir réagir, j'avais touché le paradis et ne demandais qu'à recommencer.

La suite avait dépassé mes rêves les plus torrides. Et j'avais participé sans la moindre gêne, prête à tout pour lui.

Vers vingt heures, le sac de Francis était en partie bouclé. Nous avions alors pris un taxi pour dîner en centre-ville avant de visiter *Miami by night.* Nous avions évité certains quartiers, écouté des groupes qui se produisaient dans un bar et tout cela main dans la main. Nous nous étions beaucoup embrassés, à tel point que je m'étais jetée sur lui dans l'ascenseur de l'hôtel pour m'assurer qu'il était dans le même état que moi.

Ce matin, j'avais déclaré forfait. Mon corps ne pouvait plus supporter un orgasme de plus.

— Pourquoi tu rougis ?

Je fermai les yeux en entendant sa voix suave au creux de mon oreille. Et ce fut d'autres souvenirs de cette même nuit qui me revinrent. Des mots qu'il avait prononcés dans le feu de l'action, ou avant. Il avait pris un malin plaisir à me décrire de plus en plus crûment ce qu'il avait envie de me faire. Et j'avais adoré l'impression d'être au centre de son univers.

— Pas ici, murmurai-je en sentant mon corps se faire bien trop réceptif.

— Je sais.

Depuis notre arrêt avant Miami, il n'avait jamais été de nouveau « empressé » dans un lieu public. Même quand je m'étais collée contre lui dans le bar pour écouter le concert, ses mains étaient restées sages. Il s'était rattrapé un peu plus tard dans la nuit.

Les recommandations d'usage pour le décollage retentirent dans la cabine, puis ce fut au tour des hôtesses de ligne de passer vérifier que nous étions tous bien sanglés. Aussitôt le va-et-vient terminé, la main de Francis se posa sur mon genou tandis que son souffle caressait mon oreille.

— Pourquoi avoir mis ce pantalon ?

— D'après toi…

Je le vis sourire, s'imaginant certainement un sous-entendu séducteur. Pourtant, la vraie raison était des plus terre à terre : je voulais juste être à l'aise et ne pas risquer de montrer mes sous-vêtements à tout le monde dans le RER en rentrant chez moi.

— Repose-toi, dit-il en attirant ma tête contre son épaule. On aura toujours le temps de travailler après.

La veille, je me demandais encore comment j'allais pouvoir continuer à être à ses côtés après cette parenthèse. Mais depuis ce matin, depuis qu'il m'avait réveillée, je ne savais plus où j'en étais. Dès que nous avions franchi le cap tous les deux, j'avais tenté de me convaincre que ce n'était qu'un « moment volé ». Une relation éphémère qu'il me faudrait gérer du mieux possible à mon retour.

J'avais bien pensé à lui, mais jamais avec l'idée que tout cela avait une réelle importance pour lui.

Jusqu'à ce matin.

Je m'étais réveillée, blottie contre lui. Sa main caressait mon dos tandis qu'il me priait d'ouvrir les yeux pour me préparer à partir. Alors qu'il se faisait plus entreprenant, je l'avais stoppé pour lui dire que je ne pouvais pas. Je n'avais pas eu besoin de plus. Puis j'avais voulu « faire quelque chose pour lui » : à défaut d'aller jusqu'au bout, je pouvais toujours l'emmener à la jouissance autrement.

— Pas sans toi, s'était-il contenté de dire en repoussant à son tour ma main.

Et là, l'idée avait commencé à germer : et si je n'étais pas qu'une aventure sans lendemain ?

J'avais pris ma douche, m'étais habillée tout en refusant d'y réfléchir davantage. Je devais attendre d'être chez moi, pour avoir suffisamment de recul sur la situation. En effet, depuis ce moment de douceur que nous avions échangé avant que le réveil sonne, j'avais la terrible intuition de m'être trompée depuis le début.

Maintenant, dans cet avion, la tête posée sur son épaule, je compris que j'avais oublié le principal : Francis. Il n'aurait jamais cherché à me faire mal. Il n'aurait jamais contrevenu à un de ses principes pour un coup vite fait. Il n'aurait pas remis le couvert aussi souvent. Il n'aurait pas été si doux dès notre première fois. Il n'aurait…

J'étais tellement focalisée sur moi et cette nouvelle expérience que j'avais totalement oublié à qui j'avais affaire. À vouloir à tout prix profiter, j'avais fini par associer à Francis des idées qui lui étaient très certainement étrangères.

Je bougeai légèrement, posai mon bras sur son ventre.

— Au fait, où est ton manteau ? me demanda-t-il.

— Dans ma valise, répondis-je en grimaçant.

— Rassure-moi, celle qui est en soute ?

Je ne pris pas la peine d'ajouter quoi que ce soit. Mon manteau était dans ma valise. La vraie, la seule, l'unique. Celle qui m'appartenait réellement avec des vêtements informes et fades. Dans cette histoire, je n'avais pas interrogé Léa au sujet de mes affaires. Je ne savais donc pas si le contenu avait été détruit ou donné à de bonnes œuvres.

— Tu as des pulls ?

Je laissai échapper un petit rire en songeant aux deux misérables gilets dont j'avais hérité lors de cet échange.

— Tu vas attraper la crève ! s'énerva-t-il. Les températures sont négatives en France !

Je passai ma main sous son polo et caressai la parcelle de peau que j'avais réussi à atteindre.

— Je vais me dépêcher de rentrer chez moi, dis-je, espérant le calmer.

— Et tu vas attraper la crève ! s'entêta-t-il. Je vais te passer le mien !

Non, je n'étais pas qu'une parenthèse. Et j'en avais là une preuve supplémentaire. À côté de combien d'autres « preuves » étais-je passée ?

— Il sera trop grand pour moi, répliquai-je en me relevant pour le regarder dans les yeux.

Il s'inquiétait réellement pour moi, pour ma santé. Et je ne pouvais songer à une raison autre que « il tient à moi ». Pour l'instant, rien n'avait été dit entre nous, mais je percevais l'embryon d'une relation que je voulais choyer pour avoir une chance de le rendre heureux.

— Louise, tu vas attraper froid et…

Il s'arrêta le temps de poser sa main sur ma joue et de froncer les sourcils.

— Si seulement j'étais venu en voiture.

— Tu ne pouvais pas prévoir que…

Ce fut à mon tour de m'interrompre. Je ne lui avais pas révélé que ma sœur était derrière l'intervention de Brian et de la disparition de ma valise.

— J'ai un pull, il te couvrira un minimum.

Je hochai la tête et repris ma place contre lui. J'avais désormais la conviction que je vivais le début de quelque chose avec lui. Je devais juste lui prouver que j'avais tout ce qu'il désirait chez une femme.

* * *

À onze heures le lendemain matin, j'étais enfin de retour chez moi. J'avais quitté Francis à l'aéroport sans un baiser. Nous avions juste eu un mouvement de la tête en nous séparant dans le RER bondé et j'avais continué mon trajet le nez fourré dans son pull. Nous ne devions nous revoir que le lendemain pour la réunion de débriefing avec M. Fouassard.

Mon cœur se serra. J'aurais aimé avoir le courage de lui proposer de passer l'après-midi avec moi, une fois mon rendez-vous avec notre chef terminé. Enfin, quitte à avoir du courage, j'aurais préféré avoir l'honnêteté de lui avouer mes sentiments. Il le méritait.

Et je voulais le meilleur pour lui. Qu'il soit heureux et détendu. Qu'il…

Je soupirai. J'étais encore plus amoureuse qu'à mon départ pour la Floride. Je ne pensais pas ça possible, mais il fallait croire que si.

En rentrant dans mon salon, je trouvai ma valise, celle qui avait disparu à Orlando. Dessus, un petit mot scotché me narguait :

Je suis désolée,
Ta sœur qui a fait ça dans l'unique but de te prouver que tu pouvais le faire sans que le ciel te tombe sur la tête.

Pourtant le ciel m'était bel et bien tombé sur la tête et mon monde s'en trouvait totalement bouleversé.

Je regardai la valise avec les tenues que Léa avait choisies pour moi puis celle qui contenait mes vêtements. Ceux que j'aurais dû mettre pendant ces dix jours en Floride. Des habits qui n'auraient jamais fait tourner la tête de Francis. Mais était-ce réellement ma nouvelle façon de m'habiller qui l'avait poussé à se montrer plus entreprenant ?

Après tout, il savait qui se cachait sous le maquillage, la robe et tous les accessoires. Il devait bien se douter que pour moi l'intimité était quelque chose de précieux, et que je ne couchais pas avec le premier venu avant de passer au suivant.

Il le savait.

Et moi, j'avais persisté dans mon idée que tout cela était sans importance pour lui.

— Quelle cruche !

Je filai prendre une douche bien chaude et enfiler des vêtements propres. Dans la cuisine, je me préparai une tasse de chocolat que j'emportai dans mon salon pour lire mon courrier.

Avant de m'asseoir, je remplis ma machine à laver et la programmai pour qu'elle tourne en mon absence. Ce retour à la vie quotidienne me faisait un bien fou. Je retrouvais tous mes repères, mes habitudes. Je pourrais ainsi réfléchir plus posément à Francis, mais aussi à Léa.

Je devais reprendre contact avec elle. Ces quelques jours de silence radio lui avaient certainement fait comprendre que je n'avais pas toléré qu'elle interfère de la sorte dans ma vie. Mais plus j'attendais, plus je la blessais. Et elle ne méritait pas de souffrir. Je voulais juste qu'elle comprenne le message et qu'elle n'ait pas envie de recommencer.

Chaque chose en son temps !

Une lettre de ma banque m'informa de l'état lamentable de mon compte. Je soufflai, si je changeais de poste, j'allais devoir demander une augmentation ! Je me répétai ce mantra jusqu'à mon arrivée devant la porte de M. Fouassard.

Il m'accueillit chaleureusement et me présenta la chaise devant son bureau.

— J'espère que vos missions en Floride se sont bien passées.

J'acquiesçai rapidement, sachant pertinemment que je n'étais pas là pour ça.

— Vous vous doutez bien que je souhaitais vous rencontrer pour parler de votre demande de mutation.

Je hochai la tête et attendis patiemment la suite. Cela faisait à peine un mois que je lui avais fait cette demande, il me paraissait étrange qu'il m'en reparle aussi vite.

— Vous connaissez Gina ?

— Oui, elle s'occupe de démarcher les clients, répondis-je.

— Et elle est enceinte.

Après trois ans de mariage, cela n'avait rien d'étonnant. Surtout qu'elle m'avait confié avoir rencontré son mari des années plus tôt.

— Durant votre absence, elle a eu des complications et devra rester chez elle jusqu'à nouvel ordre.

Incrédule, je fixai mon chef dans l'attente de la confirmation.

— Comme vous avez l'habitude du terrain, j'ai pensé que ce serait une bonne solution à votre requête en attendant.

— Et Francis ?

La question était plus pour moi que pour lui. Tellement persuadée que cela prendrait des mois avant que je ne quitte le binôme que nous formions, je n'avais pas discuté de ma décision avec lui. Et maintenant que nous étions... Enfin que j'avais une chance avec lui, je risquais de le blesser à son tour lorsqu'il découvrirait ma demande du mois de décembre.

— Francis aura une nouvelle équipière, répondit Fouassard. Une de mes nièces est au chômage et je lui ai proposé de prendre votre place. Elle parle anglais et devrait être parfaite dans le rôle de la touriste.

Dans le rôle de la touriste ? Il croyait réellement que c'était si simple de glaner des informations dans les différents établissements où nous allions ? Et que les employés n'attendaient que notre arrivée pour se plaindre de leurs supérieurs et des conditions de travail.

— Je pensais que vous seriez heureuse d'apprendre que vos périples de par le monde prenaient fin, s'étonna mon chef en fronçant les sourcils.

— J'avoue que je m'imaginais à devoir patienter plus de temps avant de me retrouver... sédentaire, déclarai-je en regardant mes mains pour trouver le courage de parler de l'augmentation que ce nouveau mode de vie allait nécessiter.

— Bien sûr, vous aurez le même salaire que Gina, ajouta-t-il de lui-même.

— Et que se passera-t-il quand elle reviendra ?

Il fit un geste vague de la main, signifiant que son retour ne devait pas être envisagé avant des mois, et que j'avais le temps de voir venir.

Je réglai avec lui les détails et, une heure après, j'étais de nouveau dans la rue sous mon parapluie. Ce mois-ci, je ne quitterais pas la France. Le mois prochain non plus… Le sentiment était étrange, d'autant plus que je n'avais pas prévenu le principal intéressé : Francis.

Je sortis mon portable, pour l'appeler avant de me rétracter. Je me devais de lui annoncer cela de vive voix. Peut-être que si je l'invitais ce soir… Nous pourrions ainsi discuter de la suite, ou de la fin.

Je secouai la tête et rangeai mon téléphone dans mon sac à main.

Ce ne fut qu'une fois les courses faites et le réfrigérateur rempli que je ressortis mon portable. Le cœur battant à vive allure, je sus que je ne pourrais pas lui parler, ou encore lui proposer de dîner chez moi, sans bafouiller. Ma timidité revenait au galop, je devais donc trouver une parade.

Ça va ?

J'envoyai ce texto ridiculement lâche et attendis. Comprenant que la réponse ne viendrait pas tout de suite, je commençai à faire la cuisine pour ce soir. Régulièrement, je jetais un coup d'œil à mon écran, déçue à chaque fois. Le poulet au four, je m'installai avec un bon livre sur mon clic-clac.

La fatigue de ma journée commençant à se faire sentir, je mis mon téléphone à sonner pour ne pas oublier de sortir mon plat. Ma tête dodelinait sérieusement quand la photo de Léa apparut sur l'écran.

— Bonsoir Louise.

Sa voix était plus hésitante que d'habitude. Loin de me féliciter, je culpabilisais de l'avoir ignorée ces derniers jours.

— Bonsoir Léa.

— J'ai appris par les parents que tu étais bien rentrée.

— Oui, je ne voulais pas qu'ils se fassent de souci.

— Et moi ? demanda-t-elle timidement.

— Non plus, répondis-je. Mais je t'en veux. Pourquoi ne m'en as-tu pas parlé au lieu de comploter derrière mon dos ?

— Louise, ça fait des mois que je te dis de changer de garde-robe, de rencontrer des hommes ! Mais je reconnais que j'ai été trop loin.

Traduction : elle en avait discuté avec Guillaume, son mari, et il avait mis les points sur les *i*.

— Ne recommence pas, s'il te plaît !

— Promis. J'ai loupé beaucoup de choses ?

Je ris de son empressement retrouvé et lui parlai de la fin de mon séjour en Floride. Pour la première fois néanmoins, je ne lui confiai pas tout. De crainte qu'elle n'intervienne, ou que je ne me montre pas à la hauteur de Francis, je préférais taire cela.

Quand je raccrochai, j'avais retrouvé le sourire, sorti mon poulet, étendu mon linge et déplié mon lit. Et je n'avais toujours pas de réponse de Francis.

À vingt heures, j'avais la sensation qu'il était bien plus tard et que je ne pourrais lui parler de ma mutation ce soir. Aurais-je le temps demain avant que quelqu'un d'autre ne s'en charge pour moi ?

Pendant la nuit, je me réveillai de nombreuses fois en proie à des cauchemars. Loin des croquemitaines habituels, je songeai à mon annonce à Francis et il avait dans chaque cas une réaction négative. Aussi en me levant, mon teint n'était pas des plus frais.

J'arrivai un quart d'heure en avance et filai vers la machine à café. Je préparai ma deuxième tasse quand Francis entra en me saluant.

— Désolé, j'ai vu ton message trop tard.

— Pas grave, dis-je en lui souriant. Je pourrais te parler avant…

— Ah, vous voilà !

Je me tournai vers la porte de la salle de pause, où se tenait M. Fouassard.

— Si ça ne vous gêne pas, j'aimerais commencer la réunion tout de suite.

J'acquiesçai, nerveuse. Quand allais-je pouvoir prévenir Francis ? Je me devais de lui dire en personne et pas au détour d'un couloir.

— Je vais poser mon manteau et prendre le nécessaire. Louise, tu te charges des cafés ?

Encore un signe de tête. La situation m'échappait. Je fixai alors la machine à expressos, attendant qu'elle me donne la solution à tout ça.

Quand j'entrai dans le bureau de notre chef, ce dernier s'installait à la table où nous avions l'habitude de faire nos débriefings. Je posai les tasses et m'assis. Peu de temps après, Francis arriva et prit place à mes côtés. Il but quelques gorgées de son café avant de commencer la présentation.

Sur le premier établissement, nous n'avions pas grand-chose à redire. Il était très bien tenu, mis à part quelques détails que les managers devraient recadrer. Les activités proposées étaient en adéquation avec tous les goûts possibles et, en cas d'exigences exotiques, le personnel se montrait à l'écoute.

Pour le deuxième, en revanche, nous avions plus de critiques et pourtant nous y avions passé moins de temps. Les femmes de chambre faisaient parfaitement le ménage, mais les autres employés paraissaient livrés à eux-mêmes, sans chefs aux commandes. Pour les repas, ce qui était proposé au menu venait de l'extérieur et les serveurs ne prenaient pas la peine de s'intéresser à ce qu'ils apportaient en salle. Quant aux maitres nageurs, ils passaient plus de temps à discuter qu'à surveiller la baignade.

— Le propriétaire de l'établissement va devoir remédier à tout ce que nous avons pu observer, conclut Francis.

Je sortis de ma contemplation et allais boire un peu de mon café qui devait maintenant être froid quand je vis M. Fouassard le porter à ses lèvres.

— Notre travail est juste de le prévenir, pour le reste, il se débrouille, dit-il en le reposant.

Je hochai la tête et remarquai Francis qui glissait discrètement sa tasse vers moi. Je souris et m'en emparai avec enthousiasme. Aujourd'hui, j'allais avoir besoin de toute la caféine possible pour ne pas tomber.

— D'autres commentaires ? demanda notre chef en relisant les notes qu'il avait prises.

— Un, intervins-je. Il serait bon d'avoir un appareil photo pour pouvoir illustrer nos propos plus facilement.

— Vous savez très bien que nos clients ne veulent pas. Ils craignent qu'elles finissent sur Internet et ne ternissent la réputation de leurs établissements. Et puis, ne risquez-vous pas d'être démasqués ?

— Seulement si cela est fait de façon inopportune.

— Une clause dans leur contrat les rassurerait et protégerait des fuites éventuelles de ces clichés, ajouta Francis. Dans le cas de l'hôtel de Miami, par exemple, des photos auraient été plus parlantes.

— Quel dommage que vous ne vouliez plus aller sur le terrain, Louise ! s'exclama M. Fouassard en inscrivant quelque chose sur la feuille devant lui.

Et voilà. Francis allait l'apprendre de la pire façon possible. Je me tournai vers lui pour le voir le visage fermé. Que faire pour que notre chef se taise ? Je levai la main pour lui toucher le bras alors qu'il continuait :

— Ça me désespère de savoir que vous voulez rester derrière un bureau. Nos clients vont être déçus, mais je suis persuadé que votre remplaçante sera vite opérationnelle.

Oui, je n'en doutais pas avec un collègue tel que Francis. Même moi, j'avais rapidement trouvé mes marques. Il avait un don pour mettre en confiance, et conseiller sans imposer. Il était parfait pour former quelqu'un et la nièce de M. Fouassard serait vite la nouvelle coqueluche.

— Francis, je lui ai dit de venir ce matin pour que vous puissiez tout de suite faire connaissance.

— Très bien, monsieur.

Silence. Pouvait-il me regarder pour que je lui dise que j'étais désolée ? Que je voulais lui dire hier. Si seulement il avait vu mon message. Peut-être aurais-je dû insister ? La fatigue avait fait défiler le temps, l'appel de Léa m'avait aussi éloignée de la réalité. Et là, je venais de me la prendre en pleine face. Et Francis en était la victime.

— Je vais y aller, dis-je enfin en me levant.

— Au passage, pourriez-vous lui dire d'entrer ? Elle doit déjà attendre, elle est impatiente de travailler au sein de mon entreprise.

Sourire, surtout sourire.

Discrètement, je posai ma main sur l'épaule de Francis et le sentis se raidir. En ouvrant la porte, je vis immédiatement une jeune femme blonde, apprêtée avec soin et sans un seul défaut. Tous les hommes devaient lui manger dans la main. Incapable de parler, je lui fis signe d'entrer tandis que je retournais vers mon bureau pour le débarrasser.

Ma vie venait de basculer une nouvelle fois et je ne pouvais pas savoir à quel point Francis m'en voulait.

CHAPITRE 13

Toutes mes affaires étaient désormais entassées dans un carton et Francis n'était toujours pas réapparu.

Il fallait absolument que je le croise pour lui dire à quel point j'étais désolée de ne pas avoir insisté la veille pour l'avoir au téléphone. Que j'aurais dû lui parler de tout cela dès mon entretien de décembre.

Je patientai cinq minutes dans mon fauteuil. Enfin mon ancien fauteuil, puisqu'il appartenait maintenant à ma remplaçante. Et s'ils arrivaient ensemble ? Comment justifier ma présence ? Surtout assise à ne rien faire.

Péniblement, j'emportai mon carton dans mon nouveau bureau. Je pourrais toujours lui téléphoner pour convenir d'un rendez-vous. Peut-être pourrions-nous manger en tête-à-tête ce midi pour poser cartes sur table. Et si ça se passait mal ?

Depuis la veille, j'étais intimement persuadée que tout cela représentait plus pour lui, mais je pouvais me tromper. Une intuition n'était finalement que du vent et tant que nous n'aurions pas parlé à cœur ouvert, je ne pouvais être sûre de rien.

Ce qui conduisait à la question suivante : aurais-je le courage de lui dire que ce que nous avions vécu en Floride était très important à mes yeux ?

En prenant cette résolution de vaincre ma timidité, je n'avais certainement pas imaginé que, dès les premières semaines de l'année, je devrais l'appliquer aussi souvent. Sachant cela, j'aurais sans doute reculé. Et je serais passée à côté de beaucoup de choses. Maintenant, je n'avais pas le choix, si je tenais à conserver ce que j'avais gagné en me montrant plus téméraire, je devais lui envoyer un texto pour lui donner rendez-vous.

Dans le pire des cas, il serait le premier à en venir au fait. Je passerais pour une lâche, mais au moins le sujet serait abordé.

— Bonjour nouvelle colocataire !

Je sursautai. Jessica semblait ravie à l'idée de partager l'espace avec moi. Elle se leva pour me prendre le carton des mains et le déposer sur le bureau qui faisait face au sien.

— Gina est partie si rapidement qu'elle n'a pas eu le temps de ranger les dossiers pour toi… On peut se tutoyer, hein ?

J'acquiesçai, troublée par cet accueil très enthousiaste. Je l'avais souvent croisée, la petite taille de l'entreprise facilitant les choses, pourtant jamais elle ne m'avait paru si amicale. Au début, ça avait même été difficile.

Elle remplissait plusieurs emplois au sein de la société de son père et notre première rencontre s'était faite pour mon entretien d'embauche. Fière d'avoir la casquette de directrice des ressources humaines pour l'occasion, elle avait posé des questions pertinentes et déstabilisantes. Sur le moment, j'avais cru à un problème avec moi ou mon CV. Avec le recul, je comprenais qu'elle avait surtout voulu évaluer ma capacité à réagir en cas de stress.

Puis, lors de mes premiers jours et avant ma toute première mission, elle avait été hautaine, arrogante et méprisante. Par les bruits de couloir, j'avais appris qu'elle était en pleine instance de divorce et que son futur ex-mari était loin d'être tendre. Puis elle s'était calmée. Ou bien j'avais réussi à passer entre les gouttes.

Dans tous les cas, rien ne me préparait à un tel accueil !

— Je suis chargée de la partie juridique et de la comptabilité, m'expliqua-t-elle. Francis et toi êtes… Enfin, étiez, les deux principaux, mais nous devons engager aussi des anonymes pour les clients moins exigeants et les missions plus modestes.

Je savais déjà que nous n'étions pas les seuls. Nous n'aurions jamais pu faire suffisamment de missions pour assurer les salaires de cinq personnes. Et puis, occasionnellement, j'avais rencontré ceux que Francis surnommait les extra. Pour la plupart, ils faisaient ça en travail d'appoint, pour pouvoir mettre du beurre dans les épinards et avoir quelques jours loin de leur routine quotidienne.

— Gina, et donc toi, devez joindre les hôtels pour leur proposer nos prestations.

J'acquiesçai et attendis qu'elle poursuive.

— Elle est très organisée et m'a appelée ce matin pour me donner tous les renseignements dont tu pourrais avoir besoin, ainsi que son numéro de téléphone. Je te demanderai de ne pas trop la déranger...

— Je comprends, la coupai-je.

— Très bien !

Pendant l'heure qui suivit, elle m'expliqua comment Gina s'y prenait pour démarcher des directeurs d'établissements, ce qu'elle avait l'habitude de faire sur le site de l'entreprise et les réseaux sociaux. Jessica paraissait très au courant de ce que faisait sa collègue, ce qui finit par me déranger.

Gina lui avait peut-être donné des renseignements, il n'en restait pas moins que je n'avais pas besoin de tout savoir. Son heure de pause et son restaurant préféré n'étaient assurément pas des informations pertinentes. À l'inverse, les créneaux horaires auxquels elle passait ses appels téléphoniques ou consultait Internet étaient pour moi plus intéressants et sûrement le fruit de la réflexion et de l'expérience de ma prédécesseur.

— On mange ensemble ?

Surprise, je remarquai qu'il était midi et que je n'avais pas envoyé un message à Francis. J'allais refuser l'invitation mais, après tout, je pouvais toujours lui parler ce soir. Quand nous aurions plus de temps et moins d'oreilles susceptibles de nous entendre.

Je mis mon manteau et la suivis dans le couloir jusqu'à la sortie. En passant devant la salle de pause, je le vis justement qui se servait une tasse de café.

Je ne devais pas être la seule à avoir du mal avec le décalage horaire !

— Je te rejoins dehors, dis-je à Jessica avant d'aller le retrouver.

Je me postai à ses côtés, attendant d'avoir suffisamment de courage pour l'affronter.

— Ça va ? finis-je par demander à court de mots.

— On fait avec.

Je tentai de sourire, malgré mon horrible pressentiment. Il m'en voulait pour ma mutation et ne désirait pas en parler avec moi. J'aurais dû le faire. Avant notre mission, pendant… Et même hier dans cet avion alors que nous étions proches. Je pouvais lui énoncer dix mille raisons pour justifier mon silence, mais aucune ne serait juste.

— Ça te dirait d'aller boire un verre ce soir ? osai-je enfin.

— Ça ne sera pas possible.

OK.

Je déglutis difficilement et lui proposai de déjeuner ensemble le lendemain. Je ne savais pas quand était sa prochaine mission, mais habituellement nous avions deux jours de pause entre deux.

— Je suis sûr que ce que vous avez à me dire pourra attendre. Encore.

Puis il partit, claquant derrière lui la porte de ce qui avait été notre bureau.

Il m'avait vouvoyée. Il m'avait repoussée.

Pour lui, notre intermède était terminé. Seulement, je ne pouvais m'empêcher de songer qu'il réagissait ainsi parce qu'il était blessé, et non parce qu'il était totalement indifférent. Je fis un pas pour le rejoindre, pour le forcer à m'écouter, même si mes excuses arrivaient trop tard quand Jessica m'appela :

— On y va ?

Je regardai une dernière fois la porte derrière laquelle il s'était réfugié. Cet après-midi, je trouverais le temps de lui parler. Je ne voulais pas le voir souffrir. Je préférais, au contraire, qu'il sourie, qu'il me taquine, qu'il rie. Je voulais tout simplement retrouver le Francis qui faisait battre mon cœur.

Telle une automate, je suivis ma collègue jusqu'à une brasserie proche de notre société. Je montai des plans pour le convaincre, le rassurer… Mais ne devais-je pas déjà prévoir comment le forcer à m'écouter ? Vu son attitude, il n'allait certainement pas s'asseoir gentiment pendant que je lui parlerais. Non, il chercherait à m'éviter. Ou à me faire taire. Comme il l'avait fait en me vouvoyant.

Cette nouvelle distance avec lui me faisait mal et j'en aurais pleuré si cela n'avait pas été de ma faute.

Installées à la table, Jessica commanda une salade sans sauce tout en me vantant un régime qui lui avait déjà fait perdre plusieurs kilos. De mon côté, j'optai pour du cabillaud.

— Alors comme ça, tu as demandé à arrêter les voyages, déclara-t-elle une fois le serveur parti avec notre commande.

— Oui, je voulais me poser un peu.

Je lui offris un petit sourire.

— Pourquoi ? s'exclama-t-elle.

Ayant peu confiance en sa discrétion, je haussai les épaules et la laissai remplir le blanc à sa convenance.

— Attends, tu passais ton temps avec un mec canon et toi, tu préfères venir t'enterrer dans un bureau avec moi !

« Un mec canon. » Si elle savait qu'il était bien plus que ça ! Qu'il pouvait être un amant attentif, un ami… Un ami ? Alors pourquoi ne lui avais-je pas dit ! Tout aurait été si simple si je lui avais confié mon intention de quitter mon poste. Enfin, pas mon intention, puisque j'en avais parlé à M. Fouassard sur un coup de tête. Mais j'aurais pu mentionner mon entretien et lui dire à ce moment-là.

— Louise ?

Je me redressai, brusquement consciente que je ne me trouvais pas au bon endroit ni avec la meilleure personne pour m'autoflageller.

— Je te demandais comment c'était ?

— De ?

— Voyager avec un homme tel que lui, pardi !

C'était merveilleux. Distrayant. Fascinant. Vivifiant.

— Très instructif, répondis-je à la place. Il connaît bien le métier et m'a beaucoup appris sur les différents endroits où nous avons dû nous rendre.

— Instructif ? s'étrangla-t-elle. C'est pas l'adjectif qui me viendrait en tête en le voyant.

— Il est très intelligent ! le défendis-je.

Je me remis convenablement dans ma chaise. J'avais haussé le ton et m'étais dangereusement rapprochée d'elle. Tâchant de reprendre contenance pour qu'elle ne se doute pas de quelque chose, j'ajoutai :

— Je voulais dire qu'il a beaucoup à apprendre aux autres. Sa nouvelle assistante…

— Ah oui, justement ! m'interrompit Jessica. Tu l'as rencontrée ?

— C'est ta cousine, dis-je, surprise qu'elle me pose cette question.

— Ma cousine ?

Je hochai la tête avant de lui décrire la jeune femme que j'avais vue attendre son tour dans le couloir ce matin.

— La garce ! s'écria-t-elle.

Tous les clients autour de nous avaient cessé de parler et nous regardaient, avides d'en savoir plus. Je rougis et tentai de calmer ma collègue qui s'échauffait en marmonnant des paroles inintelligibles.

— Elle va se le faire, déclara-t-elle enfin.

Ma gorge se noua. Était-ce possible ? Francis pourrait coucher aussi avec elle ? Non. Pourtant il avait bafoué son principe de ne pas mélanger plaisir et travail ces derniers jours, alors s'en souciait-il encore réellement ?

— Sarah est une vraie salope.

Tant d'amour dans la famille…

— Elle s'est déjà tapé mon ex ! ajouta-t-elle. Et c'était bien avant qu'il ne soit mon ex.

Pas beaucoup de morale.

— Ça ne veut pas dire que Francis se laissera faire.

Je l'espérais. Je le souhaitais même ardemment !

La faim qui me tenaillait encore quelques minutes plus tôt disparut totalement à l'idée qu'il puisse toucher une autre femme. Pourtant, il n'avait aucune raison de s'abstenir. Il était libre tout comme moi d'aller voir ailleurs, sauf que je ne pouvais pas, alors que lui en aurait l'occasion.

— Elle ne reculera devant rien, dit-elle une fois que le serveur eut déposé nos assiettes devant nous.

Raison de plus pour jouer cartes sur table avec Francis.

En retournant au travail, je lui envoyai un texto pour l'inviter de nouveau à discuter. Ce dernier resta sans réponse et quand je profitai d'une pause pipi pour me rendre dans son bureau, je le trouvai vide.

— Tu en fais une tête ! s'exclama Jessica alors que je me rasseyais à ma place.

— Une mauvaise nouvelle, dis-je pour qu'elle ne s'attarde pas plus sur mon état.

— Tu as appris pour Francis et l'autre pouffe, c'est ça ?

— Non.

— Leur nouvelle mission commence dès ce soir. Ils prennent un train de nuit, direction Prague.

Ils allaient dans une ville romantique qui dépassait Paris dans le cœur de certains amoureux, et voyageaient tous les deux dans un train de nuit. Nous aurions pu… Refoulant les larmes qui me montaient aux yeux, je me concentrai sur les appels que je devais passer dans l'après-midi.

— Ils partent pour Cologne, puis hop ! Train-couchette jusqu'à Prague ! continua Jessica. À tous les coups demain matin, il n'est plus célibataire.

J'aurais aimé lui dire qu'il ne l'était plus. Que… Que rien du tout parce que, comme une pauvre imbécile, je n'avais fait que douter de lui en Floride. Je n'avais ouvert les yeux qu'hier dans cet avion de malheur et je n'avais pas pensé à lui parler de ma demande de mutation. Et je n'avais pu lui rapporter le contenu de mon entretien de la veille avant le débriefing.

— Je crois que je vais me sentir mal, murmurai-je en me levant.

Sans prendre le temps de donner plus d'explications, je me ruai vers les toilettes et respirai à pleins poumons pour ne pas pleurer. Il était trop tard maintenant. J'avais tout fait rater et, le pire, Francis était blessé.

Je sortis mon portable de ma poche et lui téléphonai. Il devait être chez lui à préparer sa valise, mais, peu importe, je devais entendre sa voix, lui dire que j'étais désolée, que…

— Vous êtes bien sur mon répondeur, je vous rappelle dès que possible.

J'attendis le signal sonore avec une boule au ventre. Je ne pouvais pas raccrocher sans lui laisser de message. Il méritait quelques mots. Même si ce n'étaient pas les plus importants, je devais essayer de lui faire comprendre mon désarroi.

— C'est… Je… bafouillai-je avant d'inspirer un grand coup. Je suis désolée. S'il te plaît, rappelle-moi avant ton départ !

Il allait me rappeler. Forcément.

À dix-neuf heures, je n'y croyais plus. Il devait déjà être en Belgique, ou pas loin. Avec Sarah la séductrice. Jessica n'était peut-être pas très partiale, mais elle avait réussi à me faire peur.

Et quand mon téléphone sonna enfin, ce fut la photo de Léa qui apparut sur mon écran.

— Léa, dis-je en prenant la ligne.

— J'arrive !

Je m'écroulai en sanglots sur mon canapé, laissant ainsi s'échapper toutes les larmes que je n'avais pas fait couler pendant la journée de peur d'être surprise et que Jessica ne me demande la raison de tout cela. De peur de ne plus pouvoir arrêter.

Quand ma sœur arriva, je me pelotonnai contre elle et lui racontai mes quelques jours en Floride, m'attardant uniquement sur Francis et moi. Je lui parlai de ma résolution, de mon intention de profiter de l'instant présent... Seulement voilà, j'avais fait preuve d'égoïsme et j'avais blessé l'homme que j'aimais.

— Il est parti, conclus-je.

— Mais non, il est juste en mission.

— En mission avec une mante religieuse !

— Là, tu dramatises !

Je la repoussai pour lui lancer un regard noir.

— Louise, ce type tient à toi ! Il est assez mordu pour être vexé.

— Et je dois en éprouver une certaine fierté ? m'emportai-je.

— Non, mais s'il est intelligent, ce que je crois, il attendra que vous ayez parlé pour tomber dans le lit de cette Sarah.

— Et s'il est blessé et en colère, comment va-t-il réagir ?

Elle grimaça. Elle avait compris mon point de vue : tout cela était mal parti.

— Pourquoi ne lui ai-je pas dit ? répétai-je plusieurs fois avant qu'elle ne me stoppe.

— Ça ne sert à rien de te lamenter là-dessus. Tu vas lui envoyer un mail pour lui souhaiter une bonne mission et ce sera tout. Tu le laisses digérer sans l'étouffer. Il doit réfléchir à la situation sans que tu ne te fasses trop présente.

— Et s'il…

— S'il la baise ? compléta-t-elle pour moi. C'est un abruti et je t'aiderai à l'émasculer.

Un petit rire nerveux m'échappa alors qu'elle commençait à parler de poupée vaudou.

— Léa, dis-je pour l'arrêter dans ses plans de vengeance. Merci.

— De rien, sœurette.

* * *

Le lundi suivant, ils étaient rentrés. Et repartaient presque aussitôt.

Prague avait été une commande spéciale que M. Fouassard avait réussi à caser entre deux missions. Il y avait si peu de temps avant la suivante que je ne fus guère étonnée de n'avoir aucune réponse. Mon mail n'avait déjà pas déclenché de réaction, alors de simples textos…

— Ma cousine n'a pas arrêté de me dire à quel point c'était génial de passer du temps avec lui, me répéta Jessica.

À peine avait-elle franchi le seuil de notre bureau ce matin-là que déjà elle me parlait de sa cousine et Francis.

— Elle m'a dit à quel point il pouvait être galant, poli… continua-t-elle alors que je cherchais à l'ignorer.

Je n'avais vraiment pas besoin d'écouter tout cela, sans compter que j'étais chargée de leur trouver des missions et qu'une d'elles se profilait en Italie, à Venise. La romance serait au rendez-vous malgré l'hiver, le froid…

— Louise !

Je me tournai vers ma collègue qui fronçait les sourcils.

— Tu m'écoutes ?

— Oui, bien sûr ! répondis-je rapidement.

— Être avec un homme comme lui dans une ville telle que Prague, il y a de quoi rêver !

Oui. Ou avoir le cœur brisé.

— Mais elle n'a pas réussi à le séduire.

J'avais mis deux ans. Et encore, l'avais-je réellement séduit, ou avais-je eu la chance de me trouver au bon endroit au bon moment ? Refusant de le penser capable de se servir de moi, je me rappelai ma soirée de samedi que j'avais passée avec une amie.

Enfin, je n'étais pas sûre que nous l'étions encore. Nous n'avions pas vraiment de sujets communs. Elle, avec ses deux enfants, son compagnon et sa maison en construction, et moi avec ma vie en construction. Pour ne pas dire en débâcle.

Elle n'avait fait que me parler de ses bébés, ne s'intéressant que très moyennement à mes voyages. À vrai dire, au bout d'un moment, j'avais juste tenté de suivre une conversation sur les couches et les biberons.

Le pire n'était arrivé que quand elle m'avait interrogée sur « mes amours ».

Mais je touchai réellement le fond deux semaines plus tard.

Je rentrai chez moi après une journée laborieuse au travail. Le prénom de Francis était régulièrement sur les lèvres de Jessica qui maudissait sa cousine de pouvoir passer autant de temps avec lui et de s'entendre aussi bien avec lui. Elle la prévenait de ses avancées.

Peut-être que quelqu'un devrait lui rappeler que les missions consistaient à évaluer des hôtels, et non à tenter de mettre le grappin sur son collègue célibataire.

Avant de retourner à mon appartement, je passai à la boulangerie de mon quartier qui faisait aussi salon de thé. Le pain y était excellent et les pâtisseries de purs délices.

Dans la file d'attente, l'homme devant moi me bouscula plutôt rudement en se retournant pour choisir un gâteau. Le client derrière moi me défendit sans que je ne comprenne pourquoi. Le ton monta entre les deux avant que mon pseudo-agresseur ne s'excuse.

— Vous allez bien ?

Je souris à mon preux chevalier et hochai la tête vaillamment. Mon ego en avait pris pour son grade, mais je n'étais pas blessée pour autant. Et puis, il ne l'avait pas fait intentionnellement.

— Merci pour votre intervention, dis-je en retournant à la contemplation des pâtisseries dans la vitrine.

— Je pourrais vous proposer à manger une part de ce délicieux gâteau au chocolat ? Pour vous remettre de vos émotions, ajouta-t-il aussitôt.

Surprise par l'invitation, je le regardai un instant sans comprendre, avant de lui lâcher un laconique « Pourquoi pas ». Pas vraiment une réponse enthousiaste, mais c'était déjà mieux qu'avant ma résolution.

Ma gorge se noua alors qu'il commandait pour nous deux.

— Venez, je crois avoir vu une table de libre dans le fond.

Je le suivis mal à l'aise et découvris rapidement que je n'allais pas l'intéresser très longtemps. Passionné par la politique et les faits divers, il me parlait d'événements dont je n'étais pas au courant, faute de temps ou encore de présence dans le pays.

En arrivant chez moi, je téléphonai à Léa.

— Qu'y a-t-il ? me demanda-t-elle.

— Comment fait-on pour rattraper deux ans d'inculture ?

— Et si tu reprenais depuis le début.

Je lui expliquai mes tentatives auprès de mes amis et le fiasco de ce soir.

— Je répète : comment je fais pour ne plus paraître cruche ?

— Tu n'es pas cruche, Louise ! s'exclama-t-elle. Tu as juste vécu différemment et tu ne devrais pas en avoir honte.

— Léa, j'ai voulu changer de poste pour avoir une vie sociale, voire plus. Et je me rends compte que je suis une handicapée ! J'ai réussi à mettre de côté ma timidité, mais je n'ai rien d'intéressant à dire.

— Ça fait que trois semaines que tu es rentrée ! Donne-toi le temps !

J'étouffai un rire nerveux. Attendre, encore et toujours.

Attendre que Francis me remarque. Attendre qu'il me pardonne. Attendre qu'il me parle…

— Louise, tu vas t'y faire !

— Et si je ne veux pas m'y faire ? craquai-je. Et si je voulais retourner auprès de lui quitte à rater ma vie ?

— Le problème ce n'est pas de reprendre le rythme métro-boulot-dodo, mais Francis ! s'écria-t-elle. Il va revenir, laisse-lui du temps. Ce week-end, on se change les idées toutes les deux. Je vais faire ton éducation !

Je sentis un léger sourire se former sur mes lèvres. Avec un peu de chance, elle réussirait à me faire voir le bon côté de toute cette affaire.

CHAPITRE 14

Cela faisait maintenant plus d'un mois que j'étais rentrée de Floride. Et presque autant que je déprimais. Même le week-end avec ma sœur n'avait pas eu l'effet escompté. J'avais feint une bonne partie pour qu'elle ne soit pas déçue. Elle n'avait pas besoin de cela dans son état.

Mais elle n'avait pas été dupe. Et je ne savais pas comment aller mieux pour qu'elle cesse de m'appeler en me proposant des films, des sorties pour me changer les idées. Je voulais rester tranquille chez moi à attendre qu'il revienne et que nous puissions nous expliquer.

Je plongeai ma cuillère dans mon pot de crème glacée. Ce soir en rentrant, je n'avais pu m'empêcher de passer en acheter. Cela serait sans doute mon seul dîner. Le seul de la semaine. Par chance, Jessica tenait à ce que nous mangions ensemble le midi, sinon j'aurais aussi arrêté de me nourrir au déjeuner. Je n'avais plus le goût à ça. Mais je faisais tout mon possible pour ne pas sombrer dans le mélodrame.

Je zappai. Une romance que je connaissais par cœur, rediffusée pour la énième fois, me fit grimacer. J'étais loin d'être d'humeur à regarder des gens s'embrasser, tomber amoureux et soulever les montagnes. Je m'arrêtai finalement sur un magazine d'informations et plongeai mon nez dans le pull de Francis.

Avec tout cela, je n'avais pas pu le lui rendre. Et c'était l'unique relique de notre relation. Peut-être pourrais-je le garder ? Je l'avais déjà lavé, ôtant les dernières traces de son parfum. Mais en m'installant pour cette nouvelle soirée télé-déprime, j'avais eu besoin de le sentir près de moi.

J'allais devoir faire quelque chose pour sortir de ce cercle vicieux. Je devais admettre que, peut-être, nous ne discuterions jamais de tout cela. Non, je ne devais pas laisser cela arriver !

Mais comment faire pour le croiser et surtout le forcer à m'écouter ? Des cordes ? Des menottes ? Je songeai au fouet à cuisine qu'il m'avait offert à Noël, son air canaille, ses taquineries…

Je posai mon pot de glace par terre et allumai rapidement mon ordinateur. Je lançai une recherche « menottes à fourrure ». Dans plusieurs onglets, j'ouvris des liens dans le but de trouver celles qui conviendraient à mon idée. Des roses ? Trop banales ! Des cloutées, des zébrées… Le choix était relativement restreint tout en me paraissant impossible. Lesquelles auraient le plus de chances de l'amuser ?

Je regardai celles en imitation léopard quand j'entendis quelqu'un frapper à ma porte. Je me levai et ouvris sans consulter l'heure, réalisant après coup qu'un jeudi soir, Léa devait être chez elle.

— Bonsoir.

Ma respiration se bloqua dans ma gorge tandis que Francis se tenait sur mon paillasson, dégoulinant d'eau.

— Il pleut, furent les seuls mots que je réussis à articuler.

Il passa sa main dans les cheveux, les ébouriffant au passage.

— Je peux entrer ?

— Oui, bien sûr ! m'exclamai-je en revenant à la réalité. Viens, entre !

Je me décalai et lui proposai une boisson chaude pour qu'il puisse se réchauffer.

— Je ne suis pas contre un bon chocolat, répondit-il en enlevant ses chaussures.

Incapable de le quitter des yeux de peur qu'il disparaisse, je ne sus ce qui me poussa à avancer vers le coin cuisine. Je venais de mettre le lait sur le feu quand il me rejoignit et s'adossa au mur.

Il était là, j'allais pouvoir lui expliquer pourquoi je ne lui avais pas dit pour ma demande de mutation. Mais je me sentais godiche.

— Chouette pull !

Je regardai mes manches. Il devait me prendre pour une midinette.

— J'en avais besoin, dis-je simplement en trouvant enfin le courage de me tourner vers lui. Tu peux aller t'asseoir dans le canapé, j'en ai pour une minute.

Quand il fut hors de vue, je soufflai un grand coup. Je devais me ressaisir pour être la plus claire possible et m'assurer de ne pas tout rater. Je servis deux tasses et calai la boîte de chocolat en poudre sous mon bras.

Je me figeai sur le seuil de mon salon en le voyant penché sur mon ordinateur, un sourire aux lèvres. Il était beau. Il m'avait tellement manqué. Et son sourire taquin…

Pourquoi avait-il ce sourire ?

Il releva la tête.

— Un cadeau ?

De quoi…

— Oh non ! Tu n'étais pas censé voir ça ! m'exclamai-je.

Je me pressai pour poser ce que j'avais dans les mains et éloigner mon ordinateur où une photo en plein écran de menottes à fourrure était ouverte.

— Ce n'est pas pour moi ?

— Si ! Non !

Son sourire s'accentua et je sus que mon courage s'était envolé. En moins de cinq minutes, j'étais redevenue la Louise d'avant qui perd ses moyens, rougit et bafouille comme une écolière.

— Et donc ? murmura-t-il.

Je baissai la tête pour me cacher derrière mes cheveux et lui répondis le plus sincèrement possible :

— Je voulais être sûre que tu m'écoutes.

— Ça n'aurait pas fonctionné.

— Pourquoi ? demandai-je en plongeant dans son regard.

— Parce que je n'aurais eu qu'une envie : que tu te déshabilles et que tu…

Je posai mes doigts sur sa bouche pour le faire taire.

— Je crois que j'ai compris !

Il enleva ma main et en baisa le dos. Ce simple contact réveilla des souvenirs en moi. Et du désir.

— Il faut qu'on parle, dis-je.

— Je vais boire mon chocolat.

J'acquiesçai et commençai mon explication en résumant le tout :

— À mon entretien d'évaluation, au mois de décembre, j'ai dit à M. Fouassard que je voulais arrêter de partir toutes les semaines. Je ne pensais pas que ça se ferait aussi vite et, à notre retour…

Comment le convaincre que j'avais prévu de lui en parler, mais qu'il n'avait jamais répondu à mon message ? L'idée n'était pas de rejeter la faute sur lui, parce que ce n'était pas le cas ! J'aurais dû insister.

— D'où le texto, l'après-midi de notre retour, finit-il pour moi.

— Oui. Je ne voulais pas te le dire par téléphone, mais je ne savais pas…

Je ne terminai pas ma phrase. Il avait compris la raison de tout ce micmac. Mon manque de courage, mon manque de chance…

— J'aurais dû te laisser me parler avant Prague, déclara-t-il. Mais j'étais… sonné. Pourquoi tu as voulu arrêter ?

— J'ai toujours rêvé de fonder une famille, avoir une maison… Et ce n'est pas compatible avec ce rythme de vie.

— Tu es encore jeune !

— Je sais, mais je ne veux pas me réveiller à trente-cinq ans, célibataire et sans enfants. Je reviens !

Je me levai d'un bond et me dirigeai vers la salle de bains. J'attrapai une serviette sur l'étagère et la ramenai à Francis.

— Pour tes cheveux !

Il la saisit et s'essuya. Je n'en pouvais plus de voir ces gouttes couler le long de son cou, ou encore sur le côté de son visage. Cette eau qui glissait tranquillement mettait ma concentration à rude épreuve.

— Tu as maigri.

Je sursautai et tirai le pull pour me cacher.

— Possible.

C'était le cas. Mes pantalons baillaient tellement que j'avais commencé à mettre les robes que Léa m'avait fait parvenir à Orlando. La première fois, Jessica m'avait demandé si j'avais un rendez-vous galant. Elle n'avait pas arrêté de me poser des questions, c'était irritant. Mais elle avait ainsi cessé de me parler de sa cousine. Et nous avions fait les boutiques.

Il prit ma main et me força à me rasseoir dans le canapé.

— Reviens !

De quoi ?

— Reviens en mission avec moi !

Je secouai la tête.

— M. Fouassard a déjà trouvé ma remplaçante et…

— Et elle a tout fait foirer ! m'interrompit-il.

— Je croyais que tout se passait pour le mieux.

Il eut un petit rire avant de me demander qui racontait ces absurdités.

— À Prague, elle me suivait à la trace et me posait des questions sur la mission sans se soucier de l'endroit où nous étions ! Bizarrement, nous sommes devenus les clients chéris de l'établissement. À Munich, elle interrogeait tellement le personnel qu'ils ont fini par être suspicieux. Je continue ?

— Jessica me disait que tout se passait pour le mieux, répétai-je bêtement.

— Je ne serais pas étonné que Sarah lui ait menti !

— Pourquoi aurait-elle fait cela ? répliquai-je avant de réaliser.

— Quelle est ta théorie ?

Je souris et le regardai sans savoir comment lui dire que la rivalité entre les deux femmes était telle qu'il devait être un enjeu de taille. Je pinçai ma bouche, refusant de cancaner sur des collègues.

— Louise…

Il se rapprocha de moi, pour caresser ma joue.

— Dis-moi à quoi tu as pensé.

— Je ne veux pas…

Ses doigts glissèrent sur ma nuque pour la masser. Je fermai les yeux et profitai de la sensation de bien-être qui m'envahissait.

— Dis-moi, petit chat.

— Ce n'est pas juste, marmonnai-je en sentant ma volonté faiblir.

Son souffle caressa mon cou et ma tête bascula doucement en arrière pour lui laisser le passage libre.

— Dis-moi…

— Toi.

— Comment ça « moi » ? s'exclama-t-il en s'éloignant.

J'ouvris les yeux, choquée d'avoir cédé aussi facilement.

— Elles semblent en compétition pour t'avoir.

— C'est…

— Avilissant ? proposai-je.

— Flatteur.

Je secouai la tête, amusée, et me levai.

— Tu as faim ? demandai-je. Je n'ai pas encore mangé…

Il se pencha pour saisir quelque chose au sol et je vis avec effarement mon pot de glace apparaître.

— Tu as commencé par le dessert ?

Je lui pris des mains et partis le ranger en maugréant. Ce soir, je passais réellement pour la bêtasse de service. Entre son pull, les menottes, mon incapacité à résister à ses caresses et maintenant la glace, je pouvais être élue gourde de l'année !

Dans mon réfrigérateur, le vide intersidéral, ou presque. Pas suffisamment pour préparer un repas pour deux personnes. Dans un tiroir, je sortis un prospectus pour une pizzeria et passai commande d'une hawaïenne et d'une quatre fromages.

En revenant dans le salon, je fus surprise de trouver Francis dormant tranquillement dans mon canapé. Je m'appuyai contre le chambranle de la porte et l'observai.

Ses yeux semblaient marqués par la fatigue. À vrai dire, si Sarah avait lamentablement dévoilé la véritable raison de leur présence dans les hôtels, il avait dû travailler d'autant plus pour tenter de rattraper les choses. Sa conscience professionnelle ne lui aurait jamais permis de baisser les bras devant l'incompétence de sa partenaire.

Et puis, les ruptures de contrats auraient coûté à la société.

Je regardai l'heure et mis mon manteau pour attendre le livreur en bas de mon immeuble et éviter qu'il ne le réveille en arrivant. Dix minutes plus tard, transie de froid, j'avais deux pizzas bien chaudes dans les mains.

Je les déposai sur la table et m'approchai de Francis pour le secouer doucement :

— Lève-toi que je déplie le canapé, lui dis-je en insistant jusqu'à avoir une réaction.

Il ouvrit un œil, puis l'autre avant de regarder autour de lui.

— Tu t'es endormi et, si tu restes comme ça, tu vas avoir mal partout au réveil.

Il se passa une nouvelle fois la main dans les cheveux avant de se mettre péniblement sur ses pieds.

— Tu as besoin d'aide ? demanda-t-il entre deux bâillements.

— Déshabille-toi pendant que je fais ça.

— À vos ordres, répondit-il d'une voix rauque.

Même à moitié endormi, il demeurait incorrigible. Souriante, je préparai le lit et le regardai se glisser sous la couette, uniquement vêtu de son caleçon.

— Tu viens ?

— Je vais manger un peu, dis-je en réalisant que pour la première fois depuis bien longtemps, j'avais faim.

Je grignotai rapidement, plaçant le reste des pizzas dans le réfrigérateur. Après un petit tour dans la salle de bains, je réglai mon réveil et m'assis sur mon lit. Il était si étrange de trouver la situation normale. Il avait débarqué sans prévenir, je lui avais donné ma version et voilà que maintenant j'allais me coucher auprès de lui. Comme un couple normal.

Je m'allongeai à mon tour, immédiatement envahie par le sommeil. Cela faisait un mois que mes nuits étaient mauvaises, que je me réveillais en larmes ou en proie à une détresse sans nom. Le matelas bougea et, aussitôt, je sentis un corps chaud se coller contre mon dos.

— Fais de beaux rêves, mon petit chat.

Assurément, ils allaient être bons.

* * *

— J'adore ta robe ! s'écria Jessica en me voyant arriver. Et ton collant ! Où tu l'as trouvé ?

Je lui souris et la saluai poliment.

— Toi, tu es tout heureuse !

Mes lèvres s'incurvèrent un peu plus.

Ce matin, je m'étais réveillée légèrement avant l'heure. J'avais pu admirer Francis qui dormait paisiblement, preuve que ma soirée de la veille n'était pas un rêve. Nous avions discuté, il m'avait taquinée… Les choses étaient redevenues comme avant. Mais avant quoi ?

Après tout, nous ne nous étions pas embrassés, pas expliqués sur la Floride et pourtant j'avais passé la nuit dans le même lit que lui, dont une partie dans ses bras.

— Tu as rendez-vous avec un homme ce soir ?

J'aurais aimé lui répondre oui, mais je ne savais pas. Nous n'avions pas parlé de tout cela. Comme il était rentré la veille, il n'apparaîtrait au travail qu'en début d'après-midi. Je lui avais mis un réveil pour dix heures, afin qu'il ait le temps de se préparer et peut-être de repasser chez lui se changer. J'avais même laissé un double des clefs pour qu'il puisse refermer derrière lui.

— Louise ?

— Non, pas de rendez-vous, dis-je m'asseyant derrière mon bureau.

— Tu as raison, le vendredi soir il vaut mieux se reposer pour sortir le samedi entre copines !

Je déplaçai quelques papiers, allumai mon ordinateur et attendis qu'il se mette en route.

Des amies, si seulement j'en avais ! Après, je n'étais pas du genre à passer du temps à « sortir », mais avec de la bonne compagnie peut-être que…

— Sarah et Francis sont rentrés hier.

Je sais, eus-je envie de chantonner.

— Elle a trouvé un nouveau travail.

— Comment ça ? m'étonnai-je.

— Elle a décroché un boulot dans sa branche, alors elle arrête les missions. Mon père était furieux !

Il devait surtout être en colère qu'elle mette en péril autant de contrats et que son meilleur employé, c'est-à-dire Francis, soit contraint de se taper tout le travail à lui tout seul.

Je laissai Jessica continuer à m'expliquer que sa mère lui avait téléphoné pour lui confier qu'elle n'avait jamais vu son père aussi énervé. Il avait menacé de déposer le bilan puisque tout prenait l'eau. Son humeur ne s'était pas arrangée quand

Gina l'avait prévenu la veille qu'elle ne reviendrait travailler qu'à la fin de son congé maternité.

— Ce n'est pas sa faute, la défendis-je.

— Oh, il le sait. Tout le monde le sait. Ça a juste été la goutte d'eau qui a fait déborder le vase.

J'acquiesçai et ouvris la boîte mail de l'entreprise.

— J'ai félicité Sarah pour son nouveau travail.

Tu m'étonnes ! Elle avait dû s'empresser de l'appeler pour se réjouir qu'elle s'éloigne de Francis ! Leur discussion avait dû être épique.

— Elle m'a dit que Francis ne valait vraiment pas la peine de perdre du temps, dit Jessica en ouvrant un tiroir.

Visiblement pour elle la conversation était terminée alors que pour moi, elle commençait tout juste à être intéressante. Maudissant ma curiosité, je lui demandai plus d'explications sur sa dernière affirmation.

— Elle m'a juste dit qu'elle avait été très déçue et que mon ex était bien meilleur, répondit-elle. Et je peux te dire qu'il ne m'a jamais emmenée au septième ciel.

Et moi, je pouvais dire que Sarah n'avait certainement pas approché Francis suffisamment pour avoir cette opinion !

Je me plongeai dans mes dossiers, appelai deux clients potentiels et surveillai sur Internet les nouvelles offres proposées pour les vacances. À midi, j'avais déjà fait une bonne partie de mon travail.

En voyant ma collègue ranger son bureau, je compris qu'il était l'heure d'aller manger. Je fis donc de même, mettant mon manteau dans le couloir.

— Finalement, ça ne te dirait pas d'aller boire un verre ce soir ? me demanda-t-elle. Après tout, tu es déjà en tenue de chasse et mon père va certainement tirer la gueule, alors autant sortir ! Et puis, je suis sûre qu'ensemble on fera un malheur !

— Bonjour mesdames !

Aussitôt, je me tournai vers la salle de pause. Francis, une tasse à la main, avait meilleure mine que la veille et paraissait se retenir de rire.

— Francis, roucoula ma collègue en s'approchant de lui.

Elle était réellement prête à la chasse et, s'il se laissait faire, il serait sa prochaine proie quoi que Sarah pense de ses performances au lit.

— Et si tu venais manger avec nous ? demanda-t-elle d'une voix charmeuse que je ne lui connaissais pas.

— Je n'ai pas le temps, répondit-il avec son éternel sourire en coin. Je peux t'emprunter Louise ?

Jessica se retourna vers moi, surprise. Avait-elle oublié que j'étais là ?

— Pas de problème. Tu me rejoins à la brasserie !

J'acquiesçai avant de suivre Francis vers son bureau dont il ferma la porte derrière nous.

— Pourquoi ne m'as-tu pas réveillé ce matin ?

— Tu étais fatigué.

— Tu as quelque chose de prévu ce soir ? Une chasse à l'homme organisée ?

Je secouai la tête, sachant très bien qu'il connaissait déjà la réponse à cette question.

— Alors tu pourrais m'attendre pour venir avec moi chercher des affaires chez mes parents…

— Chez tes parents ?

Il grimaça avant de reprendre :

— Il se pourrait que, dans un esprit d'économie, je vive dans un appartement aménagé au-dessus de leur garage.

Ce qui se comprenait très bien. Et expliquait qu'il ait suffisamment d'argent pour entretenir une voiture.

— On est vraiment payé au lance-pierre ! grommela-t-il.

J'avais reçu mon nouveau salaire et je sentais effectivement une différence. Cette « augmentation » ne me permettait pas de faire la fête tous les soirs, mais je n'avais plus à craindre d'être à découvert si ma machine à laver tombait en panne.

— Je pars dimanche pour une semaine au ski, poursuivit-il. Tu crois que tu pourrais me supporter jusque-là ?

Et comment !

Je le vis quitter la porte pour se rapprocher de moi.

— Je vais rentrer chez moi, dis-je. On peut se retrouver là-bas.

Pas question d'aller chez ses parents et risquer de les rencontrer ! Je n'avais pas envie de savoir comment il me présenterait si une telle chose se produisait. Avec ma timidité, j'étais bien capable de ne pas pouvoir prononcer un mot. La première impression serait catastrophique, sans oublier que je n'avais aucune idée de ce qu'il envisageait pour nous deux.

— Je pensais t'inviter au restaurant, dit-il en continuant d'avancer vers moi. À moins que tu aies des intentions inavouables.

Je rougis et le repoussai pour qu'il se tienne à distance. Reculant de quelques pas, je me retrouvai vite piégée entre lui et un bureau.

— Je peux toujours réchauffer les pizzas d'hier, dis-je.

— Tu ne nies pas avoir des intentions perverses alors, chuchota-t-il à mon oreille avant de m'embrasser dans le cou.

— Francis…

— Oui ?

Sa main passa sous ma robe et joua avec mon porte-jarretelles avant de remonter pétrir ma fesse. Je devais l'arrêter !

— Je dois aller…

Je ne pus terminer ma phrase. Il m'avait attirée contre lui et se frottait lentement contre moi tout en continuant de déposer des baisers sur ma gorge.

— Tu viendras alors ce soir ?

— Oui, soupirai-je.

— Très bien !

Et il s'éloigna, me laissant assise sur le bureau. J'en descendis et tâchai de calmer ma respiration. Pourquoi avais-je l'impression qu'il avait encore utilisé son charme contre moi pour que j'accepte de le suivre ?

— Il faut vraiment que tu arrêtes de faire ça, grommelai-je.

Je tirai sur ma robe pour la remettre convenablement et refermai mon manteau.

— Je n'ai fait que t'obéir ! rétorqua-t-il en ouvrant la porte.

Je levai les yeux au ciel face à sa piètre défense. Mais j'étais ravie de voir qu'il me taquinait toujours et semblait y prendre plaisir. Alors que je passais devant lui pour sortir, il me retint par le bras pour me dire à l'oreille :

— J'ai bien l'intention de te travailler au corps ce week-end pour que tu reviennes sur le terrain avec moi.

Mon cœur s'emballa à l'idée que j'allais vivre deux jours inoubliables.

Je me dégageai de sa poigne et partis avant de lui sauter dessus et de commencer notre week-end sur notre lieu de travail.

Avant d'arriver à la brasserie, j'envoyai un message à ma sœur :

Francis est de retour. On passe le w-e ens. Bises

Ce week-end promettait d'être meilleur que les précédents…

CHAPITRE 15

J'étais en train de finir de ranger un dossier quand un raclement de gorge attira mon attention. Sur le seuil de mon bureau se tenait Francis déjà prêt à partir.

— Je ferme l'armoire et je suis à toi.

Il laissa échapper un grognement. Je réalisai le sous-entendu de ma phrase et tentai de garder mon calme sans pour autant la corriger. Après tout, ce week-end, je serais tout à lui.

Une fois tout parfaitement à sa place, je mis mon manteau et pris mon sac. En passant près de lui, je ne pus retenir un sourire de fleurir sur mes lèvres. J'étais si heureuse que j'aurais pu danser dans la rue. Je sentis sa main saisir la mienne pour m'entraîner vers la sortie. Galamment, il m'ouvrit la porte de sa voiture avant de s'installer derrière le volant.

— Je ne devrais pas en avoir pour longtemps, déclara-t-il à un feu tricolore. Je lance une machine et prends le nécessaire pour ce week-end.

Je hochai la tête, ravie à l'idée des deux jours qui se profilaient. Je n'aurais jamais espéré de telles retrouvailles.

— Fouassard était furieux, dit-il après un léger silence.

— À cause de sa nièce ?

— Oui. Et après, il m'a accusé de t'avoir fait quitter ton poste.

Je grimaçai et m'excusai.

— Tu me le dirais si c'était à cause de moi ? me demanda-t-il en restant concentré sur sa conduite.

Était-ce à cause de lui ?

D'une certaine façon, oui. Je voulais plus et je le voulais avec lui. J'avais cru que rien ne serait jamais possible entre nous et j'avais cherché un moyen de passer à autre chose. Mais pouvais-je lui avouer tout cela ? Je ne savais même pas où nous allions, si c'était vers une relation sérieuse, un moment d'amusement…

Je ne prenais pas le sexe à la légère et Francis le savait. Mais à quel point s'en préoccupait-il ? Vivait-il au jour le jour en supposant que je faisais de même ? J'en avais l'intention, mais ma vraie nature restait tout autre et menaçait de revenir au moment où je m'y attendais le moins.

— Louise, tu me le dirais, hein ? insista-t-il en posant sa main sur ma cuisse.

Il paraissait réellement soucieux. Ce n'était pas le moment pour me lancer dans des confidences, et puis nous pouvions arriver à tout instant chez ses parents. Non, cette conversation serait pour une autre fois.

— Je t'ai déjà donné mes motivations, répondis-je en caressant le dessus de sa main.

— N'empêche, Fouassard m'a promis qu'il allait tout faire pour que tu reviennes en mission avec moi !

Je hochai la tête, ne sachant quoi ajouter. Ce mois à Paris avait été difficile. Je n'avais pas réussi à trouver mes marques, mais pouvait-il en être autrement en seulement quelques semaines ? Léa me l'avait suffisamment répété pour que je comprenne que je devais m'armer de patience. Et j'en avais à revendre. Mais passer plus de temps avec Francis en visitant le monde ? J'adorerais ! Et tant que nous serions ainsi, proches et sur notre petit nuage, rien ne pourrait me faire plus plaisir.

— Nous voilà arrivés !

J'observai le quartier résidentiel où il se garait. Tout autour de nous se trouvaient des maisons avec un jardin, de la place pour recevoir… Il m'était facile de m'imaginer accueillant Léa et sa petite famille pour un week-end. Les enfants joueraient ensemble pendant que nous discuterions sur la terrasse. Et dans cette vision, les voyages ne feraient plus partie du quotidien, hormis pendant les vacances.

— Je te laisse les clefs, si tu as besoin de mettre le chauffage.

— Merci.

Dès qu'il fut hors de portée, je cherchai mon téléphone pour parler avec Léa. J'avais envie de partager avec elle ce que je vivais et d'avoir un avis objectif sur le sujet. Depuis jeudi soir et le retour de Francis, ma vie était un gros point d'interrogation. Je ne savais plus ce que je devais faire, et surtout ce que je voulais réellement. Pour ne rien arranger, je m'apprêtais à passer deux jours avec lui. De plus, je devais la prévenir que mon moral allait mieux.

Nos appels duraient souvent longtemps et Francis m'avait répété plusieurs fois qu'il allait faire son possible pour être rapidement de retour. Je regardai vers la maison dans laquelle il était entré et vis un homme en sortir pour se diriger droit vers moi. Avec un peu de chance, il partait et n'avait nullement l'intention de venir me parler.

Je me penchai pour remettre mon portable à sa place. J'appellerais Léa plus tard. Je lui enverrais discrètement un petit texto demain pour lui faire un résumé et la prévenir que je l'appellerais dimanche une fois seule.

— Vous avez besoin d'aide ? entendis-je au travers de la porte.

L'homme se tenait maintenant au niveau de ma vitre et me souriait gentiment. Rien dans son attitude n'était menaçant, mais que dire ? Francis avait déclaré ne pas en avoir pour longtemps, avait-il envoyé quelqu'un me tenir compagnie ?

— Vous n'avez pas froid ?

Je secouai la tête et espérai fortement qu'il reparte d'où il venait. À la place, je vis un deuxième visage apparaître à la vitre du véhicule. L'air de famille avec Francis était flagrant. Il s'agissait soit de son frère, soit d'un cousin très ressemblant.

— Yanis, laisse-la tranquille !

— Mais elle serait tellement mieux à l'intérieur !

Oh non, je n'y serais certainement pas mieux, entourée d'étrangers. De la famille de Francis, que je n'étais pas sûre qu'il apprécie que je rencontre.

— Et tu crois qu'en te comportant ainsi, elle va finir par te suivre ?

— Et qu'est-ce que tu proposes ? demanda le premier en se redressant pour faire face au nouvel arrivant.

Ce dernier le repoussa doucement et s'accroupit à côté de ma portière, de telle sorte que sa tête se trouva au niveau de la fenêtre.

— Mademoiselle, vous avez le choix : soit vous venez vous mettre au chaud, soit j'en parle à ma mère.

— Elle ne connaît pas ta mère ! protesta Yanis en croisant les bras sur son torse.

— C'est vrai ! Ma mère est la femme la plus gentille et adorable au monde, m'expliqua-t-il. Mais Francis passera un sale quart d'heure si elle apprend qu'il vous a laissée dans le froid et que vous avez refusé de sortir de son carrosse.

Et que devrais-je dire, ou faire, une fois en sa présence ? Et que répondrais-je quand elle me demanderait ce que je suis réellement pour son fils ? Que...

— Et pour information...

Il se redressa et ouvrit la portière que j'avais totalement oublié de verrouiller.

— Prenez les clefs sur le contact pour que nous puissions fermer la voiture !

Je soupirai, vaincue. Si je m'entêtais à rester là, la situation allait s'envenimer et la famille de Francis aurait une mauvaise opinion de moi. Même si je ne savais pas encore où nous allions tous les deux, je ne voulais pas qu'ils aient quoi que ce soit à redire.

Je pris donc les clefs, mon sac et sortis de la voiture sous le regard des deux inconnus.

— Je rêve où ce sont des porte-jarretelles ? s'écria celui qui se dénommait Yanis.

Je reculai, choquée qu'il puisse ainsi parler de sous-vêtements. Dans quoi étais-je tombée ? Pourquoi n'avais-je pas réussi à rester inflexible et à rentrer chez moi pour l'attendre tranquillement ?

— Emma n'a jamais voulu essayer ! s'exclama-t-il. Vous auriez des arguments pour la faire changer d'avis ?

Mes yeux s'ouvrirent grand ainsi que ma bouche. Souhaitait-il vraiment que je lui donne des conseils pour convaincre sa petite amie de mettre des porte-jarretelles ? Moi-même, je n'avais pas eu trop le choix sur la question… Bien que, si ! J'aurais très bien pu les laisser dans la valise et les jeter à la tête de ma sœur en rentrant. Mais je les avais essayés et finalement adoptés.

Sans parler de l'effet qu'ils produisaient sur Francis.

Mais ce n'était certainement pas un argument à proposer alors que je me trouvais avec des membres de sa famille.

— C'est très confortable, dis-je en me laissant entraîner malgré moi vers la porte de la maison.

— Je ne suis pas sûr que cela suffise à la convaincre ! dit le second en riant. Au fait, je suis Alain, le frère de Francis !

— Louise.

— Je peux voir ? demanda Yanis.

Je me retournai vers lui et me figeai.

— Veux-tu bien arrêter de l'effrayer avec tes questions ! s'exclama Alain en calant sa main sur mon dos pour me forcer à reprendre mon chemin.

La porte de la maison s'ouvrit sur un homme plus âgé que les deux qui m'encadraient, mais dont le sourire me rassura. Avec lui, je n'aurais certainement pas de questions sur mes sous-vêtements !

— Mais c'est juste pour aider Emma…

— Laisse-la tranquille !

— Vous pourriez toujours lui en acheter, proposai-je.

— Ou dis à Damien de le faire ! rit Alain avant de me présenter à son père.

— Tu parles, elle l'étranglerait avec !

Je laissai échapper un petit hoquet de surprise.

— Emma, ma meilleure amie, m'expliqua Yanis, a des relations très tendues avec son voisin. Pourtant il est plutôt beau gosse.

— Si tu aimes le genre blouson en cuir et tatouage, l'interrompit Alain en m'aidant à ôter mon manteau.

— J'aime ça ! rétorqua Yanis. Ce n'est pas de ma faute si tu ne veux pas t'en faire faire !

Je les regardai tour à tour avant de comprendre.

— Vous êtes ensemble, lâchai-je.

— Oui, confirma le père de Francis. Et ils se comportent comme un vieux couple la plupart du temps. Il ne faut pas faire attention. Je vous sers quelque chose à boire ?

Il m'invita à m'asseoir dans le canapé, ce que je fis tout en répondant :

— Je ne pense pas que je vais rester long…

Je n'eus pas le temps de finir ma phrase qu'une femme, à n'en pas douter la mère d'Alain vu leur ressemblance, fit son entrée.

— Ton fils aîné, râla-t-elle, ne mange pas avec nous ! Il aurait soi-disant mieux à faire !

Je me tassai dans mon siège, consciente que je n'aurais jamais dû être témoin de tout cela.

— Il met une machine en route, fait un sac et repart je ne sais où jusqu'à dimanche ! poursuivit-elle sans quitter son mari des yeux. Et pour le déjeuner de dimanche, il m'a dit qu'il verrait, mais que ce serait certainement sans lui…

— Je le comprends, murmura Yanis qui avait pris place entre-temps à côté de moi dans le canapé.

— Qu'est-ce que tu comprends, Yanis ? explosa la femme en se tournant vers nous.

Son expression se fit incrédule, alors que son regard s'attardait sur moi. Je passais un examen et, vu son humeur, il était fort à parier que je partais avec un sérieux handicap.

— Bonsoir, dis-je en me levant pour lui serrer la main.

— Je dois aller vérifier mon plat !

Elle quitta le salon d'un pas raide avant de se retourner pour me demander, ou plutôt exiger, de la suivre.

Francis, la prochaine fois, je ne craquerai pas, le maudis-je en obéissant.

— Qui êtes-vous ? s'enquit-elle tout en ouvrant son four.

— Louise, je…

— Celle qui part avec lui en mission ? m'interrompit-elle en commençant à éplucher des pommes de terre.

— Je peux vous aider à faire quelque chose ?

Si j'avais les mains occupées, elle ne pourrait voir à quel point j'étais terrifiée et mal à l'aise. Et puis, je n'avais pas envie de rester debout devant elle à la regarder faire alors que je pouvais me rendre utile.

— Les tabliers sont dans ce placard.

J'en pris un, l'enfilai et épluchai à mon tour une pomme de terre avec l'économe qu'elle avait sorti de je ne sais quel tiroir.

— Je ne pars plus en mission avec lui, dis-je enfin.

— Et pourquoi ?

— Je voulais une vie plus… sédentaire, répondis-je en rougissant. Il y a un mois notre patron a réussi à me trouver un autre poste au sein de l'entreprise et…

— Un mois ? C'était donc pour cela qu'il était furieux !

Je grimaçai, attendant qu'elle poursuive ses reproches. Elle paraissait si maternelle qu'il ne faisait aucun doute qu'elle allait me le faire payer.

— Ça m'a surprise autant que lui, me défendis-je. J'en ai parlé avant notre mission du Nouvel An et je pensais qu'il faudrait des mois pour qu'une solution soit trouvée !

Elle hocha la tête avant de me poser LA question, celle que je ne cessais d'entendre depuis des semaines :

— Pourquoi vouloir une vie plus sédentaire, comme vous dites ?

— Pour avoir une vie tout court.

Je la vis du coin de l'œil se redresser et me fixer. Comprenait-elle ou devais-je encore une fois justifier mon envie d'avoir une famille, un quotidien qui ne serait pas rythmé par les changements d'hôtel ?

— Ce n'est en effet pas un métier qui favorise la vie de famille, finit-elle par dire d'un ton plus aimable.

Je fis un mouvement de tête pour montrer mon assentiment et continuai d'éplucher les pommes de terre en silence.

— Normalement une fois par mois, reprit-elle, j'organise un repas de famille. Vous comprendrez ma déception quand j'ai appris qu'il ne pouvait pas…

Dans le salon, j'entendis brusquement des voix s'emporter. La porte de la cuisine s'ouvrit sur Yanis qui riait.

— Francis est fou !

— Qu'est-ce que vous avez fait ? demanda la maîtresse des lieux.

— On a peut-être oublié de lui dire que Louise était ici.

— Oh, non ! m'écriai-je.

Je posai l'économe sur le plan de travail, me lavai les mains et défis mon tablier que j'accrochai rapidement pour partir à sa recherche. Alain m'attrapa le bras et m'attira vers la fenêtre pour que je puisse voir son frère faire les cent pas sur le trottoir. Ce dernier sortit son téléphone et, quelques secondes plus tard, le mien vibrait dans mon sac.

Je me dégageai rapidement et me pressai vers la porte de la maison. Je l'ouvris à la volée et l'appelai pour qu'il raccroche. Il me chercha et ne cacha pas sa surprise de me voir dans le jardin de ses parents, sans manteau.

— Pourquoi tu étais là ? me demanda-t-il alors que j'arrivais à son niveau.

— Yanis et Alain ne m'ont pas vraiment laissé le choix… Ils m'ont invitée à entrer, et j'avais oublié de fermer la voiture…

— Et ces crétins n'ont pas cru bon de me prévenir, conclut-il en posant sa main sur ma joue avant de m'attirer dans ses bras. J'ai cru que tu étais partie.

— Je suis sortie dès que j'ai su…

Il enfouit son visage dans mon cou tandis que je lui frottais le dos. Il avait eu peur. Ce n'était pas charitable de m'en réjouir, mais je ne pouvais faire autrement, d'autant plus qu'il n'avait pas eu honte de l'avouer.

— Je suppose que tu as croisé ma mère… dit-il le visage toujours dissimulé.

— Il se pourrait même que nous ayons épluché quelques pommes de terre ensemble.

— On peut dire adieu au restaurant, marmonna-t-il avant de se séparer de moi. Je te préviens tout de suite : la cuisine sera bonne et l'ambiance spéciale, mais promis, une fois chez toi, je te ferai tout oublier.

Mes joues me chauffèrent malgré les températures négatives. Je lui décochai une petite tape avant qu'il ne m'entraîne vers la maison pour que je n'attrape pas froid.

— Vous dînez avec nous, finalement ? demanda la mère de Francis.

Il acquiesça et me conduisit vers le salon où Yanis et Alain patientaient.

— Papa a été embauché pour la corvée de patates, dit ce dernier. Vous buvez quelque chose ?

Il nous servit tandis que nous prenions place dans le canapé et que Yanis reprenait la parole :

— Maintenant que nous sommes entre nous, tu ne m'as toujours pas dit comment convaincre Emma d'essayer !

— Essayer quoi ? demanda Francis.

— Les porte-jarretelles !

J'entendis mon voisin de droite manquer s'étouffer avec sa boisson alors qu'Alain venait à ma rescousse :

— Arrête ! Tu vois bien que tu la gênes !

— Mais regarde les jambes d'enfer que ça lui fait !

Je changeai de position, mais fus bien incapable de dissimuler mes jambes qui étaient désormais le sujet d'une conversation houleuse entre les deux.

— Je t'avais bien dit que l'ambiance serait spéciale, chuchota Francis à mon oreille.

Rougissante, je hochai la tête et tentai de suivre l'argumentaire de chacun. Fatigué, ce fut Alain qui prit son frère à parti :

— Tu as déjà rencontré Emma, tu l'imagines avec des porte-jarretelles ?

Je me tournai vers lui pour connaître son avis. Il pourrait certainement mettre un terme aux questions de Yanis sur le sujet.

— Je ne sais pas, dit-il.

— Il ne va pas répondre avec Louise à côté ! s'exclama Yanis. Le plus important est de trouver le bon argument !

— La sensualité, soufflai-je en regardant Francis et en me souvenant de la première fois où j'en avais mis.

Il dut tout de suite deviner ce à quoi je pensais puisque son sourire se fit plus doux.

— Y a du cochon là-dessous ! entendis-je.

Embarrassée, je tentai de détourner la conversation sur cette Emma qui préoccupait tant son meilleur ami. Il me parla de sa crise de la trentaine et de sa volonté de trouver quelqu'un à tout prix.

— Comme si elle avait besoin de ça pour être heureuse !

— Dit le type qui est casé depuis quoi ? Cinq ans ?

Alain approuva, mais revint tout de même au sujet initial :

— Alors comme ça, frérot, tu aimes les porte-jarretelles ?

— Plus que les caleçons, ça s'est sûr ! répliqua Francis en me quittant du regard.

— Attends de la voir dans un des tiens ! rit Yanis. Bah quoi ? Emma lit énormément de romances et les hétéros dedans ont l'air d'apprécier de voir leurs copines dans leurs fringues, alors pourquoi pas dans un caleçon ?

Par chance, quand les parents revinrent parmi nous, l'ambiance changea, tout en restant légère. La mère me posait des questions générales et n'avait finalement pas cherché à en savoir plus sur ma relation avec son fils. Le père, un brin bougon, riait des facéties de Yanis qui avait toujours le mot pour détendre l'atmosphère.

La soirée fut parfaite et ma gêne ne fit son grand retour qu'au moment de partir. J'eus le droit à la bise de la part de tout le monde et à l'invitation pour un prochain repas. Je hochai vaguement la tête pour ne pas m'engager sans savoir si Francis apprécierait. Après tout, ce soir, c'était un concours de circonstances qui avait engendré notre rencontre. Il ne voulait peut-être pas que je me rapproche trop de sa famille.

Et, vu le silence dans la voiture, je compris qu'il n'était pas très à l'aise. Pourtant, il me suivit jusqu'à mon appartement et défit rapidement son blouson, me bloquant le passage dans l'entrée.

— Je suis désolée, dis-je en regardant son dos.

— De ?

— J'aurais dû trouver un moyen de rester dans la voiture. J'aurais dû dire que nous avions rendez-vous avec un client par exemple. Ou avec notre équipe…

— Louise, tu crois que je t'en veux d'avoir mangé avec ma famille ?

J'acquiesçai.

— Petit chat…

Je m'adossai contre la porte tandis qu'il s'approchait encore de moi.

— Depuis le début de cette soirée, je n'ai pensé qu'à toi en porte-jarretelles.

Mes joues rougirent alors que tout l'air quittait mes poumons.

— Cette porte semble solide.

Pourquoi me disait-il ce genre de choses ? Quel rapport avec mes sous-vêtements ?

— Je ne pense pas tenir jusqu'au lit, Louise, susurra-t-il dans mon oreille.

— Je n'ai qu'un studio, répliquai-je avant de comprendre. Oh non, pas question !

— Oh si !

— Les voisins risquent de nous entendre, ajoutai-je en levant le visage vers le sien.

— Alors silence, mon petit chat !

Sans me laisser le temps de trouver un moyen de me dégager de ses bras, il m'embrassa. Pas un baiser tendre, pas non plus un baiser ardent. Non, c'était plus que ça. Il y avait une certaine frénésie, comme retrouver son addiction après avoir combattu le manque.

Je passai mes mains dans ses cheveux, tout en me serrant contre son corps. Je ne valais guère mieux que lui. J'étais si heureuse d'être de nouveau là, avec lui, que le moindre de nos frôlements laissait une impression de chaleur sur ma peau et se répercutait dans mon ventre. Rapidement, sa main repoussa mon tanga et je sus qu'il avait gagné. Encore. Mais que je n'en sortirais pas pour autant perdante.

* * *

Le dimanche midi arriva trop tôt. J'avais finalement réussi à le convaincre de manger avec ses parents. Je comprenais que sa mère veuille le voir plus qu'en coup de vent. En refermant ma porte derrière lui, je sus que cette semaine allait me paraître sans fin.

Était-ce pourtant une raison suffisante pour accepter de reprendre mon poste à ses côtés ? Mes rêves, ou lui ? Et pour combien de temps ? À croire que ma décision revenait à pouvoir répondre à la grande question philosophique : faut-il préférer les regrets aux remords ? J'avais jusqu'à mon entrevue avec M. Fouassard, la semaine suivante, pour décréter quel poste me convenait le mieux.

— Bonjour Léa ! m'exclamai-je alors que ma sœur décrochait.

— Toi, tu as passé du bon temps !

— Oh oui !

Sans plus attendre, je lui parlai de jeudi soir, de vendredi. Je me montrai moins prolixe sur ce qui avait suivi notre retour chez moi.

— Oserai-je te demander combien de fois ?

— Je ne te répondrai pas ! ris-je.

Commença alors une semaine des plus étranges. Tous les jours, une fois rentrée chez moi, je passais un long moment au téléphone avec Francis. Il me décrivait ses journées passées à skier, les blagues de ses copains, leurs sorties… Je lui parlais de l'entreprise et surtout de Léa qui avait décidé de m'emmener faire du shopping, de ce que nous avions acheté…

Des sujets banals et pourtant rien ne pouvait me rendre plus heureuse que d'entendre sa voix me décrire l'inconscience des autres skieurs, les conseils des personnes qu'il rencontrait.

Avant de dormir, j'avais toujours un petit message, ou une photo. Il faisait tout pour que je tombe un peu plus amoureuse de lui sans avoir à me parler d'avenir. Tout dans ses propos montrait que je lui manquais, sans qu'il ne prononce ces quelques mots.

Le dimanche, je venais de sortir du four un gâteau aux amandes quand deux mains m'attrapèrent à la taille. Je poussai un cri d'horreur et me débattis du mieux que je pus.

— C'est moi, petit chat !

— Tu m'as fait peur ! m'exclamai-je en me retournant vers lui.

— J'ai vu ça !

Je secouai la tête en comprenant qu'il était loin de s'en vouloir.

Qu'il est beau avec son léger hâle et son sourire en coin, songeai-je.

Soudain, il fit tomber son manteau à terre. Son pull le suivit de peu. Ce ne fut qu'en le voyant passer son tee-shirt par-dessus sa tête que je compris. Je me collai à lui pour déposer des baisers sur son torse, tout en déboutonnant la braguette de son jean.

Moins de deux minutes plus tard, nous étions tous les deux nus sur mon lit. Quelle chance cette flemme qui m'avait prise ce matin de replier mon canapé ! J'étais en feu, je le voulais en moi sans plus attendre. Aussi roulai-je sur le ventre pour atteindre l'endroit où je rangeais les préservatifs. Je saisis un emballage et l'ouvris avant de sentir Francis se frotter contre moi, contre mes fesses.

Je laissai échapper un gémissement et la protection. Il la rattrapa et l'enfila tout en me bloquant de son corps. Je ne pouvais pas me retourner et encore moins savoir ce qu'il s'apprêtait à faire.

— Oh oui, murmurai-je en le sentant me pénétrer.

— Tu m'as manqué, mon petit chat ! chuchota-t-il avant de modifier ma position et de me faire perdre pied.

Confortablement installée contre lui, je dessinais des arabesques sur son ventre. Il était loin le temps où je n'osais pas le toucher. Maintenant, je me lâchais et j'adorais ça. La Louise timide devenait tout autre une fois seule avec lui !

Je le sentis bouger et me décalai pour le voir s'allonger sur le flanc, le bras sous la tête.

— Je veux une famille moi aussi, tu sais, mais... C'est trop tôt.

Nous allions vraiment parler de ça maintenant ? Alors que j'étais nue, sous ma couette et encore transpirante de sexe.

— On ne peut pas s'arrêter de vivre en attendant de voir ce que l'avenir nous réserve, poursuivit-il. Je préfère continuer de voyager avec toi et, un jour, quand on le sentira, on se posera.

Ainsi, il prévoyait bien de faire un bout de chemin avec moi.

— M. Fouassard t'a trouvé une nouvelle assistante, dis-je.

— Une nouvelle assistante ?

— Oui, comme Sarah est partie...

— Je te dis que je veux que tu reviennes, que je veux passer plus de temps avec toi, s'emporta-t-il. Et toi ? Tu souris en m'annonçant que ce n'est pas le cas.

Soudain, il se leva et quitta la pièce. L'entendant râler et maudire tout le monde, je m'enroulai dans le plaid que je gardais à proximité et le rejoignis dans la cuisine où il finissait de mettre son pull.

— Qu'est-ce que tu fais ? lui demandai-je.

— Ne me parle pas ! hurla-t-il en récupérant son blouson.

— Mais attends...

— Ne dis rien, sinon je vais être désagréable ! m'interrompit-il.

Il passa à côté de moi, furieux.

— Mais…

— Tais-toi !

Sans prendre la peine de faire ses lacets ou encore de fermer son manteau, je le vis attraper un sac de voyage posé dans l'entrée et sortir de mon appartement.

— C'est moi, ta nouvelle assistante, avouai-je tristement.

CHAPITRE 16

Quand mon réveil s'alluma le lendemain, je fixais déjà le plafond depuis des heures. Ma nuit avait été courte, entrecoupée de cauchemars, de crises de larmes… J'allais avoir un teint lamentable et le dynamisme de… enfin, j'étais bonne pour carburer au café aujourd'hui.

J'éteignis la sonnerie et me levai, ressentant déjà les effets du manque de sommeil. Après avoir pris une douche chaude pour me réveiller, j'enfilai un pantalon et un haut confortables pour m'assurer un minimum d'aise dans la journée.

J'emballai le gâteau que j'avais fait la veille dans l'espoir de le partager avec Francis. Je le déposai dans la salle de pause en arrivant, hors de question que je le mange. Les larmes me montaient aux yeux rien qu'en y pensant.

Je n'aurais pas dû vouloir lui annoncer ainsi que j'avais repris mon poste. Je ne pouvais nier que la forme n'était peut-être pas la meilleure. Mais comment aurais-je pu prévoir qu'il sauterait si rapidement dans ses affaires ? Surtout après m'avoir dit envisager une relation durable avec moi !

Était-il sérieux ?

D'un côté, je pensais et espérais très fortement que oui. Il n'était pas du genre à parler à la légère et savait que le sujet était très important pour moi. Après tout, j'avais changé de poste dans ce but.

De l'autre, je me demandais si sa fuite n'était pas justement la preuve qu'il n'était pas prêt. Il avait saisi le premier prétexte pour me rejeter sans écouter ce que j'avais à lui dire.

Et toi, tu n'as rien fait pour le retenir !

Je fermai les yeux en attendant que mon ordinateur s'allume. J'aurais pu passer outre ses ordres et lui annoncer que j'avais repris mon poste. Que dès mercredi nous repartirions ensemble à l'aventure. Et pour la ville la plus romantique qui soit : Venise. Pourquoi n'avais-je pas trouvé le courage de hausser moi aussi le ton ?

Pourvu que ce ne soit pas encore pour une raison altruiste du type : « je ne voulais pas qu'il se sente obligé ! » Il n'avait pas tort à Séville, je devais arrêter de me sacrifier pour les autres. Enfin, dans le cas présent, c'était juste une énième bêtise à mon palmarès !

— Louise !

Je sursautai alors que quelqu'un me secouait doucement par l'épaule.

— Bonjour Jessica, dis-je en me redressant.

J'avisai l'heure et remarquai que je m'étais assoupie pendant une bonne demi-heure.

— Tu n'as pas l'air dans ton assiette, déclara-t-elle en se postant à côté de moi.

— Mauvaise nuit, répondis-je en saisissant ma souris.

Que faire ? Mon cerveau était vide et n'aspirait qu'à une chose : dormir.

— Je vais aller me chercher un café.

— Tu devrais plutôt rentrer chez toi.

Impossible, j'avais une réunion avec M. Fouassard pour la prochaine mission, réunion où Francis serait également présent et découvrirait que j'étais sa nouvelle assistante. Oh non, il ne fallait pas qu'il l'apprenne de cette façon. Pas encore !

Je sortis mon portable de mon sac et remarquai qu'il était totalement déchargé. C'était bien ma veine ! Je pris mon cordon d'alimentation et le branchai. Restait maintenant à attendre qu'il ait assez de batterie pour envoyer un message. Rien ne servirait de téléphoner s'il était toujours dans le même état d'esprit qu'hier.

Mais pour écrire quoi ?

« Tu ne devineras jamais, c'est moi ta nouvelle assistante ! » trop moqueur.

« J'ai repris mon poste », trop sec.

Il s'agissait d'un texto, je n'allais pas m'étendre en détail. Il le lirait rapidement, l'information principale devait être claire et concise.

— Ton téléphone a l'air de te subjuguer, se moqua Jessica.

— Je dois envoyer un message et je ne sais pas comment le tourner.

Je me mordis la lèvre, consciente que j'allais titiller sa curiosité et risquer d'avoir le droit à un interrogatoire.

— Dans ces cas-là, il faut aller droit au but, dit une voix chaude et reconnaissable entre mille.

Je me retournai vers la porte pour voir Francis appuyé au chambranle. Il paraissait décontracté et ses lunettes de soleil sur le nez ne faisaient que mettre un peu plus en valeur son teint hâlé.

— Les vacances ont été dures ? plaisanta Jessica.

— J'ai trop fêté la fin.

Pourtant, hier, il avait l'air d'aller bien…

Mon téléphone vibra dans ma main et aussitôt je le déverrouillai pendant que ma collègue interrogeait Francis sur sa semaine de congés. De nouveau une vibration, je comptai plusieurs messages : un de Francis et plusieurs d'un numéro inconnu.

Décidant de ne pas ouvrir le sien devant lui, je m'intéressai à celui de mon correspondant mystère.

C'est Yanis

Court et suivi par la photo de Francis affalé sur un canapé. Il paraissait mal en point et dans une position qui lui promettait des courbatures.

Pourrais-tu m'expliquer pourquoi il n'est pas nu dans ton lit ?

Oui, je pouvais l'expliquer, mais cela ne le regardait pas. Je n'avais pas besoin que quelqu'un me dise tout haut que j'avais encore foiré.

— Louise, ça va ?

Je reportai mon attention sur Jessica qui me fixait. Je la rassurai et retournai à mon téléphone.

— J'ai cru que tu t'étais rendormie, ajouta-t-elle avant de parler de la position dans laquelle elle m'avait trouvée en arrivant dans la pièce.

Hésitante, j'ouvris le SMS de Francis :

C'est toi, ma nouvelle assistante, hein ?

Je souris en voyant qu'il avait compris dans la nuit que nous allions de nouveau faire équipe. Je rédigeai une courte réponse et l'envoyai avant de me lever pour aller chercher une tasse de café.

Dans la salle de pause, je croisai M. Fouassard qui m'examina d'un œil attentif.

— Vous devriez rentrer chez vous, mademoiselle.

— Nous avons rendez-vous dans une heure, arguai-je.

— Vous avez préparé vous-même ce dossier, je ne pense pas qu'il soit utile que vous y assistiez, répliqua-t-il. Je préfère que vous soyez en forme pour la mission.

Peut-être n'avait-il pas tort. Vu mon état actuel, j'allais être incapable de travailler correctement et demain, je serais obligée de tout recommencer. Autant aller me coucher et revenir fraîche après une bonne nuit de repos.

Je me réveillai juste de ma deuxième sieste de la journée quand quelqu'un sonna à la porte d'entrée. Je me dépêchai d'ouvrir et me retrouvai collée contre Léa qui me serrait au point de m'étouffer.

— Pourquoi ne réponds-tu pas au téléphone ?

Je grimaçai en songeant qu'à mon retour ce matin, j'avais laissé mon sac dans l'entrée et n'avais même pas pris la peine de me déshabiller avant de m'allonger et de m'endormir.

— Je me suis reposée.

— Oui, ta collègue m'a dit que tu avais mauvaise mine et que tu étais rentrée chez toi, m'expliqua-t-elle en défaisant manteau et chaussures.

— Tu as vu Jessica ?

— Je comptais te faire une surprise et manger avec toi ce midi, mais tu avais disparu. Et tu ne répondais pas au téléphone !

— Désolée !

Je pris ce dernier et remarquai plusieurs appels en absence et un texto.

Dis-moi si tu es bien arrivée

Francis. Et voilà, j'avais encore foiré. Dans ma hâte de me recoucher, je n'avais pas consulté ma messagerie et…

— Louise, pourquoi tu pleures ?

Je m'essuyai les joues et lui racontai tout. Notre semaine à nous téléphoner. Son retour. Son départ.

— Mais quel abruti ! s'exclama ma sœur en commençant à faire les cent pas devant moi.

— Non, Léa, j'ai merdé.

— Il aurait pu te laisser le temps de répondre, de te défendre !

— Léa, l'appelai-je pour tenter de la calmer.

— Non, Louise, je continuerai à penser qu'il est un abruti et toi une lâche !

J'ouvris la bouche sous le coup.

— Il aurait dû te permettre de t'expliquer, mais toi tu n'aurais pas dû le laisser partir aussi facilement, continua-t-elle. Déjà, quand il est revenu au bout d'un mois, j'ai trouvé que tu lui pardonnais trop rapidement.

— Je ne lui avais pas dit que je comptais arrêter de travailler avec lui ! le défendis-je. Il avait toutes les raisons d'être en colère et il a enchaîné les missions…

— Et il n'avait pas le téléphone ?

Je serrai les mâchoires. Elle marquait un point et je savais que l'argument comme quoi ce genre de conversation devait avoir lieu en face à face ne lui plairait pas. Léa prônait la patience, mais au bout d'un certain temps elle tenait à régler les problèmes, et ce quels que soient les moyens. Téléphone, e-mail… Peu importait, du moment que les choses étaient claires.

Ne m'avait-elle pas conseillé de lui envoyer un mail avant de le laisser tranquillement réfléchir ? *A priori*, Francis avait eu suffisamment de temps à son goût.

— Tu dois t'affirmer, ou lui dire de contrôler ses pulsions.

— Oui, je sais, rétorquai-je sèchement.

— J'aime mon mari, mais je ne lui cède pas sur tout !

— Vous vous êtes disputés, compris-je.

— Il a osé dire que j'étais insupportable !

Si Guillaume avait lâché une telle bombe, nul doute que ma sœur avait dû être particulièrement fatigante.

— Ça te dit de baver devant Channing Tatum dansant tout nu ?

— Il n'est jamais nu dans ce film, lui rappelai-je.

— Quel dommage…

Je me levai pour me rendre dans la salle de bains, et me redonner figure humaine. J'avais assurément meilleure mine que ce matin, mais une bonne nuit de repos ne serait pas de refus.

— Ce n'est pas ici !

Je rejoignis Léa devant la porte de l'appartement qui parlait à quelqu'un que je ne pouvais voir de là où je me trouvais.

— Léa, s'il vous plaît…

Francis ! Il était venu ! Je me dépêchai d'approcher avant que ma sœur ne lui jette ses quatre vérités au visage.

— Entre !

Je poussai doucement Léa pour qu'elle ne soit plus en plein milieu du passage.

— Je viens de lui dire que ce n'était pas ici, marmonna-t-elle en refermant la porte.

— Ne l'écoute pas !

— Tu étais pourtant d'accord pour flirter avec des hommes nus ce soir.

Mes joues réagirent aussitôt à l'allusion tandis que je cherchais comment me dépêtrer.

— Le film peut attendre, dis-je en me retournant vers Francis qui ne me quittait pas des yeux.

Soudain, il me tendit un sac plastique contenant un pot de glace. Ma préférée !

— Je suis venu m'excuser pour mon comportement soupe au lait d'hier.

— C'est tout ? s'exclama Léa.

— Tu ne voudrais pas nous laisser ? lui demandai-je en espérant qu'elle ne prendrait pas mal ma requête.

Elle plissa les yeux, mais je ne cédai pas. Elle avait raison, je devais être moins lâche. Seulement la conversation que nous étions sur le point d'avoir ne devait pas avoir de témoin. Surtout pas une harpie bourrée d'hormones.

— Je reviens dans dix minutes et je prends les clefs, concéda-t-elle. Alors les vêtements restent à leur place et il a intérêt à se traîner à tes pieds, sinon je lui casse les rotules et je mets ça sur le compte de la grossesse.

Le doigt tendu, elle se retourna vers lui pour ajouter :

— J'ai besoin de voir un beau mec nu et je veux le faire avec ma sœur, alors que les choses soient claires : ce soir, elle dîne avec Channing et moi.

— Je pense qu'il a compris, marmonnai-je.

Une fois qu'elle fut partie, je l'invitai à venir dans le salon où mon lit était toujours déplié. Je m'assis sur le bord et le vis m'imiter.

— Ai-je vraiment besoin de dire que je suis heureux que tu reprennes ton poste ?

— Pourquoi as-tu fui ?

Nous avions parlé en même temps, mais ce fut lui qui répondit en premier.

— Je crois… Je…

Je lui souris, espérant que cela lui donnerait l'inspiration pour cesser ses bafouillages.

— J'ai cru que c'était une manière polie de me jeter, avoua-t-il.

— Pourquoi ?

— Louise, c'est la première fois pour moi ! répliqua-t-il. Tu as bien vu que je n'ai jamais cherché à m'impliquer avec qui que ce soit. Et là… J'étais nerveux et j'ai mal interprété. Ce n'est qu'en me réveillant cette nuit que j'ai réalisé l'étendue de ma connerie.

— C'est moi…

— Non, j'aurais dû te laisser parler, me coupa-t-il.

— J'aurais pu m'imposer.

— Non, je…

Ce fut à mon tour de l'interrompre :

— Si ! On porte les torts tous les deux. Ça fait deux fois que je te blesse parce que je m'exprime mal, ou pas. Seulement, je n'arrive pas à savoir quoi dire et quoi faire.

Je soupirai et me rappelai ma résolution de fin d'année, celle qui m'avait permis d'être là.

— Je n'ai pas envie de tout gâcher avec toi, dis-je en rougissant.

— Moi non plus.

Je lui souris et me rapprochai légèrement de lui.

— Je te promets que je ne partirai plus comme hier, et que je ne ferai plus de silence radio comme après la Floride.

— En échange, je te promets de te parler. Enfin d'essayer, corrigeai-je en riant nerveusement.

— Je ne te mangerai pas, tu sais ? plaisanta-t-il en posant sa main sur ma joue. Léa était sérieuse pour mes rotules ?

— *A priori*, son mari lui a dit qu'elle était insupportable. Et, sachant que mon beau-frère est une bonne pâte en plus d'être très amoureux d'elle, je pense qu'il est préférable de ne pas la contrarier aujourd'hui.

— D'accord.

— Je dois t'avouer autre chose, dis-je en commençant à me triturer les mains.

— Vas-y ! m'encouragea-t-il en cessant de caresser ma pommette.

— Brian m'a approchée uniquement parce que ma sœur lui avait demandé. Il la voulait elle et je n'étais qu'un second choix.

— À mes yeux, tu n'es pas un « second choix ».

— Je sais, mais…

Je déglutis pour pouvoir reprendre d'une voix plus ferme :

— L'échange de valises était aussi un coup de Léa.

Il parut surpris et me posa des questions sur cette affaire.

— Ça fait des années qu'elle me dit de prendre plus soin de ma garde-robe et là… Elle a pensé que c'était le bon moment pour m'obliger à sortir de mes habitudes. Et, même si j'adore ces tenues, ce n'est pas moi.

— Je sais, déclara-t-il. Je te connais depuis deux ans.

Il se rapprocha de moi pour se pencher vers ma joue, déviant vers mon oreille.

— Ce n'est pas pour les robes, ou les sous-vêtements que je suis là, murmura-t-il. Dois-je te rappeler que tu es nue quand je te fais l'amour ?

Ma respiration se bloqua. Il n'avait pas idée de dire cela ! Il voulait que je prenne feu ?

— Mes dix minutes sont bientôt écoulées et, si je continue, mes rotules risquent d'en subir les conséquences.

Il se leva pour partir, en me souhaitant une bonne soirée avec des hommes nus. Il ouvrit la porte pour trouver Léa qui attendait, appuyée contre le mur devant mon appartement.

— Bon film, mesdames.

Elle grogna quelque chose et entra.

— Il t'a embrassée ?

— Non, répondis-je en allant chercher deux cuillères pour manger la glace devant un Channing strip-teaseur.

— Bien !

— Tu trouves ? demandai-je en ressentant une déception poindre en moi.

— Oui, vous devez apprendre à communiquer autrement qu'horizontalement !

Je rougis en me rappelant le retour du dîner chez ses parents.

— Oh mon Dieu ! Il a fait de toi une dépravée !

— Oui !

À quoi bon nier ?

* * *

Venise était magnifique.

Même si le temps était frais, l'architecture et l'histoire qui émanait de cette ville m'avaient séduite durant les visites auxquelles j'avais participé dans l'après-midi, peu après notre arrivée.

En nous fiant aux prévisions météo, nous avions décidé de commencer par les activités en plein air et de garder les monuments pour la suite. Pendant que je faisais ma première excursion, Francis avait fait celle qui était en second sur mon planning. Nous avions ainsi évité d'être vus ensemble et j'en avais ressenti une brève, mais intense frustration.

Nous étions dans la ville des amoureux sans pouvoir nous promener comme le couple que nous étions. Enfin, je crois. Ses paroles ne me laissaient aucun doute, pourtant depuis lundi soir, il était resté très professionnel. Pas un seul geste déplacé, tendre ou ambigu n'avait troublé notre mardi au travail. Avant d'aller se coucher, il m'avait souhaité une bonne nuit. Ce simple message m'avait rappelé que je n'avais pas rêvé nos derniers jours.

— Puis-je m'asseoir ?

Je relevai les yeux vers lui avant de regarder les gens qui dînaient autour de moi.

— Toutes les places sont prises et je meurs de faim, ajouta-t-il avec un petit sourire en coin.

J'acquiesçai et l'observai en tâchant de ne pas montrer à quel point je l'aimais. Je ne devais pas oublier que nous étions en mission et que nous n'étions pas censés nous être déjà rencontrés.

— Je m'appelle Francis. Et vous ?

— Louise.

Je rougis à l'idée de nous faire passer pour des inconnus.

— Travail ou loisir ? lui demandai-je en lui tendant mon menu pour qu'il puisse faire son choix.

— Les deux, répondit-il avant de se pencher au-dessus de la table. Mais à cette heure-ci, ce serait plutôt loisir.

Mes joues s'échauffèrent d'autant plus que je compris où il voulait en venir. Même si nous dévions faire croire que nous étions deux étrangers, rien ne nous empêchait de faire connaissance sur place.

— Qu'avez-vous d'organisé pour demain ?

— La visite de Murano et du Palais des Doges. Et vous ?

— De même, répondit-il avec un petit sourire en coin. Et je pensais terminer avec un tour en gondole.

Je fronçai les sourcils. S'il faisait tout cela demain, son vendredi serait vide. Il pourrait…

— Je songeais aller à Vérone pour ma dernière journée, m'expliqua-t-il enfin.

Vérone, la ville des amoureux maudits. Roméo et Juliette, le balcon…

— Tu m'accompagnerais ? demanda-t-il d'une voix basse.

— Oui.

Ses lèvres s'étirèrent un peu plus alors qu'il se livrait à une brillante séduction. À la fin du dîner, je riais avec lui sous les regards envieux d'autres femmes.

Des regards qui se firent carrément jaloux le lendemain soir.

Nous avions passé la journée ensemble, feignant d'apprendre à nous connaître. Nous avions profité de la délicatesse des artisans du verre à Murano ou encore de la splendeur du Palais des Doges. Nous avions parlé de tout et de rien, nous extasiant sur ce qui nous entourait. Dans la gondole, je m'étais pressée contre lui, prétextant le froid, mais surtout parce qu'être dans ses bras me manquait terriblement.

Si le gondolier avait chanté une sérénade, l'ambiance n'aurait pas été plus romantique. Non, j'avais atteint le summum de la joie quand nous nous étions promenés main dans la main pour venir embarquer.

Pourtant le soir, je n'avais toujours pas eu de baisers, de caresses ou d'invitations à le rejoindre.

Il poursuivait son entreprise de séduction avec brio.

Le vendredi, veille de notre retour, je le retrouvai à la gare pour prendre le train en direction de Vérone. Les nuages semblaient eux aussi de la partie, mais je me réjouissais d'avance à l'idée d'être loin des curieux. Là-bas, peut-être pourrions-nous être nous. Tous les deux.

Dans le wagon, je m'assis près de lui et fus surprise de le voir sortir un livre et se plonger dans sa lecture. Je fis de même avant de m'installer confortablement pour dormir un peu avant notre arrivée.

En descendant du train, je me sentais ragaillardie, bien que déçue par la distance que Francis maintenait entre nous. Bêtement, je pensais qu'il serait plus démonstratif ici qu'à Venise.

Pourquoi attendais-je tout le temps qu'il fasse le premier pas ?

J'en étais arrivée à cette terrible question quand je me retournai vers lui. Perchée quelques marches au-dessus de lui dans un des escaliers des arènes de Vérone, je lui pris le visage en coupe de mes deux mains avant de l'embrasser. Et je ne me contentai pas de déposer mes lèvres sur les siennes.

Il m'attira contre lui pour se mêler à la danse et j'entendis au loin des applaudissements retentir. Je me reculai, consciente que nous devions gêner le passage. Et je vis tous les visages souriants, des gens tournés vers nous qui continuaient à taper des mains.

— Tu recommences quand tu veux, petit chat.

Je ris avant de déposer un baiser sur son menton et de me dégager pour reprendre mon ascension. Je me sentais bien mieux !

CHAPITRE 17

Malheureusement le lundi matin suivant, mon moral avait chuté.

Depuis ce fameux baiser dans les arènes de Vérone, nous en avions échangé un sous le balcon de Juliette dans cette petite cour, entourés d'autres couples, et c'était tout. Monsieur était devenu un gentleman et, pour la première fois de ma vie, je me sentais… cochonne.

Le samedi, le moindre prétexte avait été bon pour que mon esprit se fasse des scénarios de plus en plus osés. Qui ne s'étaient pas réalisés. Et pour cause ! Nous nous étions quittés dans le RER. J'avais bien eu des textos, lancé une invitation le dimanche, mais monsieur avait des choses à faire.

Je bus une gorgée de mon café en regardant une nouvelle fois le rapport que nous avions tapé dans l'avion. Tout paraissait correct et les photos que nous avions ajoutées pour illustrer nos remarques appuyaient nos arguments.

— J'ai juste besoin de parler deux minutes avec Louise et nous arrivons ! entendis-je dans le couloir.

— Ne traînez pas !

Je vis mon collègue entrer dans le bureau et refermer la porte presque aussitôt. Il jeta son blouson sur son siège et vint se poster à mes côtés.

— Bonjour, dis-je en me levant.

J'allais pour prendre l'ordinateur et nos notes quand une main s'abattit dessus.

— Il faut qu'on parle !

— Ici ? m'étonnai-je.

— Je voulais le faire ce week-end, mais samedi soir c'était l'anniversaire de mariage de mes parents…

— Oui, tu m'avais prévenue.

— Et mon père a trouvé le moyen de se blesser, poursuivit-il. Je peux te dire qu'un dimanche aux urgences après avoir fait le ménage dans une salle des fêtes, ce n'est vraiment pas le week-end de mes rêves !

C'était pour cela ? Heureuse que ce soit pour une raison aussi importante qu'il ait refusé de manger avec moi dimanche midi, je trouvais dommage qu'il n'ait pas eu la présence d'esprit de me le dire.

— Il va bien ? m'inquiétai-je immédiatement.

— Oui, et ce n'est pas de ça dont je voulais te parler !

— Oh ! Ça ne peut pas attendre ? tentai-je en pressentant que la suite n'allait peut-être pas me plaire.

Il secoua la tête.

— Non, je compte demander à Fouassard de ne plus faire les missions en célibataire.

— Comment ça ?

— J'ai adoré te draguer à Venise, mais je ne veux pas…

— Francis ? l'appelai-je alors que je voyais clairement qu'il s'était plongé dans ses pensées.

— C'était trop dur de rester loin de toi, finit-il par dire.

— Dès le premier ou le deuxième soir, tu aurais pu venir me rejoindre.

— Non. Tu n'es pas ce genre de femme.

Je souriais, émue qu'il puisse songer à ma réputation. Mais nous étions au XXIe siècle, et donc bien loin de ce type de considérations.

— Je croyais que je ne devais pas me préoccuper de ce que les autres pensaient ! m'exclamai-je.

— Est-ce un moyen détourné de me dire que tu n'es pas d'accord ?

— J'ai détesté les moments où je devais te laisser, avouai-je en rougissant. Maintenant, est-ce que les clients apprécieront ?

— Ils embauchent bien des extra qui viennent avec femme et enfants !

Passer pour un couple ? Voilà une avancée pour nous. J'avais quelques craintes quant à la réaction de notre patron ou encore des clients, mais notre travail parlait et parlerait pour nous. Nous resterions des professionnels qui dormiraient dans la même chambre, dans le même lit.

— Je suis partante.

— Bien !

Il déposa un rapide baiser sur mes lèvres avant de prendre le nécessaire pour la réunion bilan sur notre escapade à Venise.

— Vous n'avez donc rien à redire sur la tenue de cet établissement ? demanda Fouassard une fois que Francis eut terminé de présenter nos observations.

— Non.

Le cœur battant, je sentis que le moment redouté était arrivé. Il allait être question de notre prochaine mission et Francis allait par conséquent lui parler de nous. J'inspirai un grand coup et fus surprise de voir notre patron glisser un dossier à chacun.

— Cette semaine, vous aurez quatre hôtels parisiens à noter, expliqua-t-il. Vous en avez deux chacun.

J'ouvris ma pochette. Ce soir et mercredi, je dormirais à l'autre bout de la ville.

— Mardi et jeudi ? s'étonna Francis. Mais la dernière fois, vous m'aviez parlé d'un hôtel en bord de mer de vendredi à dimanche.

— C'est toujours le cas, répondit M. Fouassard. Vous me ferez votre compte rendu sur le deuxième par mail. Quant à vous, je les veux mercredi et vendredi, ajouta-t-il pour moi.

Ainsi nous ne pourrions nous voir qu'au bureau de toute la semaine. J'avais là une raison supplémentaire d'accepter de partir en tant que couple lors de nos missions communes. Je sentis ma pochette m'échapper des mains tandis que Francis comprenait à son tour que nous ne pourrions passer aucune soirée ensemble.

Je l'entendis grogner et me jeter un coup d'œil. Cherchait-il mon approbation ? Je lui souris, trop gênée pour amener le sujet sur la table.

— Monsieur Fouassard, avec Louise, nous souhaiterions changer quelques détails pour nos prochaines missions.

— Lesquels ? demanda ce dernier. Et si c'est pour une augmentation, sachez qu'il faut déjà que j'évalue à quel point l'incompétence de Sarah a ruiné notre réputation.

— Nous aimerions voyager en tant que couple.

— Couple ?

Je hochai la tête et tentai de retenir une grimace. La nouvelle n'avait pas l'air de lui plaire.

— Et puis quoi encore ? Vous allez m'annoncer être enceinte ? s'exclama-t-il en se tournant vers moi.

— Nous y travaillons, dit Francis qui se prit un coup sur le bras de ma part. C'est juste que passer autant de temps ensemble sans pouvoir réellement l'être est pesant. Et puis les extra peuvent noter en étant en famille, pourquoi pas nous ?

— Et si vous décidiez de rompre ?

L'air me manqua. Réjouie à l'idée de pouvoir être avec lui librement, je n'avais pas songé à notre collaboration si nous devions nous séparer.

— Nous sommes des professionnels, répliqua Francis. La situation nous pèse et nous voudrions avoir une chance de vous montrer que la qualité de notre travail n'en pâtira pas si nous nous affichons comme un couple. De plus, cela permettra de faire des économies au moment des réservations.

Il avait utilisé l'argument imparable : l'argent. Pour notre patron, et bon nombre de personnes, dès qu'il était question de dépenser moins, la solution méritait d'être étudiée.

— Ces quatre hôtels parisiens doivent être faits en tant que célibataire, trancha M. Fouassard. Pour ce qui est de celui du week-end, ce sera un test.

— Merci, dis-je, soulagée.

— Ne me remerciez pas trop vite ! Prouvez-moi plutôt que cela n'interférera pas avec votre travail, c'est tout ce qui m'intéresse.

J'acquiesçai alors qu'il ajoutait :

— Je suppose que j'aurais moi aussi du mal à savoir ma femme si près sans pouvoir ne serait-ce qu'aller lui parler.

Quelques minutes plus tard, nous étions dans notre bureau. Agacé par la semaine qui se profilait pour nous, Francis s'enferma dans un silence glacial tandis que, de mon côté, je remplissais la paperasse et prenais des renseignements sur l'hôtel où je séjournerais le soir même.

— Bonjour !

Je relevai la tête pour voir une femme d'une vingtaine d'années sur le seuil. Elle fixait avec grand intérêt mon collègue qui n'avait pas daigné lever les yeux des papiers qu'il martyrisait depuis notre retour.

— Bonjour, répondis-je. Tu dois être la remplaçante de Gina !

— Oui, et la vôtre… Enfin la tienne, se reprit-elle en se tournant vers moi. J'aurais justement des questions, mais tu n'as peut-être pas le temps !

— Si, bien sûr. On va aller dans une autre pièce pour le laisser travailler en paix.

Je la suivis jusqu'au bureau qu'elle partageait avec Jessica et tâchai de lui expliquer ce que je faisais avant son arrivée. Je répondis à ses questions, surprise qu'elle ait l'idée de prendre en note ce que nous disions.

— Je suis une tête de linotte, se justifia-t-elle, je préfère tout écrire plutôt que courir le risque de tout oublier.

J'allais la féliciter quand Jessica entra dans la pièce en s'écriant :

— Tiens, voilà la petite cachotière !

Pas de doute : son père l'avait mise au courant de notre requête et elle venait à la pêche aux informations.

— Alors il paraît que toi et Francis, c'est une affaire qui roule ?

Cette partie-là devait être d'elle, puisqu'il avait surtout anticipé une potentielle rupture entre nous.

— Francis, c'est... commença la nouvelle avant d'être interrompue par une Jessica légèrement venimeuse.

— Comment as-tu pu lui pardonner de t'avoir trompée avec Sarah ?

Le coup était bas, mais prévisible. Pendant un mois, je l'avais entendue baver sur lui sans lâcher la moindre information. Elle devait avoir une envie de vengeance à assouvir.

— Tu sais très bien qu'il ne s'est rien passé entre eux, me contentai-je de dire avant de demander à ma remplaçante si elle avait d'autres questions.

— Pourtant, elle m'a raconté...

— Des conneries, madame Fouassard ! l'interrompit Francis en entrant dans le bureau pour se planter devant elle.

— Mademoiselle, je vous prierais ! Je vous rappelle que je suis divorcée !

Ignorant le ton charmeur qu'elle avait employé, il se tourna vers moi pour me proposer un peu cavalièrement de venir manger.

— Je finis et j'arrive.

Je lui souris et reportai mon attention sur la nouvelle qui paraissait étonnée par la scène dont elle avait été témoin.

— Elle m'avait dit qu'il avait une voix stupéfiante, mais... déclara-t-elle alors qu'il partait.

Elle se ressaisit soudainement et s'excusa d'avoir osé me dire ça.

— Je connais les effets de sa voix, répondis-je en riant.

— Et elle ne s'en plaint pas, ajouta Francis qui était manifestement revenu. Japonais, ça te va ?

— Oui.

Je pris le temps d'expliquer tout ce que je savais sur le poste que j'avais tenu pendant un peu plus d'un mois. Je lui donnai quelques conseils et répétai ceux de Gina. Jessica, quant à elle, poussait des soupirs tout en agitant des feuilles. Si elle essayait de me culpabiliser pour ne pas m'être confiée sur mon couple, c'était raté.

À mon retour, notre bureau était vide, signe que Francis était parti acheter notre déjeuner. Je cherchais des informations sur l'établissement du soir quand il entra.

— C'est tout chaud !

— Mauvaise nouvelle pour des sushis, rétorquai-je en me levant pour rapprocher ma chaise du coin de son bureau.

— J'ai pris du riz et de la soupe miso aussi !

Naturellement, je l'embrassai sur la joue avant de me sentir retenue contre lui.

— Vivement vendredi ! murmura-t-il ses yeux plongés dans les miens.

Je rougis et plaçai mes mains sur sa nuque pour jouer avec les petits cheveux. Les siennes caressèrent mon dos avant de venir pétrir mes fesses et coller mon bassin au sien.

— Hier, je ne pouvais réellement pas laisser ma mère.

— Je sais, murmurai-je en me rapprochant encore plus.

— Si tu savais comme…

Loin de finir sa phrase, il m'embrassa. Avec passion. Tout aussi en manque, je lui répondis, jouant avec sa langue. Mon corps brûlait et j'avais bien conscience qu'une seule chose et une seule personne pourraient me calmer. Pourtant quand il plaça ma jambe autour de sa taille, je réalisai que j'étais dorénavant sur mon bureau et que nous n'étions pas au bon endroit pour ce genre d'activités.

— Francis…

Un coup de reins et je m'entendis gémir.

— J'aurais dû venir hier, me dit-il en éloignant son visage, mais en continuant de se frotter contre moi. Il était tard, mais j'ai toujours le double…

Je posai ma tête sur son épaule, tandis que je sentais le désir m'envahir.

— Cela fait si longtemps que…

Je l'embrassai dans le cou, comprenant qu'il était aussi frustré que moi.

— Vendredi, dis-je en le repoussant doucement.

Il acquiesça et s'écarta à regret.

— Nous devrions manger, osa-t-il déclarer en me dévorant des yeux.

La semaine serait longue. Mais l'attente en vaudrait la peine.

* * *

La semaine fut une véritable torture. Les deux établissements que j'avais notés avaient des problèmes et surtout pas mal de travaux à faire. Comment les gérants avaient-ils pu passer à côté des fuites, des papiers qui se décollaient et de la mauvaise qualité de la literie ?

Le vendredi, j'avais le dos en compote malgré la nuit dans mon lit, le paracétamol et la douche chaude.

— Ça ne va pas mieux ? me demanda Francis en entrant à son tour dans notre bureau.

— À peine.

Après un léger baiser sur les lèvres, il s'installa devant son ordinateur tandis que je partais voir M. Fouassard. Il n'allait pas être heureux d'entendre, pour la deuxième fois de la semaine, qu'un établissement était décrépi. Malheureusement, j'avais eu beau chercher hier, aucun compliment ne me venait à l'esprit. Que ce soit la localisation, l'amabilité du personnel…

Peut-être étais-je maintenant trop habituée aux grands groupes hôteliers, ne supportant aucune négligence.

— Finalement, j'ai rendez-vous avec M. Fouassard, m'avertit Francis dans l'après-midi. Il doit avoir besoin d'entendre des bonnes nouvelles.

— Certainement.

— Je te préviens quand je pars d'ici.

J'acquiesçai et me dépêchai de rentrer chez moi. Après une douche, je troquai mon pantalon et mon chemisier contre une robe à fleurs achetée lors d'une sortie boutiques avec Léa. Fière de réussir dorénavant à mettre mes porte-jarretelles toute seule, je m'assis sur mon canapé en attendant l'arrivée de Francis pour notre premier week-end en tant que couple.

Nous avions un peu plus de deux heures de route pour rejoindre la côte normande. En prenant en compte les embouteillages, nous devions partir relativement tôt pour pouvoir manger au restaurant de l'hôtel le soir et espérer avoir des places pour les activités que nous avions choisies pour le samedi.

Les miennes étaient loin d'être aussi excitantes que le kayak et le paddle de Francis, mais l'aquagym, le scrapbooking et une promenade sur les plages du débarquement ne pourraient pas faire de mal, vu mon état.

Trois heures plus tard, nous étions devant la réception, derrière un couple de retraités. Leur enregistrement paraissait plus long que nécessaire et je jetai un coup d'œil vers Francis pour savoir ce qu'il en pensait.

— Ils ne veulent pas de baignoire, répondit-il en haussant les épaules.

Je tendis l'oreille pour pouvoir suivre la conversation et compris bien vite que le mari venait d'être opéré de la hanche et ne pouvait pas enjamber la baignoire pour se laver.

— Nous l'avons pourtant signalé lors de notre réservation ! s'exclama sa femme.

— Je suis désolée, madame, répondit l'employée, notre hôtel est complet et je ne peux vous proposer une autre chambre.

Les pauvres. Voilà qui ruinerait leur week-end et leur laisserait un mauvais souvenir. De nouveau, je me tournai vers Francis qui afficha aussitôt un petit sourire en coin.

— Vas-y, dit-il laconiquement.

Je ris discrètement avant de m'avancer vers la réception pour intervenir :

— Pourrions-nous savoir s'il y a une douche dans notre chambre ? demandai-je.

— Je finis avec ces personnes et je suis à vous, rétorqua sèchement l'employée en continuant de tapoter sur son ordinateur.

— Vous ne comprenez pas, insistai-je, si notre chambre a une douche, nous sommes d'accord pour échanger.

— Je ne sais pas…

— Appelez votre responsable, intervint Francis. Vous allez voir, le problème va être vite résolu !

— C'est juste que le tarif n'est peut-être pas le même et…

— Nous avons pris une suite, m'expliqua la femme à mes côtés, mais ce n'est pas grave, tant que nous avons une douche ! ajouta-t-elle à l'adresse de l'employée.

Cette dernière marmonna avant de retourner à son clavier. Elle semblait heureuse de ne pas avoir eu à contacter son supérieur qui aurait très certainement vu d'un mauvais œil tout ce tapage autour d'une chambre, surtout si les clients avaient bien précisé vouloir une douche et non une baignoire.

— Je m'appelle Odette et voici mon mari, Maurice.

— Louise et Francis.

Elle me sourit et me remercia de nouveau.

Cinq minutes plus tard, c'était enfin notre tour. Malheureusement, ma joie fut mise à rude épreuve en apprenant que nous ne pourrions pas manger au restaurant de l'hôtel.

— Vous auriez dû réserver une table en même temps que votre chambre, déclara la réceptionniste avec un air compatissant.

— Je sens que je vais aimer cet hôtel, grommela Francis qui regardait autour de nous.

— Vous n'avez qu'à venir dîner avec nous, intervint Odette qui était toujours près du comptoir à ranger ses papiers dans son sac à main.

— Nous ne voudrions pas vous déranger, dis-je.

— Vous nous avez rendu un grand service, nous pouvons bien vous rendre la pareille.

Gênés de nous imposer de la sorte, nous fûmes contraints d'accepter afin de pouvoir tester le restaurant. Et ce fut finalement un repas bien agréable que nous partageâmes avec le couple.

— Vous êtes adorables tous les deux, me dit Odette au moment des cafés. Ça me rappelle le bon vieux temps… Quand Maurice me faisait la cour.

Nostalgique, elle me parla de leur rencontre, du coup de foudre qu'elle avait eu, mais aussi des cadeaux, des fleurs, des gâteaux, des promesses d'éternité dont Maurice l'avait couverte. Voilà qui faisait rêver, d'autant plus qu'ils fêtaient leurs cinquante ans de mariage.

— Nos enfants nous ont offert ce week-end à la mer, conclut-elle en lançant un regard enamouré à son mari qui discutait de sport avec Francis.

— C'est très gentil.

— N'est-ce pas ?!

Souriante, elle fixait son mari qui dut sentir qu'il faisait l'objet d'une attention toute particulière. Il lui serra la main avant de reprendre sa conversation.

— Vous voyez, Louise, les petits gestes tendres sont indispensables, mais rien ne remplace le pouvoir des mots.

Ma bonne humeur fondit légèrement alors qu'elle s'expliquait plus en détail :

— Tous les présents qu'il m'a faits ne sont rien comparés au bonheur de l'entendre me dire qu'il m'aime.

Je détournai le regard vers Francis. Il ne me l'avait jamais dit. Il avait voulu officialiser notre relation, et je l'avais accepté, mais jamais il n'avait été question de sentiments. Il était doux, tendre, attentionné. Et j'espérais amoureux. Mais les trois petits mots n'avaient jamais franchi ses lèvres.

Était-ce trop tôt ?

Peut-être qu'avant d'en parler à M. Fouassard, j'aurais dû lui avouer mes sentiments. Soit il me les aurait retournés, soit… Soit j'aurais eu le cœur brisé. Et puis n'avais-je pas dit que je voulais profiter ? Était-ce le moment que je redoutais tant, celui où l'ancienne Louise allait refaire son apparition pour se poser des questions et gâcher ce que je vivais ?

Odette reprit le fil de son histoire, tandis que je me retrouvais incapable de l'écouter. Ses mots me troublaient tant qu'en l'espace de quelques secondes, elle m'avait donné envie d'entendre qu'il m'aimait.

Une main se posa sur mon bras et le caressa. Francis, je pouvais reconnaître son toucher les yeux fermés. Je me tournai vers lui et plongeai dans son regard.

S'il te plaît, dis-moi ce que je rêve d'entendre depuis des mois, des semaines, des jours, le suppliai-je.

— Nous allons vous quitter, dit-il à la place en se levant de table. Notre semaine a été longue.

Comme un automate, je le suivis. Sa main se posa sur ma hanche et je me rappelai vaguement avoir salué le couple, être remontée dans notre chambre… Ce ne fut qu'en sentant ma robe glisser vers le sol que je repris contact avec la réalité.

— Laisse, je vais te déshabiller, m'ordonna Francis en repoussant mes mains.

Tout en effleurant ma peau, en piquant des baisers de-ci, de-là, il m'ôta tout vêtement avant de faire de même avec lui, gardant uniquement son boxer.

— Allonge-toi sur le ventre, je vais te masser le dos.

J'obéis, savourant ses doigts qui s'attardaient sur des zones courbatues par mes mauvaises nuits. Puis ce fut au tour de ses lèvres de prendre le relais pour me détendre. Sur mes épaules, mes reins… Mon corps réagissait, se préparait tandis que mon esprit restait bloqué sur ce « je t'aime » que je n'aurais pas encore ce soir.

Ne sentant plus aucun contact, je me tournai vers lui pour le voir revenir vers moi, nu et protégé. Doucement, il s'allongea sur moi, embrassant mes joues, mes paupières avant de me pénétrer.

Le moment était si tendre que des larmes me montèrent aux yeux alors que nos regards ne se lâchaient pas. Je sentis le plaisir enfler en moi, accompagné de mon désir d'entendre enfin ce qu'il ressentait.

CHAPITRE 18

Je décrochai le téléphone de la chambre et commandai notre repas du midi.

Francis venait tout juste de rentrer de son initiation au kayak et prenait une douche pour se réchauffer. Quelle idée, aussi, d'aller sur l'eau par ce temps hivernal ! Il allait tomber malade s'il n'y prenait pas garde.

Je pouffai en l'imaginant couché, le nez rouge et les yeux fiévreux. À coup sûr, il serait exécrable !

— À quoi penses-tu ?

— À toi, enrhumé.

Il se frictionna les cheveux sans me quitter du regard. J'aimais quand il m'observait de la sorte. J'avais l'impression que le monde pouvait bien s'arrêter, rien ne l'aurait empêché de me contempler. Avec un sourire taquin, il vint se poster devant moi.

— Et tu jouais l'infirmière ?

Riant maintenant franchement de la couleur de mes joues, il poursuivit :

— Je t'imagine bien avec une petite blouse blanche au-dessus de cette parure rouge… celle que je n'ai pas encore vue sur toi.

Je voyais très bien de laquelle il parlait puisque je l'avais glissée dans mon sac sans savoir si je trouverais le courage de la mettre ce week-end. Elle n'avait rien d'extraordinaire, mais la couleur et le soutien-gorge balconnet étaient trop osés pour moi. Je n'étais pas encore assez à l'aise avec mon corps et ma nouvelle sexualité pour porter de tels sous-vêtements.

— Et j'imagine aussi comment tu prendrais ma température…

— Avec un thermomètre dans le derrière ? demandai-je avant de comprendre qu'il était dans un fantasme et non dans la triste réalité.

Il explosa de rire alors que je détournai le regard, morte de honte.

— Je vais finir de m'habiller, déclara-t-il sans pour autant refréner son hilarité.

— Le déjeuner ne devrait pas tarder.

— Qu'as-tu prévu cet après-midi ?

— Un tour sur les plages du Débarquement. Julia m'a proposé de l'accompagner à la séance de yoga de dix-huit heures.

— Julia ? me demanda-t-il en s'asseyant à côté de moi dans le canapé.

— Oui, elle a fait les mêmes activités que moi ce matin. Elle est gentille.

Je lui parlai davantage de la jeune femme que j'avais rencontrée lors de l'aquagym et qui avait décidé de me suivre au cours de scrapbooking. Elle était pétillante de joie, mais affreusement désespérée par le célibat. Elle m'avait même confié avoir fait une folie avec ce week-end loin de chez elle pour se changer les idées.

— Je vais devoir y aller, dis-je en me levant. Le car part dans moins de dix minutes.

Il m'embrassa sur le front avant de me souhaiter un bon après-midi.

Un baiser sur le front ?

Je trouvais le geste à la fois attendrissant, doux, amoureux et terriblement impersonnel. N'était-ce pas la façon de saluer un enfant ? Je le regardai un instant interdite. Ne pas réfléchir, ne pas attendre. Avancer.

* * *

En sortant du cours de yoga pour débutants dans lequel Julia m'avait entraînée, je consultai mon téléphone portable. Il m'avait semblé l'entendre vibrer durant la séance, mais je n'avais pas voulu paraître incorrecte en vérifiant si c'était bien pour moi.

Sur mon écran, l'icône indiquait deux messages de Francis et un de Léa. Je lus ce dernier et retrouvai son conseil du matin : « patience ».

Jusqu'à quand allais-je devoir patienter ? Pendant combien de jours, de semaines, de mois, allais-je attendre pour savoir ce qu'il en était de notre relation ? Je voyais bien ses gestes tendres, ses attentions. Nul doute que je comptais pour lui.

Si Odette ne m'avait pas perturbée hier soir, tout aurait été parfait dans le meilleur des mondes.

— Bonjour mesdemoiselles !

Je relevai la tête vers un homme, certes avenant, mais dont le sourire me mettait mal à l'aise.

— Vous sortez de quel cours ? demanda-t-il en plongeant son regard dans le mien.

— Yoga, répondit Julia sans pour autant attirer l'attention de son interlocuteur.

— Je n'en ai jamais fait. Peut-être pourrions-nous en parler devant un verre.

Et d'un nouveau sourire.

— Bien sûr !

Je me tournai vers Julia qui sautillait presque de joie.

— Je suis désolée…

— Je m'appelle Mario, m'interrompit-il en me tendant sa main.

— Julia.

— Louise, dis-je enfin. Mais je ne pourrai pas me joindre à vous ce soir.

Je le vis lorgner mon décolleté avant de descendre sur mes jambes. Ne pouvait-il pas comprendre qu'il ne m'intéressait pas ? Et puis quelle idée de mettre ce pantalon de yoga moulant et ce haut… Pourquoi avais-je écouté Léa et espéré faire tomber Francis à genoux avec ce genre de tenue ?

Il était déjà à mes genoux, seulement je voulais son amour. Pas que du sexe. Certes l'entente était très bonne entre nous, mais était dénuée de tout sentiment. Non, il avait des sentiments ! Il tenait à moi. J'en étais sûre et je devais juste attendre qu'il se déclare.

— Vous avez bien quelques minutes à nous accorder ? Nous sommes quelques-uns à avoir fait l'activité paddle cet après-midi…

— Oh Louise, ce sera tellement agréable de rencontrer des gens ! me supplia Julia.

— Je vais voir, dis-je, peu convaincue.

Francis avait fait du paddle lui aussi cet après-midi, peut-être accepterait-il de passer du temps avec eux. Et puis, cela me permettrait de prendre mon courage à deux mains pour parler de notre avenir ensemble.

Quelle trouillarde !

J'étais prête à sacrifier une soirée en tête-à-tête avec Francis, tout cela parce que je n'osais pas lui dire que j'espérais plus. Et pour ne rien arranger, ce type ne m'inspirait pas confiance et les autres étaient peut-être du même genre.

— On est au bar, on vous attend ! dit-il en accompagnant sa phrase d'un clin d'œil.

Je le regardai partir.

— Allez, Louise ! Rencontrer des gens n'a jamais fait de mal !

Je grimaçai tout en ouvrant les messages de Francis. Il me proposait de venir boire un verre au bar avec Julia et des membres du groupe de paddle, à croire que j'étais vouée à passer la soirée avec ce Mario.

— D'accord.

Après tout, Francis serait présent. Et s'il m'invitait, il savait que d'autres personnes me plairaient, tout comme il se douterait que ce type me hérisserait rapidement.

Je donnai rendez-vous à Julia devant le bar et filai dans ma chambre pour prendre une douche et mettre ma petite robe noire. Nous devions dîner dans un restaurant près du casino pour un rapport.

Les derniers clients mystères avaient été très déçus et le gérant avait dû rectifier pas mal de points.

J'ouvris ma valise et cherchai des sous-vêtements propres. Ma main s'attarda sur l'ensemble balconnet porte-jarretelles en dentelle rouge dont il m'avait parlé ce matin.

Peut-être était-ce le moment de sortir l'artillerie lourde ?

Il serait le seul à la voir. Et moi la seule à le savoir, enfin jusqu'à notre retour dans cette même chambre, à moins que je ne trouve le courage de le lui glisser à l'oreille.

Je secouai la tête, tout en prenant la parure en question.

Non, je n'arriverais jamais à lui dire, à paraître détachée. Mes joues me trahiraient, ou encore mon bafouillage. J'étais loin d'être assez dévergondée pour lui parler de mes sous-vêtements en dehors de la chambre. Et même dans la chambre.

— Ah, te voilà ! s'écria Julia en me voyant arriver. Dis donc, tu t'es mise sur ton trente-et-un !

— Je dois sortir après, répondis-je. Je ne pourrai pas rester longtemps.

— Pas de soucis !

Elle me prit le bras et me fit entrer dans le bar de l'hôtel. Je notai professionnellement l'ambiance, la propreté et l'attitude du personnel : il n'y avait rien à redire.

Mon regard croisa celui de Francis et une partie de moi fut persuadée qu'il y avait réellement quelque chose entre nous. Que si j'étais patiente, je pourrais avoir mon *happy end* avec lui. Je lui souris, heureuse de le retrouver, d'être tout simplement près de lui. Je le vis esquisser un mouvement pour se lever, mais Mario apparut dans mon champ de vision.

— Vous êtes venues !

Sa phrase semblait m'être destinée personnellement. Son regard, son attitude… Tout dans sa façon d'être me donnait l'impression que j'étais la proie de ce prédateur du dimanche. J'allais tout faire pour le tenir loin de moi.

Je laissai Julia passer devant moi pour mettre de la distance et observer les autres personnes rassemblées autour de la table. Il y avait Francis bien sûr ; une brune qui bavait à ses côtés ; et un couple, ou tout du moins un homme et une femme assis suffisamment proches pour supposer qu'ils se connaissaient plus que depuis l'activité de l'après-midi.

J'aurais peut-être dû être jalouse de ces deux femmes magnifiques qui avaient passé leur journée avec Francis, mais la façon qu'il avait de me suivre du regard tandis que je naviguais entre les tables pour les rejoindre fit taire toute peur. Trouverais-je le courage de le saluer, d'aller l'embrasser pour montrer que nous nous connaissions ? Après tout, nous étions officiellement en couple, dans la même chambre. Alors pourquoi hésitais-je ?

Avant que je n'aie le temps de me décider, la petite brune près de lui l'appela, le forçant à rompre notre contact visuel.

— Tenez, asseyez-vous ! dit Mario en présentant une chaise à Julia puis une deuxième pour moi.

Ce ne fut qu'en m'installant que je compris qu'il avait manœuvré pour se retrouver à mes côtés. Quel dommage que tous les sièges de part et d'autre de

Francis aient été occupés. Je le vis reporter son attention sur moi et, surtout, sa mâchoire se crisper. Mais il ne fit rien pour montrer que nous étions ensemble.

À la fois heureuse de sa jalousie et dubitative face à son manque de réaction, je laissai mon voisin nous présenter sans savoir comment réagir quand il en viendrait à Francis.

— Les filles, voici Hervé, Sophie, Renalta et Francis. Les gens, Julia et Louise.

Renalta, ou celle qui pensait, à tort, pouvoir retenir son attention. Je la vis poser une main sur son avant-bras, pour qu'il se tourne de nouveau vers elle, et certainement aussi pour toucher la marchandise. Il n'était pas trop musclé, mais suffisamment pour me soulever contre un mur.

Sentant mes joues s'échauffer, je baissai la tête. Je m'efforçai de penser à autre chose parce qu'avoir ce genre d'images à l'esprit, entourée d'étrangers, pouvait être très gênant. Bien que je sois tout autant embarrassée en famille, et que Léa ne manquerait pas de comprendre la raison de tout cela.

Je sentis plus que je ne vis Mario se pencher vers moi pour me demander si je désirais boire quelque chose.

— Non, ça ira, dis-je en songeant que je n'avais besoin que d'une chose, d'une personne.

— Et si on allait manger au restaurant à côté du casino ? proposa-t-il alors au reste de la table.

Mince, c'était justement là où nous devions dîner. Pas question de les planter ici pour les y retrouver.

— Très bonne idée ! s'exclama la voisine de Francis en terminant son verre en un temps record.

Avec tout cela, Julia et moi n'avions pas pu commander. Finalement, je n'allais pas pouvoir parler du bar de l'hôtel. Je me levai et ouvris le chemin jusqu'à la sortie. Dans le hall, devant la réception, une main se posa sur mes reins, me poussant à poursuivre ma route tandis que Mario déclarait :

— Je crois que Francis m'a dit avoir ses clefs de voiture. On se retrouve là-bas !

Je notai que Julia suivait gaiement, ce qui signifiait que je ne serais pas en tête-à-tête avec ce type. Si seulement je trouvais le courage de le remettre à sa place ! Ma timidité était encore un frein. Et mon éducation aussi. Je ne voulais pas faire de scandale, je ne voulais pas que Francis ait honte de moi. Bien que… S'il ne me soutenait pas, je ferais mieux de me poser des questions !

Habilement, je réussis à m'installer sur la banquette arrière. Julia parla pendant tout le trajet, retenant l'attention de notre conducteur, ce qui me fit le plus grand bien. Au restaurant, il nous proposa d'attendre l'arrivée des autres avec une petite cigarette.

Dès qu'il l'eut allumée, je prétextai avoir froid et rentrai pour nous réserver une table. Étrangement, Julia me suivit sous le même prétexte.

— Je vois bien que je ne l'intéresse pas, grommela-t-elle en posant son sac à ses pieds.

— Il ne te connaît pas encore.

Et moi non plus. Depuis ce matin, nous ne nous étions pas quittées. Elle était agréable, souriante, mais je percevais aussi un manque de confiance viscéral en elle. Qu'avait-elle donc pu bien vivre pour être ainsi mal dans sa peau ?

— Louise, il ne fait aucun doute qu'il a flashé sur toi.

— Et il ne m'intéresse pas ! Tu sais très bien que je suis en couple et que j'ai…

J'allais ajouter que j'avais mieux « à la maison » quand Sophie se laissa tomber sur une chaise libre.

— Les autres arrivent, affirma-t-elle.

Je lui souris, ravie de la diversion. Je lui posai quelques questions pour la connaître, pendant qu'Hervé et Renalta prenaient place à leur tour. Il ne restait désormais que deux places inoccupées, l'une à côté de cette dernière et la seconde à mes côtés. Je regardai vers la porte d'entrée, souhaitant voir Francis arriver en premier. Le mieux serait encore d'annoncer que nous étions ensemble, si seulement je pouvais trouver le courage de le faire moi-même !

— Vous venez d'où ? demanda Sophie en posant ses coudes sur la table.

— Nice, répondit Julia.

— Paris, dis-je avant de lui retourner la question.

— Paris aussi. Grognon avait besoin de se déconnecter.

— Arrête de m'appeler ainsi, la Peste ! rétorqua Hervé en prenant un air faussement menaçant.

— Ah les voilà ! s'exclama Renalta en tressautant sur son siège.

Pas besoin de demander de qui elle parlait, et de préciser que sur les deux, un seul l'intéressait réellement…

Quelqu'un se laissa tomber sur la chaise à côté de moi et, vu le parfum, je savais que le pot de colle dînerait près de Renalta.

— Salut, entendis-je tout près de mon oreille.

Un frisson se forma sur ma nuque avant de descendre le long de ma colonne vertébrale. Pas de doute possible, Francis avait réussi à s'asseoir à ma droite.

— Francis, je t'avais gardé une place à côté de moi ! pleurnicha Renalta.

Pas de chance, eus-je envie de lui jeter au visage. Serait-ce immature de ma part de lui tirer la langue ?

À la place, je me contentai d'observer le manège de Sophie et de Hervé. Elle n'avait pas l'air d'apprécier les minauderies de l'autre femme et lui tentait de l'empêcher de dépasser les bornes.

— Je suis bien, là, répondit Francis avant de me sourire tendrement.

Mon Dieu que je l'aimais !

Il prit ma main et la posa sur sa cuisse. Je le laissai faire, tout en notant les regards noirs que lui lançait Mario et ceux de Renalta qui m'étaient clairement adressés.

— Alors comme ça, vous avez suivi le cours de yoga ? demanda Sophie.

Heureuse que quelqu'un se charge de changer de sujet, j'écoutai la réponse de Julia, puis celle de Sophie sur le paddle.

— C'est toujours mieux que le scrapbooking ! intervint Renalta.

Je savais que les attaques n'allaient pas tarder, mais je ne pensais pas qu'elles seraient aussi rapides. Là, c'était une surprise. J'inspirai pour ne pas lui montrer mon agacement et attendis qu'elle poursuive, parce qu'il y aurait forcément une suite.

— Ou que les visites ! ajouta-t-elle.

— Mais tu ne veux pas la boucler ? demanda calmement Sophie.

— Et puis, zut, dit Hervé en faisant signe au serveur. On se prend une bouteille ?

— Franchement, tu imagines une femme de notre âge inscrite à des activités pareilles ? continua Renalta. Elle doit avoir le sex-appeal d'une grand-mère !

Elle n'avait donc pas encore saisi que j'étais la grand-mère en question ? Ou elle avait dit cela uniquement pour me provoquer. Francis raffermit sa prise sur mes doigts et l'approcha de son sexe. Je retins un gémissement en comprenant qu'il était loin d'être insensible. Et que ce simple contact au travers du tissu de son pantalon l'excitait.

— Tu devrais l'inviter, Francis ! conclut-elle. Que nous puissions faire la connaissance de ta petite femme !

Sa petite femme ? Était-ce une nouvelle façon pour elle de ridiculiser sa rivale, ou avait-il utilisé ces termes pour parler de moi ?

— C'est quoi cette histoire ? demanda Mario.

— Elle est jalouse parce qu'elle a compris dans la voiture qu'elle ne s'enverrait pas en l'air avec Francis ce soir, répondit Sophie.

Hervé leva les yeux au ciel, visiblement décidé à ne plus la retenir dans ses paroles. Le dîner promettait d'être explosif.

— Je crains que tout cela ne finisse en esclandre bien avant que nous n'ayons pu goûter le moindre plat, chuchota Francis.

Était-ce lui qui avait parlé de moi en tant que sa petite femme ? La question ne cessait de tourner dans ma tête. Je devais avoir le fin mot de l'histoire. J'avais besoin de savoir avant de lui avouer que je l'aimais, que je souhaitais plus. Que je le voulais tout entier.

— T'ai-je dit que j'adorais cette robe ?

Son timbre bas m'émoustillait. Sa voix m'enveloppait. Je ne devais pas oublier le principal.

— Tu as dit la même chose pour celle à fleurs, hier, dis-je doucement en me penchant un peu vers lui. Ta « petite femme » ?

Silence. Pourquoi une telle réaction ? Il lui suffisait de m'expliquer que Renalta avait inventé ce surnom pour se montrer déplaisante.

Il relâcha ma main, repoussa mes cheveux pour me chuchoter à l'oreille les trois petits mots que j'attendais depuis si longtemps. C'était si bon. Encore meilleur qu'une glace en pleine canicule. Que mon gâteau préféré. Tout aussi jouissif que lorsqu'il me faisait l'amour.

Soudain, Francis fut tiré en arrière.

— Je peux savoir pourquoi tu flirtes avec Louise, si tu en as déjà une pour te chauffer le lit ? hurla Mario qui était désormais debout à côté de nous. T'es qu'un putain d'enfoiré ! Je n'aurais pas dû te dire que j'avais envie de me la faire ! Il te les faut toutes, connard !

Il allait se faire massacrer !

Je pressai la cuisse de Francis, me souvenant après coup que ce n'était pas sur sa jambe que reposait ma main. Mais je ne perdis pas de temps et répliquai calmement :

— Pour info, vous n'auriez pas réussi à me conduire dans votre lit.

Je ne pus malheureusement pas empêcher mes joues de rougir. Décidée à éviter une bagarre qui ruinerait notre soirée, j'enchaînai malgré ma gêne :

— Je ne suis pas ce genre de femme et vous manquez terriblement… d'attraits à mes yeux.

Je profitai du silence pour régler mes comptes avec cette Renalta de malheur :

— Et vous, si vous avez envie de vous envoyer en l'air, je vous prierai de rester loin de…

L'heure était venue. J'inspirai avant de lui donner le coup de grâce :

— De mon homme.

Je sentis mon menton se relever en signe de défi tandis que je tentais de contrôler les tremblements nerveux qui chatouillaient mes chevilles. Où avais-je trouvé la force de lui tenir tête ? Où était la Louise calme, effacée et pondérée que j'étais ?

Elle a disparu, songeai-je. Oui, Francis avait réussi à me sortir de ma timidité. Et même s'il me restait du chemin à faire, j'étais sur la bonne voie.

— Alors c'est vous, la grand-mère ? s'emporta ma pseudo-rivale.

— Oui, et c'est dans mon lit qu'il va finir.

J'avais réellement dit ça ? À haute voix ?

Mon pied commença à battre doucement la mesure. Ma nervosité grandissait, elle serait bientôt incontrôlable.

— Et pas que… murmura Francis à mon oreille.

Oh non ! Pourquoi fallait-il qu'il me dise cela ? Maintenant, j'avais des images de nous dans plusieurs endroits de notre chambre d'hôtel. Ces mêmes endroits m'auraient paru inconvenants quelques semaines auparavant, ou ne m'auraient pas inspirée... Et dorénavant ils me faisaient fantasmer.

— C'est ce que je voulais te dire dehors, dit Francis. Quant à toi, je suis désolé si j'ai pu te laisser croire d'une quelconque manière que tu avais tes chances.

— Pauvre type ! cracha Renalta avant de partir à la suite de Mario.

— Je tiens à dire… commença Sophie.

— S'il te plaît, non ! la coupa Hervé.

Elle ne s'en formalisa nullement et continua :

— Que tu ne lui as pas laissé croire quoi que ce soit. Franchement, depuis ce matin, il ne fait aucun doute qu'il n'était intéressé par aucune femme. J'ai même cru qu'il était gay !

Gay ? Oh non, loin de là !

— Sophie ! s'écria Hervé.

— Bah quoi, s'il ne m'avait pas dit qu'il mangeait avec sa petite femme ce midi, je n'aurais pas pu deviner qu'il s'intéressait à tout ce qui porte un soutien-gorge, se défendit-elle. Enfin, qui a des seins.

Elle m'adressa un clin d'œil qui ne passa pas inaperçu. Du coin de l'œil, je vis Francis se tourner vers moi, vers ma poitrine en particulier. Voilà qui était vexant. Monsieur n'avait même pas remarqué qu'aucune bretelle de soutien-gorge n'était visible.

— L'ensemble rouge ? me demanda-t-il discrètement d'une voix si rauque que de nouveaux frissons me parcoururent.

J'acquiesçai avant de lui porter l'estocade finale :

— Garde ça pour plus tard, dis-je en appuyant doucement sur son érection.

J'ôtai ma main aussitôt pour ne pas être tentée de poursuivre sur ce terrain-là et de le pousser à se conduire comme un homme des cavernes…

Non, nous devions d'abord tester ce restaurant.

Finalement, l'ancienne Louise, la sérieuse, n'était pas si loin.

ÉPILOGUE

Quelques mois plus tard.

Allongée en travers du lit, je regardais par la fenêtre de la chambre d'hôtel. Depuis notre week-end en Normandie, nous faisions toutes nos missions en tant que couple. Jusque-là, M. Fouassard n'avait rien trouvé à redire sur la qualité de notre travail et les clients n'avaient vu aucune différence.

Contrairement à nous…

— Toujours au lit, petit chat ?

Je m'étirai avant de me tourner vers Francis. Une serviette nouée à la taille, il était un délice pour les yeux, les oreilles et le cœur.

Depuis son premier je t'aime, il ne se passait pas une journée sans qu'il me le dise, ou que je lui dise. J'avais attendu d'être seule avec lui dans notre chambre pour avouer mes sentiments. Sur le coup de l'émotion, j'avais même laissé échapper que cela durait depuis bien avant la Floride.

Il ne m'avait pas menti : il ne savait pas quand tout avait commencé. Il pensait me considérer comme une simple collègue, mais il était trop facilement passé d'un extrême à un autre pour que ce soit le cas. C'était franc, honnête et finalement pas si important.

— Tu ne devais pas aller visiter l'Acropole ?

— Il est quelle heure ? m'exclamai-je.

— L'heure de la douche si tu ne veux pas rater le car !

Je sautai hors du lit, courant nue jusqu'à la salle de bains qui sentait encore le savon de Francis.

— Tu sais que tu as un joli petit cul ? me dit ce dernier en entrant à son tour dans la pièce.

Je rougis et m'abstins de commenter. Même si j'étais de plus en plus à l'aise, je restais assez réservée sur la nudité.

Soudain, la porte de la cabine s'ouvrit et se referma derrière moi. Des mains chaudes et larges caressèrent mon dos avant de passer sur mon ventre pour descendre un peu plus bas.

— Je croyais que je n'avais pas de temps à perdre, murmurai-je alors que ses doigts se faisaient plus entreprenants.

— Je devrais me sentir vexé que faire l'amour soit pour toi une perte de temps !

Je ris et me retournai pour me coller à lui.

— Te rappelles-tu M. Esenstein ? me demanda-t-il en attirant mon bassin contre le sien.

— Le gérant de l'hôtel en Suisse, répondis-je avant de gémir.

— Je l'ai croisé avant notre départ.

Je fis un petit bruit pour l'encourager à continuer alors qu'une de mes mains caressait ses pectoraux, ses abdominaux pour finir par glisser entre nous et l'enserrer.

— Il a proposé de m'embaucher pour superviser l'hôtel qu'il compte ouvrir près du lac de Côme, dit-il alors que son souffle se faisait plus court.

Je cessai mes allers-retours quand je réalisai ce qu'il venait de m'annoncer.

— Ne t'arrête pas ! me pria-t-il en saisissant ma main dans la sienne pour que je reprenne.

— Francis…

— Il nous embauche tous les deux, si tu es d'accord.

Plus de missions. Plus de valises à faire et à défaire. Juste un hôtel dans une région magnifique. Avec un homme… Mon homme.

— D'accord.

J'étais si émue que je ne fus pas sûre qu'il m'ait entendue. Mon rêve était en train de se réaliser.

— En revanche, j'ai une condition, ajouta Francis en repoussant une mèche de cheveux de ma joue.

— Laquelle ?

— Quand tu seras enceinte, j'aimerais que tu ne prennes pas exemple sur ta sœur.

Je ris de bon cœur à sa requête avant d'accepter. Les derniers mois avant l'accouchement, Guillaume avait fui Léa avec l'aide de Francis. Ils partaient tous les deux « faire des trucs de mecs » tandis que moi, je devais composer avec l'humeur souvent mauvaise de Léa. Heureusement, à la naissance, tout était rentré dans l'ordre, mais cette période restait le sujet de taquineries.

— Je t'aime, soufflai-je contre ses lèvres.

— Moi aussi, petit chat.

Je le sentis me soulever et me coincer contre le mur de la douche. J'allais vraiment être en retard, mais qu'importe. Ma nouvelle vie n'allait de toute façon pas tarder à commencer.

BONUS 1

RENCONTRE DE FRANCIS ET LÉA

Et voilà, j'étais de retour au bureau. La mission en Espagne avait pris fin hier et, comme à mon habitude, j'avais pris ma matinée pour me « remettre ». Ça avait été surtout l'occasion de faire le tri dans mon courrier et de confirmer à mes parents que je serais bien présent cette année pour Noël.

Dans le couloir, je saluai les gens, ne connaissant d'eux que leurs prénoms vu le peu de temps que je passais ici. J'entrai dans mon bureau, mon café à la main.

Enfin mon bureau… celui que je partageais avec Louise. Il suffisait que je pense « assistante » pour me marrer. Elle ne supportait pas cette dénomination pour son poste. Pour elle, nous étions associés. Pourtant, sur son contrat de travail…

C'était là mon sujet préféré pour la faire sortir de sa retenue habituelle.

— Bonjour…

Je ne finis pas ma phrase et observai la femme assise dans le fauteuil de Louise.

— Bonjour ! répondit-elle.

Trop enjouée, trop heureuse…

Elle bougea sa tête, ses cheveux courts suivant le mouvement.

Je posai mon gobelet de café sur mon bureau et me tournai vers mon « assistante ». Quelque chose ne tournait pas rond !

Hier en rentrant de notre dernière mission, elle avait les cheveux très longs, une réserve maladive. D'accord, elle se lâchait de plus en plus souvent avec moi, mais pas au point d'être aussi enjouée.

Je plongeai mon regard dans le sien. Pas de doute, ce n'était pas Louise ! Cette dernière aurait détourné les yeux, rougi ou… m'aurait demandé ce qui m'arrivait. Là, elle se contentait de me sourire, pétillante de bonne humeur.

J'avais passé ma soirée avec Alain et Yanis. Nous avions bu plus que de raison, mais pas assez pour que mon assistante se transforme de la sorte.

— Ça va ? me demanda-t-elle avec un petit sourire en coin.

J'acquiesçai, cherchant la solution à tout cela.

Pour les cheveux, l'explication pouvait être simple : contrairement à son habitude, elle n'était pas arrivée au bureau à huit heures et avait fait comme moi, c'est-à-dire profité de l'excuse « je rentre de mission » pour traîner. Un saut chez le coiffeur et, hop, des centimètres de cheveux en moins !

Pour sa timidité envolée, mis à part l'alcool ou la drogue… Seulement mademoiselle ne buvait jamais ! J'avais bien essayé de la taquiner pour la pousser à se lâcher, mais elle était restée inflexible : l'alcool, très peu pour elle. Un soir, j'avais même utilisé mon « sourire à faire fondre les culottes », comme l'appelle Yanis. Et rien.

C'était à croire que cette femme était totalement insensible à mon charme !

Non pas que je l'aie testé sur elle ! À cette idée, je me retins de grimacer.

Elle était comme ma sœur. La petite qu'on aime bien chahuter…

— Ça n'a pas l'air… insista-t-elle. Le café est trop fort pour vous ?

OK, là j'étais tombé dans la quatrième dimension. Venait-elle réellement de me chambrer ?

Pour la détromper, je repris une gorgée et me posai contre mon bureau. Bon, d'accord, je cherchai aussi à gagner du temps pour comprendre comment elle avait pu changer à ce point en l'espace de douze heures.

En deux ans de collaboration, jamais elle n'avait fait feu en premier. J'avais toujours dû la pousser pour qu'elle montre ses griffes et qu'elle devienne mon « petit chat ».

La première fois que ce surnom m'avait échappé, j'avais cru qu'elle allait s'étouffer. Elle avait rougi, j'aurais pu voir de la fumée sortir de ses oreilles, si je n'avais pas profité de la situation pour partir. Depuis, c'était un petit jeu entre nous. Et j'avoue que j'adorais quand elle se rebellait, se défendait, m'attaquait. Je comprenais enfin pourquoi elle avait ce boulot.

De prime abord, elle paraissait trop douce, trop fragile, mais avec le temps j'avais découvert un fort caractère dissimulé derrière un sourire.

Quand je l'avais rencontrée, elle était encore assise dans le bureau de la DRH. Assise bien droite dans son fauteuil, elle s'était levée d'un bond pour me serrer la main. Je n'avais vu la couleur de ses yeux que quelques jours après. Et sa voix était si basse qu'elle m'avait surpris. J'étais habitué à ne traîner qu'avec des hommes bruyants, ou des femmes expansives, et voilà que j'avais hérité d'une petite souris.

Un mois plus tard, nous partions pour notre première mission.

Et j'avais compris que cette apparente douceur était l'arme parfaite. Aucun employé d'hôtel ne se doutait qu'elle était là pour inspecter l'établissement. Elle avait l'œil sur tout et l'oreille qui traînait. Personne ne se méfiait d'elle et tous se pliaient à ses quatre volontés.

Elle était devenue le meilleur moyen d'en savoir un maximum en un minimum de temps.

— Un problème ?

Je revins au moment présent et à cette femme qui avait les traits de Louise, tout en paraissant être son exact opposé.

— Vous êtes trop joyeuse pour être honnête !

Elle rejeta la tête en arrière pour rire.

Et puis ses vêtements… Pour la première fois depuis mon entrée dans la pièce, je compris que son comportement n'était pas la seule chose étrange. Aujourd'hui, elle ne portait pas de pull au décolleté sage, avec une taille de trop et une couleur fade. Non, à la place, elle avait une chemise, ou peut-être devrais-je dire une tunique, bariolée, ouverte suffisamment pour attirer mon regard vers sa poitrine.

Merde ! Étais-je vraiment en train de reluquer ses seins ? Et puis depuis quand étaient-ils si…

— Ça vous plaît ?

Je sursautai et reportai mon attention sur son visage. Loin d'être rouge, en colère ou gênée par mon « observation appuyée », elle me souriait.

— Je suis surpris.

— Surpris ? répéta-t-elle en se penchant sur son bureau, m'offrant une vue plongeante sur…

Oh, merde de remerde !

Je relevai les yeux et remarquai qu'elle attendait ma réponse. Parce qu'elle m'avait posé une question, certainement… mais laquelle ?

Bon, récapitulons…

J'étais en train de mater sans vergogne ses deux petits amis pas si petits quand elle m'avait demandé si ça me plaisait. Tout homme digne de ce nom aurait dit « oui », poussé un cri de bête et l'aurait tirée par les cheveux dans une caverne pour en savoir plus sur ces deux-là.

— Surpris de ne pas les avoir remarqués avant, dis-je.

Je bus une gorgée de mon café.

Nouveau rire.

Maintenant, j'étais intimement persuadé de ne pas être en face de mon assistante. Cette nonchalance, ce côté extraverti… Sans un mot, je percevais une légèreté que Louise n'avait jamais eue avec, et devant, moi. Comment avait-elle fait pour me cacher durant deux ans qu'elle avait une sœur jumelle ? Parce que c'était la seule solution à tout ce bordel.

Je croisai les bras pour l'impressionner et repris fermement :

— Vous n'êtes assurément pas Louise et j'aimerais savoir ce que vous faites là !

Plus amusée qu'autre chose par mon ton, elle se calma pour m'annoncer avec un sérieux ahurissant :

— Votre voix transpire le sexe !

— Ma voix ?

Cette femme était folle ! Plus de doute, je devais m'en débarrasser et rappeler à Louise que les personnes étrangères à la société n'avaient pas le droit de pénétrer dans nos locaux, confidentialité oblige.

— Bien utilisée, je suis sûre que ma culotte prendrait feu !

— Mais vous êtes totalement barrée ! m'exclamai-je.

— Non, sous hormones.

Je fermai les yeux. Cette conversation était surréaliste. Où était passée Louise ? La vraie, la seule et l'unique ? Celle qui avait eu du mal à dire « queue » pendant une partie de billard, pas cette nymphomane au sourire moqueur !

— Bonjour, entendis-je soudain. Qu'est-ce que tu lui as fait pour le mettre dans cet état ?

— Salut Lou !

J'ouvris les yeux. Miracle, Louise se tenait sur le pas de la porte. Pas de doute ! Vêtements passe-partout, tristes et limite informes, une expression douce sur le visage et des cheveux relevés en chignon, l'inventaire était complet. J'allais demander à quoi rimait tout ce cirque quand le « sosie », ou plus exactement la jumelle démoniaque, s'approcha d'elle.

— Je lui ai juste dit qu'il avait une voix à faire mouiller la plus coincée des nonnes, expliqua cette dernière.

Mon assistante rougit avant de secouer la tête.

— Je me doutais bien que je n'avais pas envie de savoir, marmonna-t-elle en rangeant un lourd dossier dans son bureau.

— N'empêche, il a tout de suite vu que je n'étais pas toi !

— Et pourtant on se ressemble tant, répondit Louise, sarcastique.

— Il ne tient qu'à toi de changer de garde-robe ! En revanche, pour les seins, je ne peux pas t'aider.

— Les seins ?

— Oui, monsieur les a matés. Mais bon, quel homme normalement constitué ne le ferait pas ?

— Un qui respecte les femmes ?

J'allais répliquer quand la folle multicolore ajouta :

— Quelle rabat-joie ! Enfin, je ne suis qu'au début de ma grossesse, donc la différence ne doit pas être si flagrante !

Elle en profita pour attraper à pleines mains les seins de Louise.

— Si seulement tu mettais des soutiens-gorge dignes de ce nom !

— Léa ! s'écria mon assistante en repoussant les mains intrusives.

— OK, même si je ne suis pas contre vous voir vous tripoter devant moi, intervins-je, j'aimerais savoir pourquoi vous êtes là.

Je m'étais adressé à Louise, persuadé que cette dernière me répondrait. Et puis avec elle, j'étais en terrain connu.

— Comme si j'avais besoin d'une excuse pour voir ma sœur ! rétorqua l'intruse. Au passage, je peux vous certifier que nous sommes la copie conforme l'une de l'autre, même tache de naissance à…

— Léa !

Vu la direction qu'avait prise la main de cette Léa, je n'aurais jamais dû être au courant pour cette marque de naissance. Et la couleur des joues de Louise me confirma que cette information allait m'être très précieuse.

— Tu es en avance, dit cette dernière en attrapant sa veste.

— Oui, ma réunion a fini plus tôt que prévu et j'en ai profité pour m'éclipser avant que quelqu'un ne me trouve autre chose à faire. On s'en va déjà ?

— Oui.

Mon assistante saisit le bras de sa sœur et l'entraîna vers la sortie.

— Pas question de vous laisser faire plus ample connaissance, ajouta-t-elle.

— Auriez-vous des secrets inavouables, petit…

Je m'abstins de finir ma phrase. Ce petit surnom n'était absolument pas professionnel et, durant notre dernière mission, je l'avais utilisé bien plus que de raison. Et puis le regard noir qu'elle venait de m'envoyer m'indiquait qu'il valait mieux que je m'arrête là. Pour le moment.

— À très bientôt, j'espère, Léa.

— Je l'aime bien, affirma cette dernière tout en disparaissant de ma vue.

Moi aussi, surtout si elle me fournissait des infos pour rendre folle sa jumelle.

BONUS 2
LA DOUCHE

Je m'essuyai énergiquement avec ma serviette.

Faire quelques longueurs était un très bon exutoire à toute la tension sexuelle que j'accumulais. Mais autant ne pas se voiler la face, tant que Louise ne serait pas en train de gémir sous moi, je ne pourrais pas m'en défaire totalement. Rien que d'y penser, j'étais de nouveau en train de durcir !

Je nouai la serviette autour de mes hanches et pris la direction de la sortie avant que quelqu'un ne me fasse mettre à la porte de l'établissement, pour attentat à la pudeur. Il me restait maintenant deux possibilités : foncer dans la suite de Louise ou retourner dans la mienne avec une bonne douche froide à la clef.

La première solution était tentante, et je savais très bien comment arriver à mes fins. Mais j'avais peur de la braquer. Elle était si timide, si douce…

Et pourtant, sur le canapé, elle s'était laissée aller.

Non, je ne devais pas la bousculer si je tenais à continuer. Et puis, elle n'avait pas totalement tort. Nous devions nous comporter comme deux étrangers. Il était donc hors de question de se faufiler dans la chambre de l'autre…

Je sortis rapidement de l'ascenseur pour retrouver le calme de ma suite. Il fallait que ce soit elle qui vienne à moi. Et je lui laissais jusqu'à demain. Passé le délai, je cognerais à sa porte, quitte à ameuter tout l'hôtel, et lui ferais l'amour contre ladite porte.

— Et merde !

J'arrachai la serviette et défis en chemin mon maillot de bain. J'allais devoir remédier moi-même à mon problème avant de me retrouver avec des couilles bleues. J'entrai dans la cabine de douche, remarquant le préservatif placé sur l'étagère où se trouvait le savon.

Hier, persuadé qu'elle ne tiendrait pas, j'avais dispersé des capotes un peu partout pour ne pas avoir à fouiller les tiroirs des tables de chevet. Je voulais être prêt en toutes circonstances.

Et maintenant elles me narguaient !

Et pour ne rien arranger, elle tenait. Elle vivait sa vie, faisait je ne sais quoi tandis que moi, j'allais devoir me branler comme un ado. Merde, j'étais certainement le plus actif des deux et… Et je n'avais pas envie d'une autre femme.

Je fis couler l'eau.

La première fois que nous avions couché ensemble, elle était si timide, si hésitante que j'en avais été ému. C'était comme recevoir un cadeau et j'avais voulu en profiter au maximum. Et puis dans la nuit, je l'avais léchée pendant son sommeil. J'avais bien vu que ça l'avait dérangée, mais j'adorais son goût et j'avais envie de lui donner du plaisir ainsi !

Peu de temps avant de jouir, j'avais senti ses doigts s'enfoncer dans mes cheveux, appuyer ma bouche contre son sexe. Elle se lâchait. Mais avant de la pénétrer, j'avais attendu qu'elle soit parfaitement consciente que c'était moi. Que j'allais la prendre une nouvelle fois.

Ma main trouva mon érection et je commençai à me mettre en action.

De nouvelles images de Louise me revinrent.

Cette fois-là, c'était elle qui avait entamé les « hostilités ». Je m'étais réveillé avec une trique d'enfer, une tête sur mon torse, des cheveux chatouillant mon nez et une main qui se baladait sur moi. Et qui évitait toujours de réellement me toucher.

Je l'avais saisie avec la ferme intention de la poser sur mon érection. Je voulais qu'elle me serre, qu'elle me caresse. Elle s'était raidie. Alors, j'avais changé de stratégie et enfilé un préservatif avant de l'embrasser tout en la plaçant sur moi. En m'enfonçant en elle, je l'avais vue ouvrir la bouche, rougir… Mais pas question de me priver du spectacle d'elle se faisant plaisir sur moi, j'avais resserré mes doigts sur ses hanches et lui avais donné le rythme avant de la laisser faire.

Je me figeai. J'étais certain d'avoir perçu un bruit dans la chambre. Sans bouger, je me concentrai, l'eau ruisselant toujours sur moi, ma main stoppée dans son élan. J'entendis la porte de la salle de bains. D'un coup d'œil discret, je reconnus la silhouette de l'autre côté de la vitre embuée : Louise. Venue pour me torturer ?

De nouveaux petits bruits, puis la cabine de douche s'ouvrit à son tour avant de se refermer.

Ne lui saute pas dessus, mec ! Putain, ne lui saute pas dessus pour la prendre sans préliminaires !

J'inspirai profondément pour garder mon calme, tout en me répétant ces deux phrases de merde. J'avais envie de me retourner, de la soulever et de m'enfoncer d'un coup en elle.

Serrant les mâchoires, je plaquai mes deux mains sur le carrelage. Je ne devais pas la toucher, pas tout de suite, pas dans cet état. Je risquais de l'effrayer avec mes manières d'animal en rut. Mon petit chat…

Des doigts se posèrent sur mon dos au niveau de mes épaules. Je fermai les yeux sans retenir un grognement. Je pouvais me retenir, pour le moment, de la toucher, mais impossible de rester silencieux.

Dans un premier temps, ils remontèrent, me massèrent, avant de descendre le long de ma colonne vertébrale. Ils glissèrent sur mes flancs pour refaire le même massage de mes épaules, de mon dos.

Elle me torturait. Pas volontairement, elle n'en était pas capable. Mais Louise ne se rendait pas compte de son emprise sur moi, sur mon corps.

Je lui attrapai une main et la guidai sur mon torse, au niveau de mon cœur. Elle fut contrainte de se coller à moi tandis que je portais ses doigts à mes lèvres pour les suçoter lascivement. Au premier gémissement de sa part, je redescendis nos mains sur mon torse, mon ventre, l'abandonnant en cours de route pour qu'elle continue toute seule ses caresses.

Elle frôla mon sexe et sursauta comme si elle s'était brûlée.

Puis elle revint, caressa timidement ma longueur. Je suivis du regard cette progression, hypnotisé par ses doigts et priant pour qu'ils se fassent plus audacieux. N'y tenant plus, je guidai sa main. Je grognai en la sentant consentante et la laissai enfin s'occuper seule de mon sexe.

— Louise, je ne vais pas pouvoir être doux.

Un nouvel aller-retour. Pas d'opposition.

Tandis qu'elle continuait, j'ouvris le préservatif et écartai sa main le temps de l'enfiler. Je me retournai et la trouvai rougissante, nue et haletante. Je ne pouvais pas la baiser comme la première venue…

Je plongeai sur ses lèvres, caressant son corps et surtout son sexe. Son gémissement me convainquit qu'elle était prête. Je la surélevai et la plaquai contre le carrelage. Le souffle coupé, elle m'observa les yeux à moitié fermés. Mon petit chat…

Je la pénétrai d'un coup, nous arrachant à tous les deux des gémissements. C'était trop bon ! Je repris ses lèvres en la martelant. Je l'avais prévenue que je ne serais pas doux. J'avais juste oublié de préciser que ce serait rapide. Je venais à peine de commencer quand les prémices de mon orgasme se firent ressentir.

Il fallait qu'elle jouisse aussi, pensai-je avant de sentir une de ses jambes glisser vers le sol. Putain, elle était plus étroite ainsi ! Sans plus de retenue, je jouis en elle.

Quand je revins à moi, nous étions toujours dans la cabine de douche, haletants, elle dans mes bras.

Sa tête dans le creux de mon épaule me fit songer que j'avais dû être un putain d'égoïste.

Honteux, je la déposai au sol pour me débarrasser de la protection. J'étais tellement en manque que j'aurais pu la prendre sans, si je n'avais pas eu la bonne idée d'en mettre une là. Je me lavai et la rejoignis devant le lavabo.

Sur son dos se dessinaient des marques que je suivis du doigt. Le carrelage.

Je l'embrassai dans le cou et glissai ma main sous la serviette dans laquelle elle s'était enveloppée. En arrivant sur son sexe, je la sentis m'arrêter.

— Louise, laisse-moi…

— Non, murmura-t-elle en rougissant.

— Je ne veux pas être le seul à avoir joui.

Elle baissa les yeux. J'avais une nouvelle fois oublié que je parlais à Louise. La timide, la sensible.

— Je n'aurais pas dû, m'excusai-je.

— J'ai joui.

Avait-elle réellement dit ce que je pensais ?

Je la retournai face à moi et l'obligeai à me regarder dans les yeux.

— Tu dis ça pour me faire plaisir ? lui demandai-je.

Elle secoua la tête avant de répondre :

— Je ne savais pas que je pouvais… aimer ça.

Ses rougeurs se répandirent de ses joues au haut de ses seins.

— Enfin comme ça.

— J'espère pour toi que tu ne dis réellement pas ça pour me faire plaisir, parce que tu viens de libérer un fauve !

Je lui arrachai sa serviette et l'assis sur la tablette à côté du lavabo.

— Tu vas rester bien sagement ici pendant que je m'occupe de toi avec ma langue, puis avec ma queue.

Elle ouvrit la bouche, sa respiration redevenant lourde. Alors comme ça, les mots cochons lui faisaient de l'effet ? Cette nuit allait être épique. Nous allions repousser ses limites, pour notre plus grand plaisir.

Retrouvez encore plus de bonus en téléchargements gratuits via notre application Marque-Page en scannant cette page *(voir page 317).*

Vous pouvez également les retrouver sur notre site :
http://editionscharleston.fr/petits-derapages

Du même auteur
aux éditions Diva Romance

Sextoys et bulles de savon

Fanny a tout plaqué pour ouvrir cette boutique. Tout, c'est sa vie, son job d'ingénieur dans une entreprise de cosmétique, et le salaire qui va avec. Pourquoi ? Pour vendre des produits de beauté bio et… des sextoys. Drôle d'idée, lui dira-t-on, surtout dans un petit village qui compte en tout et pour tout trois commerces. Mais l'idée va plus loin que ça. Fanny veut aider les femmes à se sentir mieux dans leur peau, par tous les moyens, pour elle-même surmonter les traumatismes de son adolescence. Alors quand elle fait la rencontre de Jenny, une jeune femme qui montre des signes de maltraitance, elle ne peut rester insensible.

Face aux détracteurs offusqués par ses produits, la jeune femme va devoir faire preuve de persévérance et d'humour. Deux qualités qui lui seront également utiles pour résister au charme d'Édouard, le policier du village qui lui donne du fil à retordre. Elle, qui a pourtant pour règle de ne s'attacher à personne…

Achevé d'imprimer en Espagne
par BlackPrint CPI Ibérica S.L.
Sant Andreu de la Barca (08740)
Dépôt légal : octobre 2017